SOLO ERAN *Roomies*

PAGE POWARS

SOLO ERAN *Roomies*

Título original: *And They Were Roommates*

Publicado mediante acuerdo con el autor, c/o BAROR INTERNATIONAL, INC., Armonk, New York, U.S.A.

Mapa: © 2025 por Virgina Allyn
Traducido por: Elián Alexis Michaux

Bajo el sello editorial CROSSBOOKS M.R.
Avenida Presidente Masaryk núm. 111,
Piso 2, Polanco V Sección, Miguel Hidalgo
C.P. 11560, Ciudad de México
www.planetadelibros.com.mx

Primera edición impresa en México: febrero de 2026
ISBN: 978-607-39-3843-3

Impreso en los talleres de Litográfica Ingramex, S.A. de C.V.
Centeno núm. 162-1, colonia Granjas Esmeralda, Ciudad de México
Impreso y hecho en México - *Printed and made in Mexico*

Para Shannon, mi compañera de clase
que se convirtió en mi novia.
¿Quieres casarte conmigo?

ESCUELA VALENTINE
Kiosco de piano Aguilar
Residencia Philautia
Tienda de regalos
Servicio médico
Área común
Residencia Philia
Centro de artes Claudius
Kiosco de escritura Dixon
Campo de atletismo
Centro académico Storge
Centro recreativo Pragma
Ribera del lago
Huerto
Teatro Valentine
Campanario
Caseta de registro
ESCUELA VALENTINE PARA MUJERES

PARA VARONES
Módulo de bienvenida
Biblioteca de investigación académica
Oficina administrativa
Comedor Dixon
Salón de baile Valentine
Cafetería Laney's
Residencia de profesores
aboratorio de investigación La Bella
Centro de profesores
Caseta de seguridad
Mantenimiento
Centro ecuestre
Muro divisorio

CAPÍTULO 1

A ESTE LADO DEL PARAÍSO

MARTES 3 DE SEPTIEMBRE

«*¿Un roomie?*». Mi corazón se acelera cuando miro atrás, hacia la fila llena de ceños fruncidos y pies que golpetean el piso impacientes. Estoy tardando demasiado. Es el primer día y ya soy el centro de atención. Justo lo que necesito evitar mientras esté en la Academia Valentine para Varones.

Mi accidental exabrupto nervioso obliga al responsable de la orientación de alumnos de cuarto año a levantar finalmente la mirada de su portapapeles. Me observa desde una mesa situada en la pared del fondo del salón de baile. Por supuesto, esta academia ofrece sesiones de orientación en un salón de baile de verdad. Su sonrisa plástica y su camisa de vestir están perfectamente abrochadas hasta el cuello, y su gafete asegura que se llama Maverick.

—Habitación 503 —dice Maverick, inclinándose hacia adelante para entregarme una llave. Instintivamente, retrocedo un paso para mantener la distancia entre nosotros—. Te asignaron una habitación doble. Estás en la residencia Philautia. Mi piso.

Me subo los lentes por la nariz para examinar la llave, que es del tamaño de mi puño y está hecha de latón.

—¿Su piso?

—Sí, soy tu colaborador residencial.

—Perdón, ¿mi qué?

—Colaborador residencial —repite Maverick. No da más explicaciones. Los estudiantes de segundo año ya deben saber qué es eso. ¿Quizá es un moderador residencial para escuelas elegantes?

—Disculpe la molestia —trato de decir con calma, dejando la llave sobre la mesa—, pero creo que pagué una tarifa adicional para reservar una habitación individual.

Estoy seguro. Además de estudiar sin parar para los exámenes de ingreso y preparar un expediente perfecto para solicitar la beca de excelencia, me pasé las vacaciones de verano dando clases particulares a casi todos los niños de primaria de Queens para poder pagar el costo extra de esa habitación. Es difícil olvidar algo así.

Desde su trono, Maverick observa a los padres y alumnos que esperan detrás de nosotros.

—Será mejor que lo revises con tus tutores.

Esto sería más fácil si mi mamá hubiera venido. No es que haya elegido estar solo después de un viaje en tren de cuatro horas hasta el medio de la nada en el norte del estado de Nueva York, en Au Sable Forks, con una población de cincuenta y cinco habitantes. Pero algunos padres no pueden faltar al trabajo si quieren pagar la renta, Maverick.

—Ella no vino conmigo —digo.

—¿Me puedes repetir tu nombre?

—Charlie.

—¿Tu apellido?

—Von Hevringprinz.

—Apellido largo.

«Nunca había escuchado eso, *Maverick*».

—Ajá...

—Si hubieras pagado por una habitación individual, estaría registrado aquí. —Levanta su portapapeles y señala mi nombre—. También te pido una disculpa por las molestias.

En la hoja de cálculo aparecen marcadas las casillas del *segundo año* y las *dobles*.

Entonces hay un gran error.

—¿Le importaría confirmarlo con la administración?

Maverick arranca de prisa un *post-it* de un montón cercano, como si le hubiera tocado una fibra sensible al cuestionar su autoridad como simple estudiante novato.

—Lo voy a anotar. Solicitudes complicadas como esta solo pueden ser aprobadas por la directora. ¿Cuál fue el motivo que indicaste para pedir una habitación individual?

—Eh... Motivos personales.

Su sonrisa impenetrable cae un centímetro. Seguro que ha oído esa excusa cientos de veces, pero no voy a decirle a él ni a nadie más aquí el verdadero motivo.

—Dado que el resto de las habitaciones están reservadas, tendrás que quedarte con tu compañero de cuarto asignado mientras tanto.

—¿Cuánto tiempo tardará?

En lugar de responder, Maverick jala una cesta de mimbre con celulares de debajo de la mesa y la pone con brusquedad frente a mí.

—Todos tus dispositivos electrónicos, por favor.

Delilah me advirtió sobre la confiscación de teléfonos. No pensé que sería tan pronto. Coloco el mío con vacilación.

—¿Me lo van a devolver hasta las vacaciones de invierno?

—Si hay alguna emergencia, en la oficina te atenderán con mucho gusto.

—Sí, pero...

—Como ya sabrás, tenemos la arraigada costumbre de celebrar la devoción por el amor que sintió san Valentín a lo largo de su vida a través de nuestra propia pasión: el aprendizaje. Esta academia ofrece un programa de estudios tradicional e intensivo, por lo que el acceso a dispositivos electrónicos e internet está restringido. —Tras pronunciar su discurso, claramente ensayado, Maverick me mira fijamente, prestando especial atención a mi playera negra básica y mis pantalones de mezclilla, que, a pesar de estar remangados, siguen siendo demasiado largos para resultar cómodos—. Y, una vez registrados en sus habitaciones, los alumnos deben ponerse el uniforme adecuado.

—No sabía —murmuro, cruzando los brazos lo suficiente para cubrirme el pecho.

¿Cómo iba a saberlo? La mayoría no sabe lo que ocurre tras el muro divisorio cubierto de hiedra de la Academia Valentine. El mundo exterior solo sabe que los alumnos de este centro acaban en las mejores universidades.

Incluso con la sabiduría combinada de mi mamá y Delilah, me siento perdido.

—Todas las normas del campus están en este paquete —dice entregándome una pila de papeles encuadernados con mi nombre escrito en un *post-it* pegado en la parte superior—. Los horarios de las clases se entregarán mañana por la mañana. Bienvenido a Valentine.

La residencia Philautia es la pieza faltante de un castillo.

Más bien es una torre de piedra con cúpulas que parece sacada de principios del siglo XIX. Siete estatuas metálicas de san Valentín, el famoso santo, custodian el arco de la entrada. Algunas posan con ramas de palma; otras extienden los brazos con túnicas clericales. Debajo hay un letrero con la inscripción: «El amor es paciente, el amor es bondadoso».

Al entrar en el vestíbulo, siento un escalofrío. Por suerte, no hay más estatuas de ancianos predicando sobre el amor a los menores de la academia. Solamente hay bancas de cedro que parecen sacadas de una cabaña lujosa y que me hacen cosquillas en la nariz con su ligero aroma a tierra. Los candelabros destellan sobre mi cabeza mientras sigo un camino marcado por una alfombra color caoba que conduce a una escalera de caracol desierta en la parte trasera.

Después de cinco tramos de escaleras, me encuentro ante un pasillo absurdamente largo flanqueado por gruesas puertas de madera. El suelo de baldosas de piedra está adornado con otra alfombra, y el papel tapiz *art nouveau* estampado en relieve me recuerda sin esfuerzo que esta academia fue resucitada en 1899. Al llegar al final, veo la placa que estoy buscando.

Habitación 503.

En la puerta hay un intrincado grabado con el mismo escudo que aparece en la mitad de las sudaderas de mi mamá. La pintura dorada acentúa las palabras «Academia Valentine para Varones» y *nam amor traditionalis educationis* que se extienden a lo largo de la parte superior e inferior, y el interior del corazón es rojo. Una flecha atraviesa con violencia el centro.

Al final de este pasillo está mi *roomie*. La persona que podría descubrir la verdad con mayor facilidad que nadie más aquí.

—Pero, amigo, el cerco.

—¿Crees que a G le importa?

Miro hacia el lugar de donde provienen las voces. Dos compañeros de clase con sudaderas con el escudo de Valentine salen de la habitación 506. Al pasar, uno de ellos nota que los estoy viendo y se acerca para darme la mano. Un tipo fresa y con pinta de deportista.

El pánico se apodera de mí y casi me desmayo mientras le estrecho la mano con torpeza. Me mira fijamente durante un instante demasiado largo para que sea normal, y sigue caminando en silencio hacia la escalera con su amigo.

Genial. Buen trabajo.

Recupero la compostura con una respiración profunda y meto la llave en la cerradura de mi habitación.

La puerta se abre con un chirrido, revelando dos camas gemelas con el escudo de la academia en las colchas, burós y escritorios de madera de cedro, y ventanas abovedadas con cortinas de terciopelo rojo. Lo más estridente es el papel tapiz: un patrón de ramos de pensamientos que tiñe la habitación de tonos rosa y verde vómito.

Ni rastro de mi *roomie*.

El nudo en mi estómago se deshace. No está aquí. Todavía.

Aunque uno de los lados ya ha sido ocupado: el más grande, que presume de una pared más larga que permite colocar la cama, la cómoda y el escritorio, a diferencia del otro. Por supuesto.

Hay tres maletas de tamaños crecientes apiladas junto a su cama. No, son *baúles*. Antiguos, de cuero, con bisagras de latón y todo. Hay libros esparcidos por el escritorio y el suelo, que se extienden hasta mi lado.

¿Quién es este tipo? ¿Tiene ochenta años?

Apartando sus libros con el pie, aviento el paquete de dos kilos y medio con todas las normas de la escuela sobre la mesa que, al parecer, es mía, y luego arrastro mi maleta hasta la cama que hay junto a ella. Cuando me acuesto, mi cuerpo se hunde hasta el fondo del colchón carísimo y ridículamente mullido. Intento acomodarme para no ahogarme en mi propia cama.

Estoy solo. En mi nueva habitación. Me cubro la cara con un brazo para aislarme del mundo. Los miedos que he reprimido desde la orientación salen a flote. Mi plan de pasar desapercibido, como me sugirió mi mamá, casi se arruina con un apretón de manos.

Un apretón de manos.

Me siento como si tuviera doce años de nuevo, cuando mi madre me llevó por primera vez al campus de Valentine para ver su representación de *Hamlet*. Los chicos que se sentaron a nuestro lado usaban palabras que yo nunca había oído y se molestaban entre ellos como si se conocieran de forma innata. Lo único en lo que podía pensar era en lo mucho que quería estar bajo el mismo hechizo que los hacía actuar así. Al principio, supuse que como mi mamá había obtenido la beca de excelencia en su campus hermano cercano, que era exclusivo para señoritas, ese sentimiento inquebrantable se debía a que yo también pertenecía a Valentine. Dos años más tarde, asistí a su campamento de «Shakespeare y los clásicos». Me alojé en la residencia del campus hermano y me enamoré de todo lo que aprendí, y comprendí la verdad: no quería ir a Valentine solo por mi mamá o por la educación.

La realidad es que me intrigaban esos chicos porque quería ser un chico. Porque yo era un chico.

Un estallido de charlas de las actividades de orientación al otro lado de la ventana me hace regresar a la tierra. Me levanto los lentes para frotarme la cara.

Un póster de un adolescente blanco en el techo me devuelve la sonrisa.

Me sobresalto y me agarro a la cama. Lleva una camisa hawaiana con la mitad de los botones desabrochados y un loro en el hombro. En el pecho tiene escrito en letras grandes y cursivas: «El poeta más sexi del año». Esa cara me resulta familiar. Demasiado familiar.

Mi pulso se acelera mientras salto sobre el colchón para verlo mejor. Parece mayor que cuando nos conocimos a los catorce años. Lleva el pelo más largo, hasta los hombros, pero jamás podría olvidar esos iris azules resplandecientes y esa nariz respingada. Miro el techo sobre la otra cama: otro póster del mismo rubio, sonriendo con aire burlón, vestido con esmoquin.

Se convirtió en modelo en los últimos dos años. O en un poeta famoso. O en ambas cosas. Es cierto que *era* el estudiante con más talento en el taller de poesía al que me obligaron a asistir en el campamento de «Shakespeare y los clásicos». Subjetivamente, al menos. Para los demás.

¿Estaré atrapado con un *roomie* que es su fan acérrimo? ¿Fan suyo, de entre toda la gente odiosamente vanidosa?

Vanidosa. Esa palabra hace que algo haga clic en mi cabeza.

Era el más vanidoso del campamento. Alguien *capaz* de pegar pósters de sí mismo.

Quizás no se trata de un fan.

Corro hacia el escritorio de mi *roomie* y hurgo entre los cuadernos apilados. Un nombre, una dirección, algo que identifique a la persona con la que pasaré todas las noches durante quién sabe cuánto tiempo. Abro el tercer cuaderno y me quedo petrificado al ver el nombre escrito en la esquina.

El único nombre que sabría la verdad, sin importar lo bien que me escondiera. El que me robó mi primer beso y me rompió el corazón, y el que podría exponer todo lo que quisiera en cuanto me viera.

Jasper Grimes.

CAPÍTULO 2

EL PARAÍSO PERDIDO

MARTES 3 DE SEPTIEMBRE

Delilah escupe su bebida energética.

—¿Un *roomie*?

Hago una mueca al ver el líquido verde regurgitado sobre el pasto.

—Eso es lo que les dije.

—Pagaste por una habitación individual —dice levantando su nariz dispareja hacia mí, la única similitud física que compartimos como mejores amigos. Mientras yo apenas puedo controlar mis rizos oscuros, ella se queja de que su cabello rubio se ve demasiado aplastado. Mientras yo tengo las cejas pobladas, ella nunca ha tenido que depilar las suyas. Aunque Delilah era unos centímetros más alta que yo cuando nos conocimos en el campamento, ahora mis plantillas me elevan lo suficiente como para ser el más alto.

—También intenté explicarles eso —digo.

Delilah se apoya contra el alto muro de ladrillo que separa nuestros campus hermanos, clavando con tanta fuerza sus puntiagudas uñas de acrílico en la lata de su bebida que el aluminio se deforma. Unos cuantos padres y estudiantes que pasan por el portón se quedan mirando el aura oscura que emana Delilah a medida que su furia se intensifica.

Mis hombros se tensan. La atención no está puesta en mí, pero aun así.

—Hay gente viéndonos.

—¡Disfruten del espectáculo! —grita Delilah al sol poniente y al patio, donde un inquietante círculo de estatuas de cupidos dentro de una fuente de mármol lanza agua de sus flechas—. ¿Cómo se atreven a imponerte un *roomie*?

Ni siquiera le he contado lo peor: es Jasper Grimes, el imbécil que me hizo llorar a mares con ella al final del verano hace dos años.

Delilah ha incendiado «accidentalmente» robles en los bosques que rodean Au Sable Forks más veces de las que la he visto en persona desde el campamento: dos. Ambos fueron resultado de sus monólogos furiosos sobre la severidad de Valentine mientras lanzaba bengalas que había traído a escondidas al campamento. Como ahora está enojada, tengo que evaluar su ira en una escala que va desde incendiar árboles hasta incendiar el planeta entero antes de contarle la historia completa. Por lo que sé, no tiene bengalas a la mano. Pero con Delilah nunca se sabe.

—Ni siquiera puedo ayudarte —continúa Delilah—. Mi academia está ahí mismo, pero es prácticamente imposible llegar con este muro maltercio en medio.

—¿Este qué?

—¡Esta pared que nos separa! Todos la llamamos así. —Da un golpe con la palma de la mano contra la pared de ladrillo.

Otra expresión más que no conozco. Delilah ya me había advertido que los campistas de verano nunca aprenden la jerga real del campus, informándome que los patios de la academia son los «halos» debido a su forma circular y que los cafés con chocolate y caramelo que venden en las cafeterías son «Jesuses» porque son tan buenos como él. O algo así. Sin embargo, «muro maltercio» era un término que se me había escapado.

Al menos estaba familiarizado con la forma tradicional de funcionar de las academias, incluso después del reciente cambio de nombre de la Academia *Saint Valentine* a solo *Valentine*, un intento de separarse de sus orígenes religiosos. En el campamento, todos asistían a talleres en el campus hermano, pero dormían en sus respectivas residencias, en las esquinas más opuestas del mapa, separadas por ese muro. Como estudiantes, ahora solo tenemos libertad hoy y en una fiesta de invierno, que según Delilah es nuestro único momento para celebrar después de meses de estudio, y que yo, sin duda, evitaré.

Delilah vuelve a golpear la pared para enfatizar su dramatismo y me jala de vuelta.

Está en modo «hacer arder el planeta entero». Lo mejor que puedo hacer es esperar para contarle los detalles sobre la situación con mi *roomie*.

—El colaborador residencial me dijo que preguntará en la oficina si hay alguna habitación individual —le digo—. Todo va a estar bien.

—Bien. O les prenderé fuego.

—No lo hagas.

—Ya veremos.

Estiro la correa de mi tirante izquierdo. Es cruel que tengamos que llevar uniforme desde el momento en que nos asignan las habitaciones: un saco a cuadros negros y rojos con el escudo de Valentine en la solapa, pantalones a juego, una camisa roja brillante y corbatas negras que parecen salidas de las profundidades del infierno de la fealdad. Es cruel.

—¿Parezco un chico con este uniforme?

—Eres un chico.

—Pero, o sea… —Sacudo los zapatos de vestir que cuelgan de mis pies: los pedí a propósito una talla más grande. No fue mi decisión más inteligente, pero el miedo a que todos se dieran cuenta de que tengo los pies más pequeños del campus pudo más que mi lógica—. Sabes a lo que me refiero.

Delilah, cuyo uniforme es mucho más agradable a la vista, cruza los brazos. Mientras que yo parezco estar empapado en sangre fresca con este atuendo, ella lleva un saco de color pastel y una falda a cuadros que le llega hasta las medias que le cubren las rodillas. El recordatorio de la agresividad con la que los uniformes de hermano y hermana refuerzan los estereotipos no es nada grato.

—Pensaba que por fin te sentías bien con todo esto —dice Delilah, mirándome a los ojos.

—Así era. Así es. Más o menos.

—Pospusiste tu admisión aquí por una razón.

Es cierto, lo hice. Para tomar clases en línea durante un año. Para aprender sobre ropa y peinados masculinos y otras formas de sobrevivir, todo en la intimidad de mi cuarto. Pero…

—Supongo que sí.

—Nadie se va a enterar. ¿Cómo podrían saberlo?

Jasper Grimes lo sabría.

Si se lo cuenta a alguien, se acabó. El paquete de orientación no menciona a los estudiantes transgénero, pero ese es el problema. Ahora solo utilizan la antigua iglesia como campanario, pero cuando mamá estudiaba aquí, era obligatorio ir a misa los viernes a las nueve. Para ella la religión era algo tan cotidiano como lo eran las matemáticas. Y las veces que visité Valentine, ningún estudiante me daba la impresión de necesitar directrices actualizadas por la misma razón que yo.

Por eso mantengo la cabeza agachada.

—Tengo el mal presentimiento de que todo esto acabará acumulándose —digo—. Y me preocupa no quedar entre los cinco mejores de mi clase.

—Por favor, eres la persona más inteligente que conozco.

El cumplido solo me reconforta por un momento. Delilah nunca podría entender el miedo a perder una beca. Aunque tanto sus padres como los míos estudiaron en Valentine, los suyos son médicos que nadan en dinero. Mamá también obtuvo la beca de excelencia y ahora es propietaria de una librería que, aunque es un pilar de la comunidad de Queens, está ahogada en deudas, algo anómalo dado que los exalumnos de Valentine tienen pase directo extraoficial para entrar en la universidad de la Ivy League que quieran. Pero mamá había preferido perseguir su sueño.

—Mi beca depende de ello.

—O sea, entiendo eso. Si quiero postularme para el consejo estudiantil este año, tengo que estar entre los quince mejores de mi clase.

Asiento, aunque apenas logro concentrarme en lo que dice.

Delilah suspira, y el sonido es breve y un poco irritado. Una parte de mí quiere preguntarle qué pasa, pero ella me distrae al seguir hablando.

—Solo intento decirte que te entiendo. Entiendo la presión. Si no quieres seguir adelante, no te insistiré más.

—No —respondo, jugando con el anillo de graduación de mamá en mi dedo—. Lo quiero.

Incluso más que eso. Cuando la abuela y el abuelo vivían, no paraban de decir lo orgullosos que estaban de mamá por haber conseguido esa beca, pero en su ausencia, decían que la «desperdiciaba» en una librería que fracasaría.

Y luego está mamá. Al principio, presenté la solicitud sin decírselo, pensando que las posibilidades de ser seleccionado como uno de los becarios de excelencia eran mínimas y que se sentiría muy decepcionada si le daba falsas esperanzas. Sin embargo, cuando me enviaron el correo electrónico en el que me comunicaban que mi beca seguía en pie aunque hubiera aplazado mi ingreso, y se lo conté todo, no se alegró como esperaba. Solo frunció el ceño, sabiendo muy bien que tendría que quedarme en el campus de chicos por razones que podrían no entusiasmar a la administración. Insistió en que tenía que haber otras preparatorias de excelencia en la región, que podía postularme a otra, a un lugar que no supusiera tanto riesgo.

Pero en Valentine es donde me di cuenta de que era un chico. Me ha llamado toda mi vida, insistiendo en que pertenezco aquí. Tenía que ser *este* campus. *Esta* academia. Después de cuatro intentos de explicárselo a mamá, además de recordarle cómo esta educación que le cambió la vida la llevó a amar los libros y, en última instancia, a que yo también los amara, dejó de preocuparse lo suficiente como para dar su aprobación, aunque con reticencia.

No obstante, es mi primer día y ya estoy teniendo problemas. Exactamente lo que le preocupaba a mamá.

—Mira lo asustado que estás —dice Delilah.

—No estoy *asustado.*

Delilah señala mi mano que está temblando.

Bajo el brazo.

—Siempre he soñado con estudiar aquí. Clases que realmente me supongan un reto, y en la parte del campus donde están los chicos. Nunca pensé que podría… —Dejo la frase en el aire, recordando al peor *roomie* que me podrían haber asignado y que podría hacer añicos este sueño.

¿Cómo mantengo callado a Jasper Grimes? ¿Sobornándolo?

En el patio resuenan golpes secos. Me sobresalto y me tapo los oídos.

Delilah me baja las manos.

—Amigo, relájate, es la campana que avisa que faltan diez minutos para que apaguen las luces.

Miro hacia abajo, hacia la pared de ladrillos —el muro maltercio— donde sobresale el campanario de una iglesia que, al parecer, está en desuso. No lo había notado en la penumbra del atardecer.

En lugar del apretón de manos que me dieron en la residencia, Delilah me da un abrazo. Nunca he estado tan agradecido.

—Si en algún momento empiezas a entrar en pánico o a llorar desconsoladamente, avísame —dice—. Como soy tu contacto de emergencia, mi colaborador residencial puede enviarme a la oficina para que atienda la llamada.

—No voy a llorar desconsoladamente. —Hago una pausa—. Pero gracias.

Delilah desaparece por la puerta abierta del muro que da a la academia hermana, y yo me dirijo hacia la residencia. Las aceras están llenas de familias que se despiden apresuradamente, pero apenas las percibo. Tengo demasiadas cosas en la cabeza.

Esta noche tengo que dormir en la misma habitación que otro chico. Uno que me besó y se marchó como si no fuera nada.

Mi *primer* beso.

Meto las manos en los bolsillos como si eso fuera a calmar mis nervios. En cuanto Jasper me vea, tendrá preguntas y yo no sabré qué responder. Tengo que preparar un discurso y ese soborno, pero no sé qué podría ofrecerle.

Simplemente le voy a preguntar. Él nunca ha tenido problemas para tomar lo que quiere.

CAPÍTULO 3

LA MÁQUINA DEL TIEMPO

MARTES 3 DE SEPTIEMBRE

Acerco la oreja a la puerta de la habitación 503, atento a cualquier señal de vida.

Un ruido metálico aquí. Un empujón allá. Ha vuelto.

«¿Dónde está ese discurso, Charlie?».

«Sí, soy la persona que conociste en el campamento de verano de "Shakespeare y los clásicos" de Valentine hace dos años. Sí, nos besamos junto al lago. No, ya no soy esa persona, pero también lo soy. ¿Qué quieres a cambio de tu silencio?».

Eso servirá.

Cuando alcanzo el picaporte, se me paralizan las manos. «Hazlo. ¡Solo hazlo!».

La adrenalina recorre mi cuerpo y tiro del picaporte. La puerta se abre de golpe y se estrella contra la pared.

—Ups… —murmuro.

Al fondo de la habitación, una figura esbelta con el mismo saco a cuadros y la misma corbata que yo se sobresalta. Aunque mi uniforme cuelga holgadamente en todos los sitios equivocados, el suyo se ajusta a la perfección. Se le resbala un objeto de cristal —un pisapapeles en forma de corazón— y le cuesta tres intentos atraparlo.

Es el chico del póster del poeta más sexi del año, con sus brillantes ojos azules y su cabello rubio recogido en una colita de caballo. En persona. Me está mirando fijamente.

El discurso que preparé se me olvida por completo.

Jasper Grimes está aquí de verdad.

Jasper tira el pisapapeles a pesar de haberlo salvado segundos antes. El cristal se rompe contra el alféizar de la ventana y cae al suelo en pedazos.

—¡Charlie von Hevringprinz!

Aunque nunca antes había pronunciado este nombre completo, todo en su forma de decirlo me resulta muy familiar.

De un momento a otro, cruza corriendo nuestra habitación —o, más bien, con tantos libros en medio, saltando— y me agarra las manos. Su fragancia floral me envuelve y su toque es tan frío como lo recordaba. Las desventajas de tener un corazón secretamente hecho de hielo.

Sonríe tanto que me preocupa que toda su cara se rompa como el pisapapeles.

—Es un honor conocerte.

Como si no me hubiera reconocido. Aún.

Observo sus pestañas rubias y temblorosas, el rubor que siempre tiñe sus mejillas y los mechones despeinados que se han escapado de su cola de caballo. Todo en él es exactamente igual que hace dos años.

Mantén la cabeza baja.

Retrocedo bruscamente. ¿Qué tan afilado se verá mi rostro con esta luz? Todavía no he revisado en el espejo cómo se ven mis brazos con este saco.

—E-encantado.

—Es una pena que hayamos perdido nuestras habitaciones individuales.

—¿A ti también te la hicieron?

—Sí, pero qué ventaja. Ahora soy *roomie* del becario de excelencia de segundo año. Le ganaste a miles y ahora estás delante de mí. ¡Un genio!

—Oh, no soy un genio. —Mi atención se desvía hacia los tres primeros botones de su camisa roja, que están desabrochados y dejan al descubierto su clavícula y su pecho. Siempre ha tenido el tono muscular perfecto, ni demasiado musculoso ni demasiado delgado, como si practicara algún deporte extracurricular de forma ocasional. Obviamente, el poeta más sexi del año, cuyos pasatiempos incluyen posar para las cámaras, seducir a todas las mujeres en un radio de un kilómetro y medio y romper corazones a golpes, tiene que lucir bien.

Es decir, sí que se ve bien. Pero eso ya no tiene nada que ver conmigo.

—Por supuesto que eres un genio —dice Jasper, volviendo a llamar mi atención—. ¿No empezaste ese programa de tutorías de inglés en Nueva York? ¿El que obtuvo miles de dólares en apoyo sin fines de lucro en un solo año?

—Sí...

—¿Ves?

Debo admitir que el cumplido me conmueve. Después de que decidí postergar un año, alguien más obtuvo la beca de excelencia. Solo hay cuatro becarios en la escuela, elegidos en su primer año para representar a su clase hasta la graduación. Cuando me dijeron después que mi sustituto se había ido tras su primer año, pensé que estaba soñando. Al menos hasta que me di cuenta de que nadie renunciaría voluntariamente a ese honor. Había dos posibilidades:

Una, que lo hubieran expulsado por infringir las normas. Quizá incluso por algo parecido a lo mío.

Dos, y la más probable, que no pudo soportar la presión.

Me niego a que me pase lo mismo que a ese sustituto. *Aguantaré* hasta la graduación.

—¿Cómo sabes todo eso? —le pregunto a Jasper.

—Me lo contó mi tía. ¿Has pensado en dar clases particulares aquí?

Rebobinemos.

—¿Tu tía?

—Supongo que la conoces como la directora Grimes.

—¿Tu tía es la directora?

De los labios de Jasper brota su memorable risa. Suave y burbujeante.

—Así que estás fingiendo que no lo sabes. Eres gracioso, von Hevringprinz.

Le devuelvo la risa, pero es débil. Por supuesto. La única mujer que tiene el poder de enviarme a casa y que aprobará o rechazará mi solicitud para una habitación individual es la tía de Jasper. Por supuesto, de alguna manera nunca vi ese apellido memorable durante el proceso de solicitud. Por supuesto que Jasper debía tener una habitación individual. Como su sobrino, probablemente la más lujosa.

Y él, sin duda alguna, no me reconoce.

Debería sentirme aliviado, pero en cambio siento que la punta de la lengua me arde por lo que bulle en mi interior. «¿Cómo te sentiste al besarme mientras escribías cartas poéticas de amor a otras tres personas durante el campamento? ¿No te importé lo suficiente como para acordarte siquiera de mi memorable apellido?».

—¿Tu tía va a permitir que te quedes en una habitación doble? —pregunto, tratando de mantener la calma.

Jasper se encoge de hombros y se dirige hacia su escritorio.

—No presenté ninguna queja. He oído que tener un *roomie* puede ser divertido. Con un becario de excelencia como tú, apuesto a que nuestras conversaciones serán estimulantes. ¡Es una bendición disfrazada!

—Claro —murmuro—. Una bendición.

Mientras busca entre los libros esparcidos por su escritorio, una pulsera de plata tintinea contra su muñeca, compitiendo por ser el sonido más molesto y agudo contra el del chirrido de los grillos que se cuela por la ventana entreabierta.

—¿Supongo que quieres mi autógrafo? Nunca se lo he ofrecido a nadie, así que no le digas a mis seguidores.

—Espera, ¿qué?

Jasper sostiene un libro de bolsillo como si fuera un trofeo. *El amor es un payaso de fiesta roto* se arquea alrededor de un payaso llorón mal dibujado impreso en la portada. No es el título lo que me hace fruncir el ceño, es el nombre del autor. Su nombre.

—¿Publicaste un libro? —pregunto sin poder contener mi sarcasmo esta vez.

Jasper inclina la cabeza como si casi lo reconociera. Como si así hubiera sido exactamente como le hablé cuando nos conocimos en el campamento.

Todo mi cuerpo se tensa.

—Un poemario —dice finalmente, despacio y de forma extraña—. Mis *posts* más populares. —Firma el interior con un marcador permanente y me entrega la copia—. Para ti, *roomie.*

Mi cerebro se bloquea al sostener el libro firmado, tan real. ¿Qué hay en él que pueda ser tan impresionante como para tener seguidores? ¿Libros? ¿Pósters?

Debe ser su aspecto.

—Gracias —murmuro, a pesar de que el regalo se desperdicia conmigo. La única razón por la que conocí a Jasper en el campamento fue porque me obligaron a asistir a ese taller de poesía junto con mis clases y horas de lectura sobre los grandes. ¿Qué sentido tiene escribir poesía si no eres uno de esos grandes? ¿Regurgitar tu propia sopa sentimental y empalagosa?

Jasper se adentra en la habitación, extendiendo los brazos, y su pulsera vuelve a tintinear como una campana molesta.

—¿Te gusta cómo decoré este lugar?

Su presencia me había abrumado tanto que no me había dado cuenta. Hay un jarrón de cristal en una mesita nueva, una colección de velas en el alféizar de la ventana y un enorme recorte de cartón de tamaño real de él mismo entre nuestras camas. De su cuello de cartón cuelgan collares de carnaval.

Hubiera preferido un librero.

Jasper junta las manos.

—¿Te gusta?

«No lo sé. ¿Recuerdas quién soy?».

Aprieto los puños para recomponerme. Es mejor que Jasper lo haya olvidado. Mientras pueda evitar que recuerde, no podrá contarle a su tía quién soy. ¿Pero podré mantener en secreto el odio que siento hacia él?

Miro con ira el póster de Jasper en el techo, el recorte de cartón, y luego vuelvo a mirar al Jasper real.

—Te convertiste en el centro de atención.

—Gracias.

—Eso no fue… —Forzo una sonrisa—. De nada.

—Tengo muchas preguntas sobre ti, *roomie* —dice Jasper, juntando las manos. Me inspecciona con ojos grandes y llenos de expectativa—. ¿Tienes mascotas? ¿Algún pasatiempo? ¿Cómo es tu familia? ¿Tienes hermanos? Por favor, cuéntamelo todo.

Mis entrañas se encogen como una pasa.

—Yo… Bueno…

Jasper hace un gesto con la mano.

—Lo siento, me estoy adelantando otra vez. Mereces poder instalarte antes de que empecemos a conocernos mejor.

—Sí. Sí. Gracias.

—Por supuesto. Después de que descanses, responderás a todas mis preguntas.

Intento contener una mueca.

—Entonces tendremos que pasar pronto un rato juntos, en privado —dice Jasper, ajeno a mi incomodidad—. Mañana. Reunámonos para almorzar entre clase y clase.

—Estoy ocupa…

—Maravilloso —dice. Se dirige a su cómoda y se agacha para hurgar entre sus pijamas desdobladas en el cajón inferior. Al parecer, la conversación ha terminado. Se echa al hombro unos pantalones a cuadros.

Frunzo el ceño y me acerco a mi cómoda, saco una de mis pijamas dobladas con el logo de Valentine y luego me doy la vuelta hacia él para rechazarlo.

—Lo siento, pero realmente no puedo ir a almorzar contigo…

Jasper ya se quitó la camisa. Apenas lleva puestos los pantalones.

—¡Dios mío! —Me doy la vuelta para mirar en cualquier otra dirección. Mi codo golpea la cómoda con tanta fuerza que un libro de texto se cae y me golpea en el pie. Grito.

—¿Qué pasa? —dice Jasper. Totalmente tranquilo. Al menos eso supongo por su típica voz melodiosa. De ninguna manera miraré para comprobarlo.

—N-nada.

Él se ríe ante mi crisis nerviosa.

—¿Olvidaste que ambos somos chicos?

Que me digan que soy un chico debería hacerme sentir bien. Debería hacerme sentir increíble.

Solo me siento destrozado.

—Voy a… —Señalo el baño—. ¡Adiós!

La puerta se cierra a mi lado. Mis piernas flaquean y caigo al suelo mientras la sangre bombea con fuerza por mi cuerpo. A través de la puerta translúcida de la regadera, junto a mi jabón dos en uno, puedo ver los elegantes envases de *shampoo* y acondicionador de Jasper. Huelen a rosas. Son de color rosa brillante.

Compartiremos la regadera.

Sentado allí, respiro profundamente para evitar tener un ataque al corazón en plena adolescencia. Entonces, solo unos segundos más tarde, me levanto. Porque los becarios de excelencia no vomitan la cena el primer día de clases. Ellos sobresalen.

Mi colaborador residencial hablará con la directora. Pronto podré escapar.

CAPÍTULO 4

UN MUNDO FELIZ

MIÉRCOLES 4 DE SEPTIEMBRE

CHARLIE VON HEVRINGPRINZ | ID: V183019

Hora cero: Aula principal

Primera hora: Educación Física

Segunda hora: Química avanzada

Tercera hora: Literatura Inglesa avanzada

Almuerzo C

Cuarta hora: Cálculo avanzado

Quinta hora: Historia Mundial avanzada

Sexta hora: Educación Cívica de primer año

Las palabras «Educación Física» me queman los ojos como si fueran ácido.

Arranco el horario de clases pegado en mi puerta y examino la lista más de cerca. La clase de Educación Cívica de primer año debe estar en el lugar de una de mis dos actividades extracurriculares, un requisito que no he cumplido por el cambio de escuela. Pero cuando envié mi lista de asignaturas deseadas durante el verano, casi me desmayo al ver todas las opciones literarias: Periodismo de Investigación, El arte de la Escritura Persuasiva,

Historia de la Literatura China, Introducción a la Poesía. ¿Quién no mataría por todo eso? Bueno, excepto por la poesía.

Había marcado las tres primeras con entusiasmo, feliz de poder cursar cualquiera de ellas.

Entonces, ¿por qué Educación Física?

Practicar deportes con otros chicos. Ser comparado con otros chicos. Bañarme con chicos.

—¡Ni en sueños! —sale de mi boca con tanta vehemencia que mi voz resuena por todo el pasillo, mis filtros se han desactivado tras pasar la noche en vela hasta las dos de la mañana.

Jasper no ronca, pero lee. En voz alta. En plena noche, se recostó contra la cabecera de la cama y se sumergió en un libro más grueso que mi cabeza. Cada vez que pasaba una página, se oía un crujido. La lámpara zumbaba. Y, por supuesto, tenía que reaccionar en voz alta a cada estrofa. «Oh, vaya. Dios mío. Increíble». ¿Qué puede ser tan interesante? Apuesto diez dólares a que eran sus propios poemas.

Echo un vistazo a la cama tendida de Jasper, que tiene nada menos que once cojines adicionales y una colcha decorativa de retazos con un estampado de flores de ambrosía tejidas. Los pósters de él mismo siguen colgados del techo. Lo único que falta es el Jasper real.

Ya se había ido cuando me despertó el campanario, lo que me permitió registrar mi maleta para asegurarme de que no hubiera nada que pudiera identificarme como alguien a quien él conocía. Rompí mi foto favorita con Delilah posando delante del lago Au Sable Forks cuando estábamos en el campamento.

Quizás Jasper se anda escabullendo a la academia de junto para ver a sus novias. No sería la primera vez que tiene más de una.

Vuelvo a mirar mi horario con enojo. La clase de Educación Física es un error, como mi habitación individual. Lo arreglaré incluso antes de llegar a la clase.

—¡Todos, levántense!

Es lo primero que escucho al entrar tambaleándome en el campo del centro recreativo Pragma, sudoroso, asqueroso y muriendo por una bebida hidratante. Por supuesto, incluso tras treinta minutos de búsqueda, no pude encontrar a Maverick, el colaborador residencial, ni en su habitación ni en el vestíbulo común. Los cinco caminos de grava que brotan del patio como apéndices me convirtieron en una rata de laberinto durante treinta minutos más intentando encontrar este centro. Las escasas señalizaciones no ayudaban. Miro mi reloj. Diez minutos tarde. No es como debe comportarse un becario de excelencia.

Al menos no está Jasper. Solo hay una cancha de césped recién cortado, cuyo aroma impregna el aire, rodeada de robles y arces plantados de forma perfecta y uniforme alrededor del perímetro. Delante de una fila de alumnos hay una profesora con ropa deportiva roja con un escudo de Valentine. Los estudiantes son de diferentes edades, estaturas y complexiones, y van desde preadolescentes hasta adolescentes. Es una clase con alumnos de varios cursos. Todos llevan la misma ropa deportiva que la profesora.

Me arreglo la corbata. ¿Hay un uniforme aparte?

La profesora comienza a explicar el código de vestimenta mientras hojea los papeles de su carpeta. Una oportunidad para unirme a la multitud sin que me vean. Me hago un lugar en la última fila, detrás de alguien que me saca una cabeza y cuya sudadera apenas le cubre sus abultados bíceps. Será mi escudo hasta que solucione lo de mi horario.

—Castigaron a Banks —susurra el escudo humano a un chico que está a su lado.

—¿Por qué? —pregunta el otro.

—Estaba afuera después de que apagaron las luces. Tres minutos después.

—Eso no es nada comparado con lo de Richards. Escuché que lo van a *expulsar*.

—¿En serio? ¿Cómo? Apenas llevamos un día.

—Le dijo a su *roomie* que estaba planeando una fiesta en su habitación y él lo delató.

Castigo por tres minutos. Expulsado por un plan. Yo elegí esta vida, pero aún así se me revuelve el estómago.

Al menos encontré informantes confiables.

—Oye —digo, jalando el dobladillo de la sudadera del escudo humano. Él voltea. Instintivamente, doy un paso atrás para mantener la distancia y bajo la cabeza—. Creo que mi… consejero… con… —¿Cómo se llamaba?—. Consejero residencial. Me dio un horario equivocado.

Su imponente cuerpo se inclina sobre el mío para leer mi horario, invadiendo mi espacio en cuestión de segundos, y yo me quedo rígido. Cuando le dije a Delilah que me sentía seguro de mi aspecto en la orientación, me refería a que me siento cómodo *a distancia*. No contaba con que los estudiantes fueran a meter las narices en mis asuntos. Él señala la parte superior de la página.

—Aquí está el nombre y el número de identificación. ¿Tú eres Charlie?

—Sí.

—Entonces este es el tuyo.

—Pero yo no me inscribí a Educación Física —digo, tratando de profundizar mi voz para eludir su cercanía.

—Es obligatoria. ¿Eres nuevo aquí, hermano?

—Eh, un poco. ¿Nos obligan?

—Porque Valentine no ofrece deportes. Tienen que asegurarse de que todos se mantengan en forma. Tú me entiendes.

No lo entiendo.

La derrota me golpea con fuerza. Puede que este realmente sea mi horario.

—¿Todos recuerdan en qué consiste la prueba física del primer día? —grita la profesora con tal ímpetu que sus trenzas castañas envueltas en lazos golpean sus mejillas bronceadas.

Un rotundo «Sí, maestra Nallos» inunda el campo.

—En resumen, formarán parejas. Cada minuto, rotarán por diferentes estaciones alrededor del campo. Los carteles les indicarán qué ejercicio deben realizar para evaluarse mutuamente.

Echo un vistazo al equipo de ejercicios al aire libre. Algunas indicaciones pegadas con cinta adhesiva a conos naranjas indican que hay que hacer dominadas y lagartijas.

¿Hoy?

—A mitad del trimestre, volveremos a evaluar su progreso. ¿Alguna pregunta? —Los tenis de la maestra Nallos crujen sobre el césped bien cuidado mientras se abre paso entre las filas para inspeccionar.

En el momento en que sus ojos se posan en mi cuerpo sin indumentaria deportiva, todo ha terminado.

Se acerca y examina mi *outfit*.

—Estás demasiado formal.

Aprieto los puños y bajo la barbilla para que mis rizos me cubran más.

—No sabía que tendría Educación Física, así que no compré la ropa deportiva. ¿Esta clase es realmente obligatoria para todos los alumnos?

—Lo es.

—Maestra Nallos, yo tampoco me inscribí en la clase de Educación Física —se queja una voz nasal desde la fila de al lado. Es un chico blanco con una cara enorme, el mentón prominente y el pelo revuelto.

De otra fila se oyen risitas.

—¡Silencio, Cody! —grita la maestra Nallos, y luego me sonríe de forma extraña antes de mirar su bloc de notas—. Nunca te he dado clase. ¿Eres el Charlie von... Heavy Prince... al que le puse falta?

Casi.

—Sí, me perdí de camino aquí.

La maestra Nallos vuelve al frente del campo y busca algo en una bolsa de entrenamiento que hay en una banca. Saca un montón de ropa roja y la lanza por encima de las cabezas.

—¡Atrápala!

La ropa cae apilada junto a mis zapatos de vestir.

—Por suerte, vengo preparada para ayudar a quienes se les *olvidó* el uniforme. —La maestra Nallos señala hacia el centro recreativo Pragma—. A los vestidores. Vamos. Tienes cinco minutos para cambiarte.

Soy el centro de atención por segunda vez.

Los murmullos me golpean por todos lados mientras recojo la ropa y cruzo el campo, y luego busco los vestidores en el centro, mortificado durante el camino. Mis pies son demasiado pequeños para quedarme en calcetines, uso plantillas en los zapatos de vestir por una razón, no puedo...

Mi espalda se desliza por la puerta del vestuario hasta que choco contra las baldosas heladas. Los pants y la camiseta tienen una L en las etiquetas. Podría significar *loser*, porque soy un perdedor, pero probablemente solo signifique *large*, porque es talla grande. Ahora mi cuerpo parecerá aún más delgado en comparación con el de los demás. Vuelvo a mirar el reloj. Quedan cuatro minutos. Quizás ya sea hora de usar mi llamada de emergencia a Delilah. ¿Por qué no me advirtió que Educación Física era obligatoria? Debía saber que esto arruinaría mi vida.

Sin embargo, me quedo allí sentado, paralizado, dejando pasar el tiempo mientras los miedos que he estado tragándome desde ayer me consumen. No he tenido ni un segundo para respirar, y mucho menos para procesar todo lo que ya va mal. Quizás no pueda seguir escondido en este lugar.

Pero *tengo* que hacerlo. Por mamá. Por *mí*.

Corro a un cubículo para cambiarme. Por supuesto, los shorts me quedan a un centímetro de los pies, y cabrían dos sandías entre esta camiseta y yo. Cuando vuelvo a la cancha, la prueba ya comenzó. La maestra Nallos está haciendo la lista de las parejas.

Recita una serie de nombres que no reconozco antes de gritar:

—¡Xavier Nguyen y Charlie von H., comiencen con las dominadas. De un grupito de chicos musculosos que parecen amigos, uno da un paso al frente. El monstruo de dos metros de altura detrás del cual me había escondido antes.

Se me revuelve el estómago cuando la masa de músculos andante llamada Xavier Nguyen se acerca. No me había fijado antes, pero a diferencia de los rapados y los cortes estilo militar del resto, el fleco negro que le cae sobre la frente al menos está partido con algo de estilo. Se detiene ante mí y su puño carnoso se dirige hacia mi cara.

Aprieto los párpados, pero el golpe no llega. Los abro.

Xavier esboza una sonrisa torcida, esperando que le choquen el puño.

—Nos volvemos a encontrar, amigo.

Mis nervios están a flor de piel mientras le devuelvo el choque de puños ligeramente, pero no tanto. Debo comportarme como un hombre. ¿Habrá sido demasiado?

—Q-qué onda. —Muero de vergüenza incluso mientras lo digo. Mátenme.

Caminamos hacia una explanada cuadrada de asfalto llena de marcas para dominadas, donde hay tres barras metálicas que aumentan en altura. Xavier se quita la sudadera, quedándose solo con la camiseta interior, y saca una cuchara del bolsillo de sus pants. Besa la parte curva.

Parpadeo al ver la cuchara.

Él me devuelve el parpadeo como si yo fuera el problema.

—¿Qué? Tengo que batir mi récord personal del año pasado. Esta cuchara me da suerte.

Ni siquiera es una de esas cucharas miniatura de colección para abuelas o un adorno especial que se podría encontrar en una tienda de antigüedades. Es una cuchara común y corriente.

—¿Cómo sabes que da suerte?

—Mi amigo es un experto en artes oscuras.

Ya.

La maestra Nallos hace sonar su silbato.

—Un minuto. ¡Ahora!

Xavier se agarra a la barra más alta y hace una dominada tras otra, manteniendo un ángulo perfectamente paralelo. Lo miro con admiración. Sus músculos son todavía más grandes de lo que imaginaba. Si le robara su cuchara de la suerte, ¿me saldrían músculos como esos?

El silbato suena de nuevo y los pies de Xavier tocan el asfalto. Tiene las mejillas enrojecidas, pero no hay ni una gota de sudor en ese rostro cincelado con el que yo solo podría soñar. Hace girar la cuchara sobre sus nudillos antes de guardarla en el bolsillo.

—¿Veredicto?

—Eh... —digo—. ¿Lo hiciste muy bien?

—No, cuántas dominadas hice.

Me encojo de hombros. Se me había olvidado contar.

—¿Cincuenta?

Xavier inclina la cabeza.

—El récord mundial de dominadas para nuestra edad es cuarenta y cuatro.

—*¡Cambio de compañero!*

Me acerco a la barra de altura media. Quizás alguien como Jasper Grimes, que consigue mágicamente el éxito en todo lo que toca, podría igualar el número de Xavier. Yo no. Pero si no lo consigo, ¿se dará cuenta Xavier?

Suena el silbato.

Dentro de mí se enciende una llama. Me impulso hacia arriba mientras Xavier observa.

Luego caigo como un pez muerto. Primero el estómago, luego la cabeza, y un dolor agudo recorre todo mi cuerpo. Me doy la vuelta y cierro los ojos con fuerza. ¿Cuántos sacrificios humanos tengo que hacer para aprobar Educación Física?

La maestra Nallos recorre la fila con su carpeta, preguntando a cada pareja por el número de repeticiones. Llega a nosotros más rápido de lo que me gustaría.

—Creo que hice doce —le dice Xavier—. Charlie hizo dos.

La maestra Nallos inspecciona mi cuerpo flácido, que sin duda hizo cero, y pasa a la siguiente pareja. Una vez que se ha ido, Xavier me ofrece una mano para que me levante.

Mi instinto me advierte que lo rechace para que no pueda comparar el tamaño de nuestras manos, pero estoy tan aturdido que acepto, aunque la manga de mi sudadera, que me queda demasiado grande, estorba. Me subo la manga hasta el hombro y lo intento de nuevo.

—Gracias.

—Sabes que venden nuestros uniformes de Educación Física en la tienda de regalos del campus, ¿verdad?

—¿Tenemos una tienda de regalos?

Xavier frunce el ceño. Naturalmente, se había construido una tienda de regalos después de mi última visita, cuando era campista, y yo seguía sin saber nada sobre Valentine.

—¿Sí?

—No sabía —murmuro—. ¿Por qué le mentiste a la profesora sobre mi resultado?

Me estudia de una manera que hace que mi corazón se acelere.

—Oye, todos nos tomamos un descanso durante el verano. Avísame si alguna vez necesitas un entrenador. Entreno por las mañanas y por las noches en los gimnasios de aquí.

¿Además de la clase de Educación Física?

—Gracias… —digo de nuevo.

—Como sea, seguro que pronto recuperarás la musculatura perdida, hermano.

¿Cómo se supone que recupere la musculatura perdida si nunca la tuve?

CAPÍTULO 5

EL PRÍNCIPE

MIÉRCOLES 4 DE SEPTIEMBRE

El universo me hace un favor al mantener a mi nuevo *roomie* lejos de mi clase de Educación Física, pero los favores se acaban ahí.

—¡Charlie von Hevringprinz! —Jasper me saluda desde la parte de atrás de mi aula de Química. No lleva saco ni corbata, solo una camisa roja con tres botones desabrochados, como la noche anterior, rompiendo el código de vestimenta desde el primer día. Detrás de él se extiende un mural con la tabla periódica de los elementos. *Ge* de germanio, *Ni* de níquel, *U* de uranio y *S* de azufre aparecen en negritas sobre su cabeza.

Eligió ese asiento a propósito.

Dos personas que merodean alrededor de Jasper siguen con la mirada su saludo hacia mí, que estoy en la puerta. Deben ser sus amigos. Otros cuantos que están junto a la pizarra me miran fijamente. Soy el centro de atención por tercera vez.

Jasper toma un libro de tapa dura, el mismo con el que me mantuvo despierto, y golpea el respaldo de la silla que está libre a su lado.

—Te guardé el mejor asiento de todos. Justo a mi lado, el comienzo perfecto para conocernos íntimamente.

Las miradas se convierten en risitas.

Mi cara se pone roja como un tomate. Abro los hombros. Estas miradas no me molestan. Me veo bien.

¿Qué no está bien? Que no haya asignación de asientos. Quizás en una academia clasificada como la cuarta mejor del país, cuya matrícula cuesta más de lo que gana mi madre en un año, no se necesite una para comportarse. Si rechazo a Jasper, esas miradas acechantes y críticas lo atestiguarán. Mi reflector brillará aún más. Y también cada parte de mí.

Sin embargo, sentarme junto a Jasper durante todo el periodo me hará destacar todavía más. Me ajusto los lentes.

—Tengo mala vista. Necesito estar en primera fila. —La mano de Jasper se queda suspendida en el aire y el libro que sostiene golpea accidentalmente a su amigo en la cabeza. Juro que el tono rojizo de sus mejillas se desvanece hasta convertirse en un gris apagado.

Camino hacia una mesa desocupada, sintiendo que mis preocupaciones se disipan solo un poco. Me pareció lo suficientemente educado, pero la sensación de que me observan persiste. A medida que el profesor pasa lista, hace una dinámica de integración y lee el programa de estudios que roza lo amenazante, esa sensación empeora. ¿Estoy sosteniendo bien el lápiz o los chicos lo sostienen como si fueran a apuñalar a alguien? ¿Tengo las piernas lo suficientemente abiertas como para parecer natural, pero no tanto como para parecer desconsiderado?

Por fin suena la campana.

Afortunadamente, no tengo que esforzarme mucho para encontrar mi clase de Literatura Inglesa, ya que estoy en el centro académico Storge, pero tengo que ir al tercer piso. Tras subir rápidamente por una escalera de caracol, localizo el aula al final del pasillo.

Abro la puerta y me quedo inmóvil.

—¡Charlie von Hevringprinz!

Jasper, en la primera fila. Esta vez, ha apilado una torre de objetos sobre el pupitre que tiene al lado: una bandolera con las iniciales JFG grabadas en plata en la solapa de cuero, su libro de tapa dura y un globo terráqueo enorme.

—Nos aparté asientos mejores.

Llegó antes que yo. ¿Cómo?

¿Por qué se empeña tanto en conocerme?

Me devano los sesos buscando otra excusa para sentarme lejos. Soy el becario de excelencia, debería poder hacerlo. Cuanto más tardo, más miradas se posan en mí. Me atrapan.

No hay escapatoria.

Poco a poco, me acerco al escritorio reservado.

—No tenías por qué hacerlo —refunfuño.

—Para eso están los *roomies*. —Jasper sonríe con más brillo que el JFG plateado de su mochila. Transfiere los objetos de mi escritorio al suelo, empezando por el libro, mi enemigo. La noche anterior, su colcha tapaba la mayor parte de la portada, pero ahora veo al autor. Pierre-Marie Laframboise.

No es su propia poesía. Impactante.

Más estudiantes entran al aula. Ahora que me he calmado un poco después del caos de Educación Física, puedo observarlos. Todos llevan el mismo uniforme rojo y negro que yo, pero de alguna manera lucen con más estilo. Sus pantalones a cuadros están doblados a la altura de los tobillos y sus sacos están remangados hasta los codos. En una academia con un reglamento de veinte páginas, supongo que se habrá creado una lista tácita de normas para desafiarlas.

Con total naturalidad, me remango las mangas.

Norma tácita n.º 1: Está el uniforme tradicional y está el uniforme de verdad.

La puerta del aula se abre de golpe.

—¡Yo me quejé de su inconstancia, y él ¿qué me respondió?! —grita una voz grave y audaz desde el pasillo. Es de un hombre negro de tez oscura que debe de ser joven para los estándares adultos. Su cabello cae sobre las hombreras de su saco estampado con flores, y sus pantalones azul marino le quedan tan ajustados como si fueran una envoltura de plástico.

Me quedo boquiabierto ante su *outfit*, esperando que todos hagan lo mismo. Lo miran aburridos, como si estuviera explicando una cláusula condicional.

Norma tácita n.º 2: Los alumnos están obligados a vestirse con el uniforme tradicional, pero los profesores, desde luego, no.

—¡Cantad el sauce, cantad su verdor! —grita mientras se dirige a su escritorio, y luego azota el maletín con tanta fuerza que la cola de su saco ondea detrás de él. Incluso su voz suena como si aún no se hubiera graduado de la universidad—. ¡Si yo me miro en la luz de otros ojos, busca tú otro amante!

—¡*Otelo*! —grita Jasper a mi lado—. Shakespeare.

El profesor sonríe tanto que se le arrugan los párpados. Se sube los lentes gruesos por la nariz.

—¿Contexto?

—Matarán a una mujer. Es uno de los pocos momentos en los que las mujeres hablan con sinceridad entre ellas a pesar de sus diferencias, en una obra centrada en la manipulación y la violencia masculinas.

—El señor G hizo su lectura de verano. —El profesor le lanza una paleta desde su maletín.

Jasper la atrapa mientras se oyen voces en el aula.

—Por supuesto que es para Jasper.

—La leyenda.

—¡Debería ir a Jeopardy!

Frunzo el ceño. ¿De verdad a la gente aquí le agrada este sabelotodo altivo?

El aire de «poeta misterioso y seguro de sí mismo» de Jasper sí impresionó a los ponentes invitados a los talleres de nuestro campamento. Era capaz de recitar todas las figuras retóricas y formas poéticas antes del primer día, lo cual negué que me impresionara a pesar de que mi corazón latía a mil por hora. Sin embargo, los demás campistas no eran tan sutiles a la hora de mostrar su atracción por aquella inteligencia. Jasper no carecía de admiradoras. Por eso, cuando se acercó a mí y me pidió que trabajáramos juntos en nuestra primera tarea de verso dramático, pensé que se trataba de una broma pesada.

Pero ahora Jasper está atrapado en una academia de puros hombres. Ya no debería tener ventaja. Y aún así, aunque aquí no puede usar sus encantos románticos, *sigue siendo* muy popular.

Increíble.

El profesor acalla los elogios hacia Jasper.

—Me alegro de tenerlo un año más, señor G. Por primera vez en la primera fila.

Jasper da una patada en la mesa como un animal.

—Necesito el mejor asiento para aprender de usted, maestro Stern.

Miro alternativamente al extraño poeta y al aún más extraño profesor. Jasper no recibe un «¿Dónde están tu saco y tu corbata?». Ni un «Baja los pies». A él le dicen «Encantado de tenerte aquí». ¿Porque es el sobrino de la directora? ¿Porque es un poeta famoso? ¿Porque es amigo del tal maestro Stern? Estos dos desprenden una energía inquietantemente similar.

Genial. Con un Jasper era suficiente.

Aunque Valentine se jacta de contratar a los profesores más inteligentes del país, lo que significa que el maestro Stern debe ser tan apasionado de la literatura como yo.

Cuando comienza nuestro debate sobre *Otelo*, mi teoría se confirma. Mientras recita más monólogos de memoria y nos pregunta qué personaje dijo cada frase, por la ventana abierta sopla una brisa que trae consigo el aroma de los arbustos de lavanda y el murmullo de la fuente desde allá donde los principales edificios académicos rodean el patio como una pequeña ciudad. En lugar de estar rodeado por estudiantes silenciosos, dormidos o potencialmente muertos de la escuela en línea, hay manos levantadas por toda la sala. Estos estudiantes son como yo.

Yo soy como *ellos*.

Me sorprendo sonriendo mientras tomo notas. Realmente he dejado atrás la escuela en línea, donde casi no había debates en clase, y antes de eso, la Escuela Secundaria de la Avenida 28, donde tenía tan poca confianza en mí mismo que no hice ni un solo amigo hasta que conocí a Delilah en el campamento.

—«Satisfechos con su condición servil» —anuncia el maestro Stern, con una mano levantada hacia el techo—, «bestias de carga de sus amos». ¿Qué quiere decir Yago?

Fácil. *Otelo* es una de mis favoritas. La obra perfecta sobre la traición. Levanto la mano.

Alguien habla detrás de mí.

—Si valoras demasiado la obediencia, llegarás al final de tu vida sin nada que mostrar salvo tu servicio. Esto, por supuesto, le sucede a Rodrigo más adelante. Aunque, irónicamente, es a Yago a quien acaba sirviendo y por quien muere. —La explicación fue tan elocuente que debió haberla leído en un libro de texto. Echo un vistazo atrás y veo al chico que estaba junto a Jasper al comienzo de la clase, impecablemente vestido, sin una arruga en la camisa. Es negro, delgado y tiene un corte rapado con rizos oscuros en la parte superior. Encima de su desbordante carpeta organizadora hay un ejemplar de *Otelo*, con un brillante separador de un caballo que sobresale. En la esquina está escrito «Robby Walker».

—Excelente, señor W —dice el maestro Stern, lanzándole una paleta por encima de mi cabeza.

Esta es la inteligencia a la que me enfrento.

Se oye un crujido a mi izquierda. Es Jasper, que está arrancando hojas de un diario de cuero. Me pasa una nota. En la primera fila. Justo delante del maestro Stern.

¿Es que no tiene ni una sola neurona?

Me concentro en tomar apuntes, pero Jasper tose. Otra vez. *Y otra.* Ahora que ha dejado el diario sobre la mesa, puedo ver la cubierta sujetada por un cristal color azul océano y una tira de tela roja brillante que se desliza por el lomo interior. Al igual que en su bolso cruzado, en la cubierta están grabadas las iniciales JFG. El tipo de letra también es el mismo: una elegante fuente serif con las tres letras superpuestas. ¿Sus iniciales? ¿Las imprime en todo como si fuera el logotipo de un diseñador?

Jasper vuelve a mostrarme la nota. Miro cómo su hoyuelo ladeado se le marca.

Quizás sea importante.

Agarro con irritación la nota doblada y despego las esquinas. El papel es extrañamente blanco, quizá debido a su elevado precio, pero entre la tinta roja corrida y su letra garabateada, apenas se puede leer. Igual que sus escritos en el campamento.

«El maestro Stern es el amanecer más inspirador del conocimiento, ¿no es así?».

Todo ese esfuerzo para esto.

Arrugo el papel y lo meto en mi mochila. Soy un estudiante de excelencia. ¿Cómo se atreve a distraerme?

Jasper frunce el ceño. Al menos esto hace que deje de molestar. Pasa el resto de la clase con los pies todavía levantados, haciendo girar su pluma estilográfica, que parece aún más cara que su diario chapado en oro. Observa los edificios académicos que lo rodean por la ventana, perdido en su propio mundo.

Recuerdo esa mirada. La forma en que sus ojos azules se suavizaban cuando contemplaba el lago que bordeaba el campus, reflexionando a mi lado en silencio sobre un poema. En comparación con la forma en la que hablaba durante los talleres, esa mirada parecía una parte más auténtica de él que no mostraba a nadie más, como si yo fuera especial. Me obligaba a dejar de negar los latidos acelerados de mi corazón.

El único problema es que no debía estar perdido en su propio mundo durante la *clase*.

Al menos con esto sé que no estará entre los cinco primeros en la competencia.

Más preguntas van y vienen durante la hora. Las manos se levantan para responder al maestro Stern, y yo siempre llego un segundo tarde. La competencia es más feroz que en los Juegos Olímpicos.

—¡Sí! Señor... —El maestro Stern se inclina hacia un lado para consultar la lista de alumnos en su escritorio—. ¿V.H.? H.

La pregunta se evapora de mi cerebro. «Sí, por cierto; fue el primer regalo que le hice».

—¡Claro! Eh... Otelo. El regalo es un pañuelo. El de Desdemona. Otelo le tiene cariño porque es el primer regalo que le dio. Pero más tarde aprecia su valor familiar.

—¡Correcto! —El maestro Stern me lanza una paleta a la cara.

La atrapo con una sonrisa.

Suena el timbre y el maestro recita un discurso de despedida. Recojo mi ejemplar de *Otelo* del pupitre y me echo la mochila al hombro, dando sin querer una patada al globo terráqueo del maestro Stern, que Jasper había dejado en el suelo, pero sigo sintiéndome en la cima del mundo que tan humildemente representa. Salgo del salón.

Hasta que Jasper me grita como si se estuviera ahogando en la fuente del patio.

Me doy la vuelta y aprieto el libro con tanta fuerza que mis uñas se clavan en la cubierta.

—¡¿Qué?!

Jasper tartamudea hasta detenerse, y sus compañeros se separan de él en la puerta. Ahora está chupando la paleta que se ganó, y el palito se inclina mientras su rostro se arruga por la ofensa. Solo entonces me doy cuenta de lo brusco que fui con alguien que se supone que es un extraño.

—Lo siento —digo rápidamente—. ¿Necesitabas algo?

Se saca la paleta de la boca y la hace girar casualmente en el aire.

—¿Ahora sí vamos a pasar un rato íntimo juntos?

Se me escapa un grito ahogado.

Más miradas, por enésima ocasión ese día. Soy el centro de atención por cuarta vez.

Jasper no deja de farfullar sobre que *deberíamos conocernos más íntimamente* hasta que le tapo la boca con la mano, tan bruscamente que se le cae la paleta.

—¡No puedes seguir gritando cosas así! —le espeto. Ni siquiera me importa lo cerca que estén nuestras caras siempre y cuando se calle.

—¿Por qué?

—La gente lo malinterpretará.

Me retira la mano como si fuera una toallita húmeda usada.

—Solo me refería a almorzar.

Me invade la idea de gritarle que no puedo pasar ni tres segundos más con él, pero mi lógica me recuerda lo que está en juego. Mantener a mi *roomie*, el sobrino de la directora, de mi lado por si se da cuenta de algo que no debe saber.

—Estoy un poco ocupado. —Sigo caminando por el pasillo.

Él me sigue.

—¿Demasiado ocupado para Dix?

—¿Qué me acabas de decir?

—Dixon. El comedor. —Jasper pone una cara como si yo fuera el raro—. Está al lado del Halo.

Claro. El patio es el Halo. Dix es el comedor. Repaso lo que he almacenado en mi mente, tratando de recordar si he cometido alguna torpeza al referirme a ellos de forma incorrecta ante otros estudiantes.

Llegamos a la salida del centro académico y él se apresura a abrirme la puerta. Me salté el desayuno, sabiendo que me sentaría solo en el comedor como un perdedor, y no tuve hambre en toda la mañana. Ahora eso se desvanece rápidamente.

Aun así, mejor pasar hambre que sentarme con mi nuevo *roomie*, que ya me arruinó la vida una vez y podría volver a hacerlo.

—Lo siento —digo mientras bajo los escalones—. Como becario de excelencia de segundo año, tengo que estudiar siempre que tengo tiempo libre.

Jasper frunce los labios al llegar al primer escalón. El sol ilumina su cabello rubio y le hace entrecerrar sus sensibles ojos azules.

—Qué pena. Estoy muy emocionado de que podamos conocernos mejor, *roomie*. ¿Quedamos para otro día?

Intento ocultar mi mueca de disgusto, pero no lo consigo.

—Quizás.

—¡Genial! Hasta entonces.

Con eso, Jasper desaparece en el Halo.

Quiero sentir que gané, pero mi estrés no hace más que aumentar. Cuando vuelva a mi habitación esta noche, nos veremos obligados a pasar ese «rato íntimo» juntos. Seguirá molestándome con esas preguntas para romper el hielo de ayer, exigiéndome que le cuente sobre mi color favorito, mis aficiones y mis hermanos, que no existen. La noche anterior apenas logré ocultar mi identidad. ¿Cómo voy a sobrevivir a eso otra vez?

Al mirar nuevamente a Jasper, veo que dos figuras vestidas con ropa a cuadros han ocupado mi lugar a su lado. Mangas remangadas, pantalones enrollados, rostros encantadores que delatan *padres adinerados* y un aura de confianza que indica que son *populares*. Quizás Jasper también pertenezca a ese grupo.

Llega otro, frotándose tímidamente la nuca. Solo le llega a Jasper a los hombros, y su mochila rota y de imitación es igual a la mía. Quizá sea de primer año. Jasper le presta atención, lo que me despista.

Si hubiera ido con él, podría haber conocido a toda esta gente.

Me invade el arrepentimiento, pero me esfuerzo por ignorarlo.

Sería demasiado arriesgado. Nada de amigos.

Mientras busco comida por mi cuenta en el campus, lo primero que me llama la atención es la cafetería Laney's. El mostrador al aire libre anuncia los famosos lattes de chocolate y caramelo «Jesús» a precios de dos dígitos, como si pudiera pagarlos. Cerca hay un edificio con un letrero de tienda de regalos, donde destaca una máquina expendedora en la entrada.

Jalo mi vergonzosamente delgada billetera del bolsillo y examino las opciones detrás del vidrio. La comida del comedor está cubierta por mi beca de excelencia, así que esta decisión es impresionantemente carente de inteligencia. Pero ¿cómo puedo entrar si Jasper también está allí?

Poco a poco, mi atención se desvía hacia la puerta abierta de la tienda de regalos y el estallido de color rojo brillante que hay más allá. Mochilas con escudos de Valentine que cuestan cientos de dólares. Tazas de Valentine para papás. Sudaderas con el lema de la academia que presumen de la antigüedad del campus con la inscripción «est. 1899» en letras resaltadas. Detrás de la caja registradora, el compañero que se sienta delante de mí en clase de cálculo lleva una botarga en forma de corazón. Un disfraz.

Así que algunos estudiantes sacrifican su autoestima para poder costearse un latte. Incluso durante la hora del almuerzo.

Vuelvo a concentrarme en la máquina expendedora, donde las bolsas de papas fritas están tan descoloridas por el sol que parecen más viejas que mi madre. El vacío de mi estómago me obliga a elegir una.

—¡¿En serio?!

Cuatro chicos rodean un cartel cercano bajo un toldo. Uno de ellos está quejándose y lleva las mangas del saco remangadas hasta los codos, lo que me recuerda que tengo que arreglarme el mío, que está colgando.

—¿Por qué se conserva el cuadro de honor del año pasado?

—Casi no cambió —responde otro.

—Ojalá ya fuera la fiesta. Necesito una dosis de dopamina.

Mientras se alejan, ocupo su lugar frente al cuadro de honor de la semana. Está dividido en cuatro columnas, una por cada grado. En la de segundo año, los nombres completos aparecen junto a un promedio numérico que va del uno al cuarenta y seis.

Todas nuestras calificaciones están a la vista de todos.

Norma tácita n.º 3: Los alumnos obtienen los mejores resultados del país porque temen la humillación en un foro público.

Se me revuelve el estómago. Debo ser el primero. El segundo. Mi mirada se dirige rápidamente a la parte superior de la lista de segundo curso. Los cinco primeros nombres están marcados con calcomanías en forma de corazón.

♥ Jasper Grimes (100/100) ♥

Ese no es mi nombre.

Pego la palma de la mano contra el cartel y me acerco, entrecerrando los ojos. Jasper es el primero. Sin embargo, no prestaba atención en clase. Para sacar un cien perfecto, no podía perder ni un solo punto. Ni siquiera en un ensayo subjetivo. Claramente, lo había subestimado.

Respiro profundo. Mi nombre debe estar cerca.

♥ Robert Walker (99.89/100) ♥

♥ Bingo A. Dixon (99.13/100) ♥

♥ Frankie Schultz (99.05/100) ♥

♥ Andrew Parker (98.98/100) ♥

—¡¿Dónde estoy?!? —grito al ver el cartel.

Algunas miradas se dirigen hacia mí.

Me enderezo, doy un paso atrás y aclaro la garganta. En mis clases en línea, las calificaciones se ponderaban sobre 4.0. Las clases avanzadas podían hacernos subir. Pero en Valentine, donde todos obtienen 10, deben reajustar el sistema a 100 para que haya competencia. Aquí, todo se reduce a décimas. Miro más de cerca el tablero. No, a centésimas.

Si no reajustaran el sistema de puntaje, apuesto a que yo estaría muy por encima de cien. Estaría por encima de Jasper.

Repaso la lista hasta llegar al final.

No hay ningún Charlie von Hevringprinz. Solo hay una explicación. Mi nombre aún no está aquí porque mis notas de las clases en línea no se han transferido. El alivio me invade como un maremoto, casi haciendo que mis piernas cedan bajo mi peso.

La semana que viene estaré entre los cinco mejores. Tengo que, o me tocará decirle adiós a mi beca el próximo trimestre. Aunque hoy apenas haya podido levantar la mano en clase antes de que alguien más respondiera. Aunque la competencia sea más feroz de lo que esperaba.

El alivio se convierte en náuseas. Me aprieto el estómago para intentar que se vayan, para fingir que nada va mal por un segundo.

—¡Señor V! ¡Señor V!

Me doy la vuelta para ver quién me habla, sujetando mi ejemplar de *Otelo* contra el pecho.

Una mezcla de estampados florales y pantalones ajustados que solo pueden pertenecer al maestro Stern se precipita hacia mí mientras su maletín golpea su pierna.

—Saliste corriendo de mi clase.

Trago saliva para calmar el ardor en mi garganta.

—No fue mi intención.

—No pasa nada. Es solo que no esperaba que tú, precisamente, quisieras salir tan rápido de mi clase.

—No, me fascinó. Especialmente cuando profundizó en el yámbico, el trocaico, el espondeico, el anapéstico, el dactílico y todos los patrones de acento en comparación con la métrica y la longitud de Shakespeare. El tetrámetro anapéstico me encanta... —Estoy hablando demasiado rápido. La vergüenza me invade y me cubro la cara con mi libro de *Otelo*—. Lo siento.

El maestro Stern baja el libro.

—Yo fui uno de los profesores que revisó tu solicitud para la beca de excelencia. Tu carta de motivos ha sido la mejor que he leído desde que me contrataron.

—¿En serio?

—Sí, tengo muchas ganas de leer tu ensayo sobre *Otelo*, que debes entregar la semana que viene.

Le devuelvo la sonrisa. Quizás pueda acercarme al primer puesto de Jasper. Puede que su 100 perfecto sea imposible, pero el segundo puesto está a mi alcance.

El maestro Stern me muestra un papel rojo con el escudo de Valentine.

—Pero bueno, te seguí porque la directora Grimes llamó para pedir que fueras a su oficina. Aquí tienes un pase para justificar tu ausencia en la siguiente clase de la tarde.

Se me hiela la sangre.

—¿Dijo por qué?

—Solo que es confidencial. Y urgente.

«Confidencial. Urgente».

Eso es todo, entonces. Jasper ya se dio cuenta de quién soy. Le contó la verdad a su tía.

Me van a expulsar.

CAPÍTULO 6

LA DAMA DE BLANCO

MIÉRCOLES 4 DE SEPTIEMBRE

La oficina está desierta durante el almuerzo, pero está llena de gnomos. Gnomos *de peluche* que invaden las mesas del vestíbulo y las estanterías de las paredes. Sus caras se ocultan bajo gorros puntiagudos con motivos de corazones, excepto por sus narices redondas y sus barbas de estambre gris. Cada uno tiene un nombre cosido en el estómago. DeMario, Kennedy, Ignacio...

Me acerco al mostrador, abarrotado de folletos universitarios, y miro con cautela a los gnomos y al gramófono vintage que hay en la esquina. «Für Elise» suena en su bocina de aluminio. La melodía tranquila contrasta cruelmente con los latidos de mi corazón.

—¿Disculpe?

—¡Un momento! —grita una voz aguda desde el cuarto de atrás. Junto las manos sobre el mostrador para evitar que me tiemblen. Quizás la directora Grimes no tenga que expulsarme. Quizás me convenza de que me vaya por mi propio pie. Me explicará lo difícil que será la vida cotidiana para mí, que nunca debí esperar que mi colaborador residencial me diera noticias sobre mi habitación individual y que soy un fracaso total. Me dirá que mi madre lo hizo muy bien como becaria de excelencia y que yo soy la decepción de la familia.

Finalmente, aparece en mi campo de visión una mujer blanca en una silla giratoria. El lazo en forma de corazón que sujeta su cola de caballo rizada parece más grande que su cabeza y la hace parecer tan joven como una estudiante de primer año, aunque debe de tener veintitantos.

—¿En qué puedo ayudarte?

Una pregunta con trampa.

Enderezo los hombros.

—Vengo a ver a la directora. Pero también quiero preguntar si es posible cambiarme a una habitación individual.

—Te lo advierto, casi nunca aceptan estas solicitudes a menos de que sea algo grave, cariño.

—Es grave.

Se desplaza hacia el mostrador, dejando ver mejor su sudadera con *nam amor traditionalis educationis* de Valentine en el pecho, y enciende la antigua computadora de escritorio. Sus uñas cuidadas, también decoradas con corazones, repiquetean en el teclado, acompasando el aire fuera de sincronía con la música de piano. Mientras espero, leo más tarjetas de identificación de gnomos. Colton, Leandro, Becca, William…

—¿Ves *Gnomos enamorados?* —Las pupilas de la mujer prácticamente brillan.

—¿Eh?

—Pareces interesado en mi colección.

—¿Son suyos?

—Son de un *reality show* de citas que me encanta. Los concursantes se enamoran disfrazados de gnomos. Colecciono su línea de peluches. —Suspira con tanta tristeza que el lazo de su pelo se cae—. Pensé que lo sabías. Para ser una academia del amor, a los alumnos no les importa mucho el romanticismo.

Norma tácita n.º 4: Valentine atrae a gente obsesionada con el amor. ¿Será por el escudo en forma de corazón?, ¿por las estatuas de Cupido de la fuente?

O quizá, en medio de este bosque, se siente tan sola como yo.

—Estoy en el sistema, cariño —dice—. ¿Qué problema hay con tu compañero de cuarto?

—Pagué más por una habitación individual en la solicitud de alojamiento —digo—. Pero mi colaborador residencial dijo que hubo una confusión.

—Nunca hemos tenido ese tipo de confusiones. ¿Estás seguro? —Sigue moviendo el ratón y haciendo clics—. No veo ningún pago en tu expediente. La academia debe haberte asignado un lugar al azar.

—Le di el cheque a mi madre —digo, frunciendo el ceño—. Ella lo envió por correo. —Aunque, técnicamente, nunca comprobé si el dinero salió de mi cuenta. Estaba realizando demasiadas compras para mi nueva vida en el internado.

—Lo siento, cariño —dice la mujer—. ¿Y si lo solicitas cuando estés en tercer año? Todas las habitaciones individuales están ocupadas hasta el final del año académico.

La frase «final del año» me perturba profundamente.

Si consigo quedarme aquí, no habrá forma de que pueda aguantar tanto tiempo atrapado con Jasper. Le prometí a mamá que mantendría la cabeza baja pasara lo que pasara, pero estos dos últimos días he estado luchando por romper esa promesa.

—¿Está Charlie aquí, señorita Lyney? —pregunta una voz desde el fondo del pasillo. Es de una mujer con el mismo cabello rubio y delgado y los mismos rasgos delicados que Jasper. Su traje de pantalón es completamente blanco, ya que alguien como ella puede costear el tortuoso cuidado que requiere, y la insignia de su cinta con corazones dice «Directora Nathalie Grimes».

—Sí —responde la señorita Lyney, mirándome expectante.

Intento mantener la calma, pero me resulta imposible, así que me obligo a caminar con paso firme por el pasillo flanqueado por retratos de antiguos y estimados miembros de la sociedad de Valentine, y sigo a la directora Grimes hasta una oficina con un letrero que dice «Directora». Cuando se sienta en su elegante escritorio ejecutivo, ocupo uno de los dos sillones de cuero que hay frente a ella. Las torres de archivos que hay sobre su escritorio me impiden ver su cabeza.

Murmurando entre dientes, la directora Grimes empuja las torres hacia una esquina del escritorio, evitando por poco un derrumbe al estilo Jenga. Luego sonríe, juntando las manos como si estuviera rezando. Quizás sea una señal de que yo también debería hacerlo.

—Bienvenido, Charlie.

Miro fijamente los papeles.

—Hola.

—En nombre del consejo de administración, estamos encantados de darte la bienvenida a la Academia Valentine para varones como nuestro nuevo becario de excelencia de segundo año. Y, personalmente, ¡estoy encantada de conocer al compañero de cuarto de mi sobrino!

La sola mención de él me causa pavor. Pero si ella está encantada, ¿significa eso que Jasper no le ha contado mi secreto?

—Me alegra mucho que haya decidido quedarse en la residencia contigo como un estudiante normal este año —continúa la directora Grimes. No tiene los mismos hoyuelos que Jasper, pero sí demasiada luz en los ojos, incluso con toda la carga de trabajo que tiene sobre la mesa que hace que el estrés se le escape por los poros. —Ese chico necesita un poco de sensatez.

—En realidad… —Me detengo. ¿La directora Grimes, la única persona que necesito de mi lado, quiere que Jasper y yo seamos *roomies*? —Claro… —digo. Por ahora.

—Hemos oído que tu madre también fue becaria —dice la directora Grimes señalando un cuadro enmarcado con el escudo de Valentine que había detrás de ella—. Apreciamos mucho estos momentos que resaltan nuestra pasión por la tradición. ¿Te ha contado tu madre que tenemos la mayor colección de libros de secundaria y preparatoria de todo el país? ¿O que cada noviembre celebramos una fiesta que le encanta a los alumnos? Aunque quiero dejar claro que no se te ha elegido por tu legado familiar. Tus logros son solo tuyos.

Primero, el familiar zumbido eléctrico en su tono. Ahora, el persistente cambio de tema. Debe ser Jasper disfrazado.

—Gracias.

—En fin, lamento haberte sacado de clase, pero esto es un poco urgente.

—Está bien —digo, apretando las manos con tanta fuerza que me arden los nudillos.

—¿Has oído hablar del Programa Interdisciplinario de Tutorías de Remediación para Estudiantes que dirigen algunos de tus compañeros?

—Creo que no.

—Aunque otros estudiantes se ofrecen como tutores voluntarios, he notado que últimamente los que utilizan este servicio no mejoran mucho. ¿Podrías ayudar a nuestros miembros?

Me está pidiendo un favor.

Me invade el alivio. Mi secreto sigue siendo un secreto. Jasper no me ha delatado. Él no sabe quién soy.

—El anterior becario de tu clase solía ayudar a muchos de nuestros alumnos, pero él… —la directora Grimes vacila— se marchó a mitad del ciclo escolar pasado. Creemos que eso es lo que ha cambiado.

A juzgar por su vacilación, no era que se hubiera marchado sin más. Quizá la presión era demasiada.

Mi alivio se convierte en algo menos agradable.

—Gracias, pero debería concentrarme en estudiar…

—Esto quedaría muy bien en tus solicitudes para la universidad. —Me regala otra sonrisa demasiado brillante—. Este programa es otra tradición muy arraigada, y eso es importante para el consejo de administración, ¿sabes? La verdad es que, cuanto más tiempo pasa, más complicada se pone para mí la situación.

El consejo de administración otra vez. Una especie de poder omnipotente que debe tener controlada a la directora Grimes. Quizá ellos son quienes establecen las reglas. No puedo decirles que no.

Con el corazón abatido, siento las palabras que se forman en mi garganta.

—Lo entiendo —digo lentamente, jugando con el anillo universitario de mi madre en mi dedo.

—¡Excelente! Por favor, habla con los miembros después de clase. —La directora Grimes saca un bloc de notas y escribe algo antes de entregármelo.

«Tutorías para Estudiantes, Apoyo Multidisciplinario Opcional, Biblioteca de investigación académica, 3 p. m. a 5 p. m.».

CAPÍTULO 7

PERSUASIÓN

MIÉRCOLES 4 DE SEPTIEMBRE

Cuando abro la puerta de la biblioteca, las bisagras chillan más fuerte que Delilah cuando lanzaba sus zapatos a los insectos durante el campamento. Sin embargo, ningún estudiante levanta la mirada de sus libros de texto. Después de un largo día de clases, permanecen absortos en escritorios que se extienden hasta las estanterías. Algunos juegan en los tableros de ajedrez de mármol en el centro de cada uno, pero la mayoría tiene libros apilados tan alto que tocan las lámparas antiguas de pantalla verde que se doblan sobre ellos.

Mis pasos retumban mientras camino por el pasillo central, buscando algún cartel o grupo que indique que se ofrecen tutorías. Cuanto más me adentro, más me invade un aroma familiar a tinta y papel que me lleva de vuelta a Queens. Mamá siempre decía que la sección de libros usados de su tienda olía muy bien, como a vainilla ácida.

Dos estudiantes pasan corriendo y atraviesan un arco alto que conduce a las estanterías, tan rápido que sus mochilas chocan contra sus espaldas.

—No nos ayudarán… —oigo apenas que uno le susurra al otro. ¿Ayuda con una tutoría? ¿En la sala de atrás?

Los sigo a través del arco, pero me quedo paralizado por el asombro. Por mucho que inclino la cabeza hacia atrás, las estanterías no dejan de elevarse. Aquí hay un bosque de historias.

Los dos estudiantes doblan en la esquina. Los alcanzo, esquivando escaleras rodantes y taburetes hasta llegar a una sección marcada como «Viajes y turismo».

Al final hay una figura. Su cabello rubio está recogido en una cola de caballo corta y despeinada. Un saco a cuadros rojos y negros cuelga de su hombro. Una bolsa cruzada con un brillante emblema de JFG. Es Jasper, que recorre con un dedo el lomo de unos libros.

Me quedo petrificado. ¿Qué hace él aquí?

Se oyen murmullos en el pasillo contiguo. Lo último que necesito es que Jasper me vea mientras estoy tratando de no perder a los chicos. De puntitas, paso junto a él y junto a «líneas de cruceros», «agencias de viajes», «ecoturismo» e «industria hotelera» antes de darme cuenta de que los dos estudiantes se han detenido. Uno de ellos se inclina hacia la derecha de una estantería y saca un libro de lomo verde.

La estantería se abre hacia dentro. Ambos se cuelan y se vuelve a cerrar.

Estoy alucinando, sin duda. O hay una puerta secreta. En la biblioteca.

Inspecciono el lomo verde. Se trata de un delgado librito de *Cupido y Psique*, de Lucius Apuleius Madaurensis. ¿En la sección de viajes?

Jalo el lomo. Poco a poco, la estantería revela una pequeña habitación del tamaño de una oficina dividida por una cortina de brocado color granate. La parte derecha está demasiado oscura para distinguir mucho, pero la izquierda está iluminada por antiguas lámparas de biblioteca colocadas en estantes y rodeadas de libros de mitología y cuentos de hadas. Una alfombra estrecha dirige una fila de cuerpos rojinegros hacia el fondo, donde hay tres chicos de pie detrás de libros apilados a modo de mesas improvisadas. Encima hay un cartel escrito a mano.

«¡Bienvenidos a las Tutorías para Estudiantes, Apoyo Multidisciplinario Opcional!».

El programa de tutorías está aquí atrás.

Mientras me abro paso entre la fila, el aroma a vainilla en el aire se vuelve más almizclado, más parecido al olor de la tierra y las bolas de naftalina, y frunzo la nariz. Finalmente, llego hasta los tres chicos que parecen estar al mando, que deben de ser los tutores. Reconozco a dos de ellos.

Xavier Nguyen, quien me salvó la vida en Educación Física, escribe nombres en un cuaderno. Ver sus músculos aprisionados en el típico uniforme a cuadros en lugar de una sudadera es desconcertante. Lleva un pin esmaltado con el número tres sobre el escudo de Valentine en la solapa, con pétalos de flores tallados en el metal dorado, haciendo alarde de su elevado precio.

Robby Walker, alias «segundo lugar» en las calificaciones de segundo año, está a su derecha. Tiene otro pin esmaltado en el saco: un número dos. Baraja unas cartas con brillos en un lado e ilustraciones en el otro, pero sus rápidos movimientos con las manos impiden ver los detalles. ¿Son cartas coleccionables? Sobre su mesa improvisada, hay un casco de montar a caballo boca abajo, lleno de más cartas.

No es un comportamiento típico de un tutor.

Aun así, mis nervios se calman. Los conozco. Conozco a alguien aquí.

—Hola…

—Cortar es para los débiles —interrumpe un tercer tutor junto a Xavier. Su voz grave suena forzada en la parte posterior de la garganta, pero sigue siendo más aguda que las del resto de las conversaciones. Sus zapatos de vestir, marcados con símbolos en forma de púas, están apoyados sobre su pila de libros. Entre sus hombros estrechos y su baja estatura, no mide más de metro y medio, parece más joven que un estudiante de primer año.

Inclino la cabeza. La mayor parte de su rostro está oculto por un fleco que se encrespa como algas y parece demasiado negro para ser natural. Las reglas no permiten teñirse el pelo.

—¿Perdón?

—Me escuchaste. —El chico levanta la mirada, retirando su fleco y dejando al descubierto una tez tan pálida que su pelo parece aún más oscuro—. ¿O debo erradicarte yo mismo? —Me muestra un anillo en el pulgar, una gema de rubí que hace juego con el anillo de mi madre en mi dedo.

Miro a mi alrededor, esperando que todos se den cuenta de que un chico de secundaria ha irrumpido en Valentine para amenazarme.

Solo Xavier deja de escribir en su cuaderno.

—Oh, Charlie.

Mi corazón se acelera. Recordó mi nombre.

Pero se supone que nadie debe recordar quién soy. Nada de ser el centro de atención. Reprimo mi emoción.

—Sí. Hola.

Detrás de nosotros se oye un golpe seco. Me sobresalto y miro por encima del hombro.

Los libros de cuentos de hadas se caen de una estantería donde ahora Jasper, respirando con dificultad, apoya el hombro, como si la hubiera golpeado con toda su fuerza.

—¿Hay alguien aquí llamado Charlie?

Lo miro horrorizado. ¿Tiene oído de halcón?

—¿Quién está entorpeciendo el paso? —se queja alguien.

Bobby hace señas a los que esperan impacientes para que se alejen de nuestra conversación. Una vez que la multitud se abre lo suficiente como para que Jasper me vea, se apresura hacia delante con una ráfaga de aroma a fragancia floral, *shampoo* y jabón que me hace estornudar.

—Veo que no has podido resistirte a pasar un rato íntimo conmigo hoy, *roomie* —dice Jasper con una sonrisa. También lleva un pin esmaltado, un número uno dorado prendido en el cuello de su camisa roja, lo que le agrega peso y hace que su clavícula quede más al descubierto de lo habitual.

—¿Por qué estás aquí? —le pregunto sin retirar la mirada de su rostro.

—TEAMO.

Agarro mi saco con fuerza.

—¿Perdón? ¿Que tú me qué?

—Tutorías para Estudiantes, Apoyo Multidisciplinario Opcional —dice Xavier, que ha vuelto a anotar nombres y números en su cuaderno—. TEAMO.

Es imposible que Jasper, el número uno, necesite tutorías. Lógicamente, solo hay una razón para que esté aquí.

Lucho por evitar que mi expresión se contorsione.

—Eres tutor.

—Bienvenido al programa más útil del campus —dice Jasper.

—Estamos aquí para ayudarte con todas tus… —hace comillas en el aire— «necesidades de tutoría».

—¿Esos números significan que son tutores? —pregunto señalando el pin en el cuello de Jasper.

Él mira hacia abajo.

—No, son nuestros pases de cuadro de honor.

—¿Sus qué?

—¿No viste los anuncios de las calificaciones semanales hoy? ¿Viste a un profesor sentado con una cesta?

—¿No?

—Los reparten todos los días al mediodía en ambos campus. Bueno, a todos los alumnos que están entre los cinco mejores de su clase. Mientras conservemos nuestro puesto, tenemos acceso especial al centro ecuestre que está mitad en su campus y mitad en el nuestro, de viernes a domingo.

Otra parte de Valentine que no sabía que existía.

—¿Un pase al centro ecuestre es el premio? ¿A quién le importan los caballos?

—¿A quién le importan los caballos? —repite Robby más adelante en la fila. Sus ojos están muy abiertos por la sorpresa. Está casi ofendido.

Me muerdo el interior de la mejilla por no haber logrado encajar una vez más. Debe ser una cosa rara de gente rica.

—Claro. Lo siento.

—No se trata solo de los caballos —dice Jasper—. Cuando los cinco mejores visitan el centro ecuestre, también pueden ver a *las* cinco mejores.

Por supuesto.

—¿La academia permite eso como premio?

—Bueno, ese premio en particular no está escrito en ningún sitio. Es más bien un fallo del sistema. El profesorado afirma que todo el sistema está pensado para fomentar la competencia amistosa. Harán lo que sea para asegurarse de que sigamos siendo la mejor academia privada del país.

Eso es casi peor que tener una tabla de clasificación pública. Delilah y mamá nunca mencionaron nada de esto.

—¿Todos los del cuadro de honor están en esto?

—Algunos puestos cambian con demasiada frecuencia. Los puestos cuatro y cinco, en realidad. Pero la mayoría se niega a involucrarse en esto.

La mayoría se niega. Pero, se supone que yo debo participar.

—¿Por qué?

Jasper gira un dedo en el aire, haciendo sonar su pulsera de forma tan molesta que considero quitársela.

—Porque no estamos aquí para ser tutores, von Hevringprinz. Nosotros...

—*Jasper* —murmura Xavier con cautela desde su mesa, y luego se voltea hacia mí—. Lo siento, amigo, pero no debemos compartir demasiado contigo, ya que eres, bueno, nuevo.

Una parte de mi corazón se rompe. Sigo siendo un transferido. Un forastero.

—Podemos confiar en Charlie en cuanto a que somos *non-tutors* —insiste Jasper, acercándose y dándole una palmada en el hombro a Xavier—. Es un becario de excelencia.

—Sí —digo, reconociendo que aprecio que Jasper me defienda. Si todo el mundo lo sabe, yo también tengo que saberlo, sobre todo porque la directora Grimes espera que arregle esto—. ¿Son... *non-tutors*?

—Es la palabra francesa para «no tutores», responde Jasper—. Lo siento, puede que te confunda, ya que no hablas el idioma más romántico del mundo como *moi*. En realidad, entregamos cartas de amor.

—¿Cartas *de amor*?

—*Oui*. Aunque algunos simplemente utilizan el servicio para mantenerse en contacto con sus novias al otro lado del muro, yo ofrezco una opción secundaria mucho más popular: escribir cartas de amor en su nombre. Al fin y al cabo, soy un poeta de renombre. Luego, los demás miembros se encargan de entregarlas valientemente en la academia de al lado cada semana y recogen lo que desde esta se desee enviar a cambio. Blaze se encarga de la mayoría de las entregas. Robby y Xavier también echan una mano para no levantar sospechas.

Mi sorpresa se convierte rápidamente en ira.

De alguna manera, escribirle a otras tres chicas a mis espaldas en el campamento no fue suficiente para quitarle a Jasper la obsesión por las cartas de amor.

—¿Por qué perder el tiempo con cartas de amor sin sentido? —digo con demasiada dureza. No puedo evitarlo. Ahora el trabajo que me ha asignado la directora se ha vuelto imposible. Estos chicos no dan tutorías *en absoluto*.

Jasper se queda boquiabierto.

—¿Sin sentido? ¿De qué otra manera estos corazones rotos mantendrían el contacto con sus enamoradas y amantes al otro lado del muro maltercio que divide nuestras academias?

Los estudiantes realmente se refieren a ese muro como «muro maltercio».

—¿No lo harían?

—¡Exacto! San Valentín lloraría por tantos jóvenes amantes separados. —Junta las manos con pasión y mira al techo—. ¿No es así?

San Valentín no responde. Yo tampoco.

Xavier sí lo hace.

—Operamos bajo el programa de tutoría para que la academia no sospeche que estamos infringiendo su norma más importante: no hablar con la academia hermana. Por eso solo permitimos que se unan los cinco mejores. —Señala su insignia con el número tres. No estaba entre los tres mejores de la clase de segundo año, así que debe ser de un curso superior—. No se nos considera infractores de las normas. Además, somos los únicos que podemos acceder al centro ecuestre que conecta ambas academias. Así podemos intercambiar cartas con algunas de las otras cinco mejores alumnas que tienen su propio sistema establecido desde hace tiempo.

Echo un vistazo a las estanterías y luego a la puerta. Quizás solo los más brillantes de Valentine podrían lograr algo así.

—¿Cómo se ha mantenido esto en secreto?

—¿Antes de Jasper? Ni idea. Es una tradición desde hace años. —Xavier señala a Jasper—. Hoy en día, confiamos en los poderes del sobrino de la directora.

A mi lado, Jasper sonríe.

Norma tácita n.º 5: Los poderes del sobrino de la directora se imponen a las normas.

—Según cuenta la leyenda, cuando se fundó la academia en 1899, la administración creó Tutorías para Estudiantes, Apoyo Multidisciplinario Opcional como un programa de tutorías real —explica Jasper—. Solo unos meses después, nuestros valientes antepasados comenzaron a establecer un método de comunicación con el campus hermano. Al parecer, los bibliotecarios se olvidaron de que existía este cuarto de limpieza, por lo que lo usurparon para mantener en secreto sus reuniones sobre la entrega de cartas. Nosotros continuamos con valentía su misión, y seguimos mejorando y creciendo.

Mi mente echa chispas. Ya de por sí deseaba que Delilah me hubiera advertido de las horribles sorpresas que me esperaban desde que llegué aquí, pero esta podría ser la mayor de todas. Los estudiantes de ambos campus han corrido un grave riesgo de expulsión por participar en esto durante cien años. Todo en nombre de la tradición.

Quizás nunca pueda entender a los demás en esta academia. Saco la nota de la directora Grimes de mis pantalones.

—Bueno, la directora me pidió que me uniera porque no están mejorando las calificaciones de nadie. Ya hay sospechas.

Los cuatro *non-tutors* miran la carta con intensidad.

Jasper se tambalea tanto que tiene que apoyarse en una estantería para no colapsar. Los mechones de pelo que se han escapado de su cola de caballo le caen sobre la cara.

—¿Mi tía? ¿Es este el fin?

—No —responde el chico bajito con fleco de algas de antes, Blaze, según parece, que ahora se ha atado las mangas del saco al cuello y el resto le ondea a la espalda como una capa de disfraz infantil. ¿Es estudiante de este lugar? Si es así, debe ser de primer año—. No nos derrotarán. Propongo que contratemos a alguien para que despiste al enemigo: un guerrero valiente que haga de tutor en los pupitres todos los días, a la vista de los bibliotecarios, mientras nosotros trabajamos aquí atrás.

—Se te ocurrió rápido —digo, impresionado.

—Ya hacía tiempo que necesitábamos a alguien nuevo —dice Xavier, levantándose de su asiento detrás de la pila de libros y dejando caer la pluma sobre su cuaderno—. A veces, los alumnos de primer año vienen a pedir tutorías de verdad y amenazan con quejarse con los profesores, así que los enviábamos al becario de excelencia al que sustituiste. Jasper ocupó su lugar durante un tiempo, pero era… —Frunce el ceño.

—Les decía que tenían daño cerebral —termina Robby desde la fila de espera.

Jasper frunce el ceño.

—Me hacen perder el tiempo. Estoy ocupado aquí atrás.

—Y desde entonces, nos han rechazado todos a los que se lo hemos pedido —añade Xavier.

Sigo pensando en «el becario de excelencia al que sustituiste». Quiero preguntar más, pero Blaze me señala con su anillo de forma tan agresiva que me estremezco.

—Este ocho patas puede ser nuestro rostro visible —anuncia Blaze, señalándome directamente.

Miro mis piernas. Solo tengo dos.

—¿Yo?

Jasper se levanta de un salto de la estantería en la que estaba recargado. En un abrir y cerrar de ojos, me pasa un brazo por los hombros y nuestras caderas se tocan por un segundo mientras su fragancia vuelve a invadir mis fosas nasales.

—Charlie incluso fundó una organización sin fines de lucro para dar tutorías en Queens, ¿cierto, Charlie? ¡Es una idea fantástica!

Una parte de mí ansía seguir aprendiendo más sobre este

secreto de Valentine, aunque Jasper se encuentre entre el grupo que me da la bienvenida.

Pero también me hice una promesa. No hacer amigos. Estudiar. Tengo motivos suficientes para ser expulsado.

—No quiero romper las reglas —digo, y no añado nada más.

—No tienes que hacerlo —dice Jasper, llevándose la mano al corazón—. Si nos descubren, di que nunca supiste nada de nuestras verdaderas actividades.

—¿Cómo puedes prometer eso?

—¿Te mentiría?

Bueno, ya lo ha hecho antes.

Me agarro la frente, abrumado por todo lo que tengo que asimilar de golpe. Incluso con el título de becario de excelencia, apenas puedo distinguir entre la verdad de este programa y las opiniones habitualmente sesgadas de Jasper. No hay forma de que pueda unirme.

Excepto que… el poder de Jasper como sobrino de la directora podría ser suficiente para ayudarme a conseguir lo que nadie más podría.

De pie frente a él, enderezo los hombros para que se parezcan más a los suyos. Es una idea arriesgada. Él es la única persona a la que debería evitar. Cada segundo que pasamos juntos le ayuda a recordar quién soy. Sin embargo, inclino la cabeza hacia una esquina de la sala donde nadie puede oírnos y camino en esa dirección. Él capta la indirecta y me sigue.

—Consideraré ser su rostro visible —le digo—. Si haces algo por mí.

Jasper se inclina hacia delante con curiosidad.

—¿Sí?

Es solo una palabra, pero la pronuncia con tal mezcla de confianza y sensatez que tiene tanto peso como un discurso. Me esfuerzo por no dejar que eso me afecte.

—Convence a tu tía de que te traslade a una habitación individual para que yo pueda quedarme con la doble para mí solo.

La expresión de Jasper se altera, como si tuviera una lista de posibles respuestas que yo podría dar y esta no encajara en ninguna. De sus labios se escapa una risa débil, casi dolorida.

—¿Tanto te desagrado, von Hevringprinz?

—Ah, no —miento, sintiendo una punzada de culpa—. Pedí una antes incluso de saber que íbamos a ser compañeros de cuarto. Dijiste que nunca te habías quejado con tu tía, ¿no? ¿Eso no significa que tienes derecho a hacerlo?

Jasper asiente lentamente.

—¿Eso es un sí? —pregunto.

—Quiero más de ti. Ayúdame a escribir cartas hasta la fiesta de invierno en noviembre.

—¿Qué? —digo—. ¿Cómo es eso justo?

Jasper se encoge de hombros. Es simple: porque él tiene el poder y lo sabe.

—Cada vez más alumnos de todos los cursos se están enterando de que mis poemas han ganado premios, por lo que la demanda de que escriba cartas a su nombre no deja de aumentar. Además, escribo todas las cartas confesionales de amor para cualquiera que desee invitar a la fiesta a la chica que le gusta de la academia de junto. Me vendría bien otra mano. Aunque debemos mantener tu participación en secreto ante los demás miembros. Especialmente ante nuestros visitantes. Ellos vienen aquí por mi marca, ¿entiendes? No por la tuya. —Se lleva una mano al pecho—. Después se lo pediré a mi tía.

—No —digo—. Pídeselo ahora.

—Si se lo pido hoy, ¿qué te obligará a cumplir tu parte?

Noviembre es mejor que un año académico. Aun así, mi corazón late con fuerza en mi cuello. La idea de que yo, que no he salido con nadie desde que mis labios tocaron los de Jasper, escriba cartas de amor es ridícula por sí sola. ¿Pero ayudar a Jasper a escribir lo que alguna vez utilizó para romperme el corazón?

—No sabré hacerlo —murmuro, aunque Valentine esperaría que destacara en cualquier cosa que se me presentara en el campus, incluida la poesía. La inseguridad me quema en el pecho al admitirlo, pero es la verdad.

—Por supuesto que no serás tan bueno como yo —dice Jasper, haciendo un gesto con la mano—. Siempre habrá alguien mejor que tú en literatura. *Así es el ciclo de la vida de artista.*

Lo miro fijamente de vuelta, atónito por lo grande que es realmente su cabeza.

¿Cómo se me ocurrió hacer un trato con él?

—Olvídalo —digo con un resoplido—. Busca una nueva cara por tu cuenta.

Jasper levanta las cejas con sorpresa, pero yo ya me dirijo hacia la puerta, dejándolo atrás a él y a este trato.

CAPÍTULO 8

LO QUE QUEDA DEL DÍA

MIÉRCOLES 4 DE SEPTIEMBRE

Al menos hasta que regreso a nuestra habitación esa noche.

Cuando llego después de una sesión de estudio en solitario en el Halo, Jasper está revolviendo el cajón de su escritorio, tirando a un lado libros con las esquinas dobladas y cafés a medio beber de la cafetería Laney's. Da vueltas por la habitación con los zapatos de vestir que no se ha molestado en quitarse, como un animal.

—¡Has vuelto!

Parpadeo desde la puerta. Todo huele a canela y a humo de sus velas que rompen las normas y son un peligro de incendio. Estornudo.

—Estás haciendo un desastre.

—Por una buena razón.

—¿Y cuál es?

—Me gustaría convencerte de que me ayudes con mis cartas.

Me apresuro a cerrar la puerta detrás de mí antes de que Maverick, el colaborador residencial, pueda oírnos. Si Jasper fuera cualquier otra persona y no el sobrino de la directora, le daría un portazo en la cara.

—Ya te dije que no haría un buen trabajo.

—Y yo humildemente te ofrezco una solución. —Jasper recoge un montón de plumas, lápices y cuadernos, y luego atraviesa nuestra habitación a zancadas, esquivando los libros esparcidos a su alrededor. Su cola de caballo apenas conserva su forma después de todo el día, y le cuelga suelta alrededor de las mejillas—. Para que escribas con la calidad que promete TEAMO, necesitas un tutor del amor. Yo seré tu tutor con mucho gusto.

Mi corazón se acelera tanto que juro que me tiemblan todos los huesos.

—¿Tutor del amor?

—Por favor, llámame tutor Jasper. Según lo acordado, convenceré a mi tía para que me busque otra habitación.

Me quedo mirando los tres lunares que tiene debajo del pulgar, que forman una constelación. Es la última mano del universo que quiero tocar.

—Por favor, elige el instrumento de escritura que más te llame. —Jasper me pone en los brazos el montón de material de escritura. Yo gruño—. Una clase conmigo. Es todo lo que te pido. Después podrás decidir si formamos el equipo brillante que yo creo que podemos ser.

Dos plumas se me resbalan de las manos y caen al suelo, donde los libros de Jasper se han esparcido hasta la puerta. Miro los pósters de Jasper en el techo y luego la versión en cartón de él entre nuestras camas.

—¿De verdad decidiste traer tu figura de cartón de tamaño real? ¿De entre todas tus cosas?

—Fue un regalo del *Poetic Fortune Digest*. ¿Qué más iba a meter en la maleta?

—Vaya, no sé. —Pateo uno de sus libros—. Tienes montones de ciertas cosas por todo el escritorio. Y en tu parte del suelo. Y en la mía.

Jasper parpadea, quizás de forma genuina.

—Un librero —digo entre dientes.

Jasper examina el espacio vacío entre nuestras camas.

—Ah, ya veo, von Hevringprinz.

—Sabes que puedes llamarme por mi nombre, ¿verdad?

—Pero tu apellido es hermoso.

Siento cómo se me atasca la saliva en la garganta. Me esfuerzo en toser para expulsarla.

—Es largo.

—Podría ser más largo. Piensa, por ejemplo, en el nombre real de Oscar Wilde.

Creía que era el único que lo sabía.

—¿Oscar Fingal O'Flahertie Wills Wilde?

A Jasper se le marca un hoyuelo.

—No es tan hermoso.

Le devuelvo la sonrisa hasta que me doy cuenta de lo que estoy haciendo. Un rompecorazones como él ha llamado hermosas a cientos de otras personas también. Nunca podríamos formar un equipo brillante.

Pero una habitación propia. Lógicamente, eso podría valer la pena aguantarme y escribir cartas de amor con el único chico que me ha roto el corazón y que no tiene ni idea de quién soy.

La cara de Jasper se ensombrece.

—¿Pasa algo?

—N-no —digo rápidamente.

Él me mira entrecerrando los ojos, como si intentara encontrar una respuesta en mi lenguaje corporal o en mis rasgos faciales.

—Eres muy evasivo, ¿lo sabes?

—¿Qué quieres decir?

—Evasivo. Significa que no eres directo. Que evitas. Que ocultas tus pensamientos.

—Sé lo que significa —respondo bruscamente, pero mi voz casi se quiebra por los nervios que me recorren el cuerpo. Solo ha pasado un día y Jasper ya se ha dado cuenta de lo desesperadamente que intento evitarlo.

Si sigo huyendo de Jasper, eso solo parecerá más sospechoso. Conociéndolo, podría intentar indagar más en mi vida de lo que ya lo ha hecho.

—Una clase —digo, aunque es lo último que quiero—. Lo intentaré. No prometo nada.

La cara de Jasper se ilumina de nuevo.

—¡Maravilloso!

Me inclino para extender los materiales de escritura sobre la alfombra. ¿Qué ha dicho Jasper? ¿Que encuentre algo que me llame? Bueno, no detecto ningún llamado. Sigo a mi cabeza en lugar de a mi corazón cuando evito las plumas y elijo el primer lapicero que veo. —¿Cómo puede Jasper sentirse tan seguro con la tinta permanente?—. Y un cuaderno estándar. Cuando vuelvo a levantar la mirada, Jasper tiene los brazos cruzados.

—Escribe una carta de amor poética y recítala —dice—. En cinco minutos.

Esto está ocurriendo. Tengo que recitarle una carta de amor a mi antiguo amor platónico. Se me hace un nudo en el estómago.

—¿No me vas a dar algún tema?

—¿Lo necesitas?

—Me ayudaría, ¿no?

—Ya veo. —Mi deseo de estrangularlo por lo confundido que parece se intensifica—. Imagina las adversidades típicas a las que se enfrentaría una pareja separada por un muro tan malvado, imponente y cerrado.

Eso apenas es un tema.

Me siento en mi escritorio con el lapicero y el cuaderno que he elegido. Garabateo una primera línea, pero las cortinas que se agitan con la brisa me distraen demasiado, y el aroma de las hojas otoñales mezclado con la explosión de canela y fragancias florales de la habitación es demasiado abrumador. Mi mente se inunda de recuerdos del campamento, de Jasper levantando la mano con preguntas más profundas y recibiendo más elogios de los ponentes invitados que yo en toda mi vida.

Jasper me arrebata el lapicero. Intento recuperarlo, pero él lo esconde detrás de su oreja.

—Se acabó el tiempo.

Miro fijamente su muñeca, desprovista de reloj, a pesar de que Valentine nos dijo repetidamente que trajéramos uno.

—¿Cómo lo sabes?

—Me parecieron cinco minutos.

—¿Cómo sobrevives aquí? —Señalo su muñeca desnuda—. Lo único que tenemos es el campanario. Ninguno de los dos trajo siquiera un reloj para nuestra habitación.

Jasper señala las cortinas.

—Lo sé por la posición del sol o la luna en el cielo. ¿Tú no?

—¿No?

Él murmura algo. Con tono crítico.

—Levántate y lee.

Vuelvo a mirar mi hoja:

«Las rosas son rojas, las violetas son azules

Yo…».

Empujo la silla y considero la posibilidad de encender una de las velas de Jasper y prender fuego al cuaderno. Jasper es el número uno. No puede verme fracasar tan rápido.

«Piensa, Charlie».

—Las rosas…

—Mírame. Quiero sentir la emoción.

Lo hago, y la presión se dispara. Los ojos de Jasper son de un azul penetrante muy familiar, y me miran igual que cuando escribíamos junto al lago y él me pedía que le recitara lo que había escrito para el taller. Siempre quería escuchar lo mío.

—Puedes confiarme tus emociones —dice Jasper—. Somos *roomies*.

Curiosamente, mi primer instinto es creerle. Aunque Jasper ha sido tan desagradable como esperaba desde que llegué, también ha sido extrañamente amable conmigo, invitándome constantemente a ir juntos al comedor y tratando de saber más sobre mí para que podamos conectar. Quizás no sería el fin del mundo si recordara.

—¿Jasper? —digo.

Me mira con la misma intensidad que hace dos años. Es suficiente para que mis sentidos despierten. Jasper me mostró la misma *amabilidad* entonces. La única diferencia es que yo aún era lo suficientemente ingenuo como para creerlo.

¿En qué estoy pensando?

—No importa. —Respiro profundo—. Las rosas son rojas. Las violetas son azules. Yo… —Me devano los sesos pensando en algo. Cualquier cosa—. Si tan solo… esta pared… no estuviera entre nosotros, nuestro amor podría… crecer. Espera. Las rosas son rojas…

Jasper me arrebata el cuaderno.

—Asistirás a clases de amor conmigo todos los días.

Debo haber escuchado mal.

—¡Pero tengo que estudiar!

—Es una carrera a contrarreloj, von Hevringprinz. Además de nuestras exigencias habituales, se acerca la fiesta de invierno. Es el evento más ajetreado del año.

Delilah afirmaba que la fiesta era el único momento en que los estudiantes de Valentine podían divertirse. Sin embargo, nunca le creí, ya que la palabra «fiesta» solo me provocaba ñáñaras. ¿Qué me aconsejaría si supiera que me están pidiendo que rompa las reglas? ¿Me animaría a ignorar el sistema de Valentine con un típico gesto de Delilah o a mantener la cabeza baja como mamá?

Lo único que quiero es encontrar mi teléfono, secuestrado en algún lugar recóndito del campus, y enviarle mensajes con las últimas novedades, como hice durante todo el curso anterior, aunque ella no pudiera leerlos hasta que le devolvieran el suyo al comienzo de las vacaciones de invierno. Ahora que estoy soportando esta vida sin teléfono, entiendo por qué me enviaba mensajes sin parar todo el día y toda la noche —que, lo admito, me pasaba durmiendo— hasta que regresaba al campus. Quizás debí haberme esforzado más por quedarme despierto.

—¿Es tan importante la fiesta? —le pregunto a Jasper, ya que es al único que tengo.

—Lo es todo. Es una tradición tan antigua como el TEAMO. Es una celebración para todas las parejas de Valentine, nuevas y viejas. Serviremos a cientos de almas enamoradas.

Sigo sin entenderlo. El TEAMO no puede ser tan importante como para correr todos los riesgos que conlleva solo por mantener una tradición, y eso me provoca el mayor pico de ansiedad de toda la noche.

Debe ser obvio, porque Jasper acorta la distancia entre nosotros y me da una palmada en el hombro. Instintivamente, bajo la cabeza.

—Necesito una semana para preparar el plan de estudios —dice—. Entonces empezarás como nuestra cara visible en la biblioteca. Tus clases te las daré después. ¿De acuerdo?

¿Tendré tiempo de crear un régimen de estudio estricto, levantarme temprano y quedarme despierto toda la noche para complacer a un poeta que solo se respeta a sí mismo? Además, pasar más tiempo con Jasper fuera de nuestra habitación encerrada solo le daría más oportunidades de mirarme más de cerca.

Pero eso *me* daría la oportunidad de vigilarlo a *él*. Impedir que investigara por su cuenta quién soy. Me daría un poco de control.

Y la habitación. *Necesito* esta habitación solo para mí.

—Está bien, Jasper.

—Tutor Jasper —sonríe.

Aprieto la mandíbula.

—Tutor Jasper.

CAPÍTULO 9

DEL INCONVENIENTE DE HABER NACIDO

MARTES 10 DE SEPTIEMBRE

La maestra Nallos hace sonar su silbato desde la banca en la que descansa tranquilamente durante la clase de Educación Física.

—¡Bien esas vueltas! ¡A las regaderas!

Me inclino sobre la pista, agarrándome los muslos mientras el sudor me gotea por la frente. Una carrera improvisada de doce minutos en el día más caluroso y sofocante del año según el termómetro del vestuario. Una verdadera maldición después de un fin de semana de noches en vela pegado a los libros para asegurarme un buen puesto mañana. Un proyecto de historia universal en grupo. Dos trabajos de cálculo con cuarenta preguntas cada uno. Dos trabajos de respuesta libre. Todo tiene que ser perfecto.

Pero hoy teníamos que dar al menos diez vueltas. Yo he dado seis. ¿Bajará mi nota en Educación Física?

Se oyen risas en la pista. Xavier, con su cuchara de la suerte entre los dedos, choca los cinco con otros dos. Como no han dejado de pasar a toda velocidad a mi lado, reconozco la parte de atrás de sus cabezas rapadas. Deben haber dado cuatro veces más vueltas más que yo.

Apenas consigo reunir fuerzas para caminar hasta el vestuario. Me invade una nube de colonias genéricas, y las luces fluorescentes proyectan un resplandor lúgubre, como si el concepto de vestidor masculino no fuera ya lo suficientemente aterrador. Me acerco a los casilleros para buscar «von Hevringprinz» en la fila inferior, pasando por encima de dos toallas usadas, un montón de uniformes, un plátano magullado y unas cuantas tarjetas brillantes que parecen las de Robby de la biblioteca. Hay una boca abajo, que muestra la ilustración de un caballo moteado.

Los vestidores de los chicos son más extraños de lo que pensaba.

Se oyen chapoteos a la vuelta. Probablemente sean las regaderas, que nunca he usado. Las clases de Educación Física de la semana anterior me dejaron cansado, pero no muy sudado. Hoy, sin embargo, pasaré las próximas siete horas de clase empapado si no me enjuago. Agarro la toalla que no he tocado en toda la semana, luego mi uniforme, y sigo los chapoteos.

Entonces me quedo paralizado y el uniforme se me resbala de las manos.

Cuerpos desnudos. Frente a las regaderas. No hay cortinas que los separen. Espejos a lo largo de las paredes, duplicándolos. Se ríen entre ellos como si estuvieran en un partido de béisbol.

No hay regaderas. Es una regadera comunitaria.

Otro de los amigos de Xavier, con el pelo rapado, alcanza una botella de *shampoo* y mira hacia mí. Presencia detectada. No lleva toalla, ni siquiera una pequeña.

—¿Estás bien?

Intento articular una frase. Una palabra. Lo único que se me escapa es un grito ahogado. Corro hacia los casilleros y entro en un baño vacío. Mientras me envuelvo en el uniforme y la toalla para proteger las cicatrices de mi pecho, siento un nudo en el estómago. No hay tiempo para ducharme en mi habitación. La clase de cálculo empieza en ocho minutos.

La puerta del baño vibra.

—¿Terminaste? —pregunta una voz.

—¡Un segundo! —respondo de manera tan extraña que siento que el chico se aleja por completo.

Me apresuro a cambiarme. Aunque me limpio la cara con papel higiénico y me pongo desodorante para seis días, el olor a ejercicio se filtra a través de mis poros obstruidos por el sudor. Salgo corriendo del baño, con la cabeza baja, y entro al campo.

La maestra Nallos pasa junto a mí por la acera. Su respiración uniforme y sus trenzas perfectamente simétricas me hacen aún más consciente de mi jadeo incontrolable y mi pelo desordenado.

—Maestra Nallos —digo.

Ella se detiene y me mira de arriba abajo, observando mi cuerpo grasiento.

—¿Sí?

—¿Puedo ver cuántas vueltas me anotó hoy?

Ella revisa su portapapeles antes de volver a mirarme con el ceño fruncido.

—¿Hiciste tu mejor esfuerzo?

Auch.

No es que mi cuerpo *no sea capaz de* correr el mismo número de vueltas que el de los demás. Pero mientras yo estuve sentado en un escritorio todo el año tomando clases en línea, ellos aparentemente corrían como roedores.

—Si lo que le preocupa es que no me haya esforzado de verdad, le prometo que lo hice.

La maestra Nallos suspira.

—La política de calificaciones de Valentine es muy estricta al respecto. A menos de que tengas un justificante médico del servicio de salud, lo que cuenta son los resultados.

Aunque sea una academia privada, esto tiene que infringir alguna ley. Al menos alguna ética.

Norma tácita n.º 6: La Academia Valentine puede hacer lo que le dé la gana.

Hago la temida pregunta.

—¿Cuánto bajará mi calificación esto?

Ella vuelve a mirar el portapapeles.

—Por el momento, tienes un seis.

CAPÍTULO 10

GRANDES ESPERANZAS

MIÉRCOLES 11 DE SEPTIEMBRE

LISTADO DE SEGUNDO AÑO

1. Jasper Grimes
2. Robert Walker
3. Bingo A. Dixon
4. Nicholas Burton
5. Reese Collins
6. Frankie Schultz
7. Gabriel Acosta
8. Frederick Brown Jr.
9. Andrew Parker
10. Alessandro Beasley
11. Uriah Clayton
12. Ishaan Kapoor
13. Joseph M. Briggs
14. Kamari Barrera
15. Cody Wilson
16. Liam Yun
17. Sebastian Mitchell
18. Gideon Mittelman

19. Edward Lobb Jr.
20. Alexander Davis
21. Luis Gabriel García Perez
22. Jackson W. Zang
23. Matthew St. Paul
24. Isaiah Lim
25. Kade Cervantes
26. Alexander Young
27. Zachariah Wilson
28. Samuel Baker
29. Jack Reid
30. Derek Gonzales
31. Michael Aguilar
32. Lucas Banas
33. Carson Giles
34. Zain Chang
35. Jacob Christensen
36. Eiji Nakahashi
37. Patrick Kennedy
38. Leonardo Evans
39. Emilio O'Hare
40. Andrew Huang
41. Thomas Shaw
42. Xuan Ma
43. Matthew Davidson
44. Griffin Li
45. Charlie von Hevringprinz
46. Aiden Alston

CAPÍTULO 11

SUEÑOS PRESTADOS

MIÉRCOLES 11 DE SEPTIEMBRE

Menos de una hora después de que se anunciaran las notas semanales, Maverick, el colaborador residencial, me informa que mamá quiere hablar conmigo.

Mientras suena el «Rondo alla Turca» de Mozart de fondo en el gramófono, la señorita Lyney me pasa el teléfono por encima del mostrador.

—Tienes cinco minutos. Lamentablemente, la comunicación con la familia fuera de casos de emergencia debe reducirse al mínimo, cariño.

Tomo el teléfono.

—Hol…

—¿Eres el penúltimo en la clasificación académica?

Una flecha en el corazón.

—Hola, mamá.

—Hola, cariño. ¿Cómo estás? —Por su voz trémula, ya me la imagino sentada detrás de la caja registradora de la librería Bibliobibuli, jaloneando una blusa que compró en el Q Train Vintage, a dos manzanas de nuestro departamento.

Aprieto el teléfono con más fuerza para contener mis emociones. Después de quedar en el puesto cuarenta y cinco, esperaba que la sensación de fracaso me devorara durante esta llamada, pero no en solo dos segundos.

—Estoy bien.

—El requisito para conservar la beca es estar entre los cinco mejores al final de cada trimestre. Eso llegará pronto. ¿Sigues pensando que podrás con ello? Siempre puedes venir a casa los fines de semana, ya lo sabes. Incluso podemos reconsiderar esto.

Hago un gesto de dolor.

—Lo sé. ¿Cómo te enteraste de mis calificaciones?

—Me mandaron una notificación a mi correo electrónico.

Norma tácita n.º 7: La tecnología solo se utiliza para delatar a los alumnos con sus padres.

—¿Estás pasando por un mal momento? —me pregunta mamá al ver que no respondo, pero se detiene cuando la invade un bostezo. Es la desventaja de no tomarse nunca un día libre en la librería—. ¿O es que no te estás adaptando a vivir solo?

«No vivo solo».

Nunca se lo podría decir a mamá. Se preocuparía muchísimo. Mientras pueda evitar eso, con suerte saldré vivo de esta llamada.

—No es eso. Te dije que estoy bien.

—Está bien. Ah, por cierto, ya leíste el reglamento, ¿verdad? ¿Te estás asegurando de cumplirlo? Sé por experiencia propia que hay mucho que memorizar.

—Sí. —La culpa por mentir me golpea con fuerza. Ni siquiera sé cómo reaccionaría si supiera que estoy rompiendo la norma número uno con el TEAMO. *Además* de todo lo que le estoy ocultando.

—Bien. Como becaria de excelencia, recuerdo que tenía que ser un ejemplo para el resto de las estudiantes. Y ya sabes lo que siempre digo: romper las reglas siempre conduce a una espiral descendente.

—Lo sé.

—¿Te conté sobre Samantha? ¿Mi amiga con la que perdí contacto porque copió un problema de álgebra mío durante la clase y la enviaron a casa?

—Ya entendí, mamá.

Ella suspira.

—Lo sé. Lo sé. Estoy tratando de apoyarte como me pediste. Solo prométeme que me avisarás de inmediato si tienes alguna duda, ¿de acuerdo?

La señorita Lyney levanta dos dedos. Dos minutos.

Los sentimientos contradictorios que se han acumulado desde que pisé el campus me queman la lengua. Ocultar quién soy, y más aún en una academia solo para chicos, empieza a parecerme imposible. Quizás mamá no había tenido problemas en quedar entre las cinco primeras porque no temía a su compañera de cuarto y podía hacer amigas porque no corría el riesgo de que la observaran demasiado y descubrieran su secreto. Quizás ella tenía razón y esto era demasiado arriesgado. Pero la señorita Lyney estaba allí, escuchando.

—¿Qué tal la tienda? —pregunté para cambiar de tema.

Hubo un momento de silencio. Luego se oyó un ruido de papeles, como si eso le hubiera recordado que debía seguir trabajando detrás de la caja registradora, que siempre estaba llena de correspondencia y archivos administrativos.

—Las ventas han sido lentas esta semana. Pero con el regreso a clases, pronto volverán los profesores locales, que son nuestros clientes habituales.

No es que esperara grandes cambios tras doce años en los que ella había estado luchando por mantenernos a flote después de que mi padre la engañara y provocara el divorcio. Especialmente ahora que estoy lejos de Queens y no puedo ayudarla. Quizás por eso está tan estresada.

—¿Tú crees?

—Por supuesto. Y ayer comenzó el club de lectura de otoño para jóvenes lectores. Este año se inscribieron más niños que nunca. ¡Dieciséis!

Eso me arranca una pequeña sonrisa. Mamá siempre se ha centrado en poner a nuestra comunidad de Queens por encima de las ganancias. Quizás la mayoría de los antiguos alumnos de Valentine cambian el mundo como médicos, abogados y profesores, y quizás la abuela y el abuelo también esperaban eso de ella, pero mamá lo hace a su manera.

—Eso es genial —le digo a mamá—. Tengo que irme, pero haré que mi nombre suba hasta el primer lugar. Lo prometo.

—Muy bien, cariño. Eso espero.

Estar frente a la puerta del gimnasio del centro recreativo Pragma es como cometer un delito. Al menos para mí. Pero la asignatura de Educación Física no se aprobará sola.

Me enrollo las mangas de la sudadera nueva que compré en la tienda de regalos, que por suerte pude pagar porque, milagrosamente, no me cobraron el alquiler de mi habitación individual. Aquí estarán los chicos como Xavier. Chicos populares, con buenas notas y que son el ejemplo perfecto. Si no me juzgan por invadir su territorio, juzgarán mi falta de masa muscular. Es hora de camuflarme.

En cuanto entro por la puerta, quedo boquiabierto al ver lo grande que es la sala. Hay escudos de Valentine en los marcos de las ventanas y en la parte superior de las paredes, observando como cámaras de vigilancia, y todo huele mágicamente a desinfectante de limón en lugar de a sudor. Las máquinas de metal que podrían aplastarme hasta morir son infinitas. Y lo que es más importante, están abandonadas.

Recorro la sala vacía con más confianza. Hay caminadoras alineadas contra una pared y pesas apiladas junto a otra. Necesito músculos para correr mejor, ¿no?

Se oye un ruido metálico en la fila y doy un salto.

Xavier está haciendo press de pecho, levantando una barra con dos discos a cada lado. Bueno, no estoy solo. Solo se ven signos de sudor en el cuello de su camiseta y en su prominente frente, a pesar de que las pesas son tres veces más grandes que mi cabeza.

Si pudiera tener un cinco por ciento de su fuerza, sacaría un diez en Educación Física.

Xavier mira hacia un lado, sintiendo mi presencia. Sus ojos se agrandan de pronto.

—¡Dios mío! —La barra se le resbala y casi le aplasta el cuello.

Me apresuro a ayudarlo, pero acabo levantando las manos al darme cuenta de que no sé cómo se ayuda normalmente a alguien con las pesas. Xavier vuelve a colocar la barra en su sitio por sí solo.

Se levanta del banco y se retira el fleco oscuro que le cubría los ojos.

—Casi me matas del susto, hermano.

—Lo siento.

—No es culpa tuya. Es que aquí nunca hay nadie.

—¿Por qué?

Xavier sonríe como si fuera obvio.

—El resto siempre está estudiando.

—Eres el tercero en la clasificación de tercer año. ¿No deberías estar estudiando?

—Hay que saber gestionar bien el tiempo. Entrenar me toma una hora al día. Además, como sobre la marcha. —Se da un golpecito en la sien—. ¿Me estabas mirando?

—No —respondo—. Bueno, sí. Pero no porque sea raro. Yo también estoy aquí para entrenar.

—¿Sabes cómo?

—Solo hay que levantar cosas, ¿no?

—Si piensas vivir en el servicio médico. ¿Quieres ayuda?

Con una nota tan baja en Educación Física, necesito ayuda. ¿Pero con Xavier tan cerca? *¿Mirando* tan de cerca? Hago un gesto con la mano rechazando la oferta.

—Sería un favor enorme.

Xavier hurga en su mochila de gimnasio, que está en el suelo. Saca una bebida energética y abre la tapa.

—¿No eres ahora la cara visible del TEAMO?

—Supongo.

—Técnicamente nos estás haciendo un favor, ¿no?

—¿Les importa tanto el TEAMO?

—Por supuesto. —Se toma la bebida tan rápido que su manzana de Adán rebota como una bola de *pinball*—. El año pasado estaba harto del muro maltercio. No podía hablar con mi novia… eh, exnovia, de la academia de al lado. Eso fue lo que me llevó al TEAMO, y luego vi lo feliz que hacía a todo el mundo. Entendí por qué era una tradición desde hacía cien años, y por eso me quedé para seguir con ella. Es lo correcto.

Lo miro con curiosidad.

—¿Esa era también la situación de Jasper? ¿Tenía novia?

Xavier resopla tan fuerte que el eco resuena por toda la sala de entrenamiento.

No sé qué tiene tanta gracia. Me parecía bastante probable que Jasper intentara conquistar a alguna chica de la academia de junto, por no decir a cien.

—No exactamente —dice Xavier—. Pero a Jasper siempre le encantó toda la tradición, así que acabó autoproclamándose líder. Fue P. M. quien convenció a Jasper de que se uniera. A él se le ocurrió ofrecer un servicio de redacción de cartas de amor dentro del TEAMO en lugar de limitarse simplemente a entregarlas.

—¿P. M.?

—Pierre-Marie. El anterior becario de excelencia de tu clase.

Me viene a la mente la portada de un libro. No puede ser.

—¿El famoso poeta?

—¿Lo conoces? Por si no te has dado cuenta, soy el miembro más antiguo, ya que el resto se graduó. Me dediqué a reclutar a todo el que podía. Primero recluté a P. M. con el argumento de difundir el amor a través de la palabra escrita.

Mi corazón late con fuerza al recordar lo que he supuesto sobre el anterior becario de excelencia: que probablemente se había ido debido a la presión.

Se conocían.

Por alguna razón, eso es lo que más me irrita.

—¿Por qué Jasper no mencionó que yo lo había sustituido? Siempre está leyendo sus libros.

—Bueno, pasaban todos los días escribiendo cartas juntos en el TEAMO. Se hicieron tan amigos que P. M. incluso promocionó el trabajo de Jasper en su plataforma. Luego tuvieron una... discusión, supongo.

—Oh. No fue por eso por lo que se fue P. M., ¿verdad?

Xavier se frota torpemente la nuca.

—Lo siento. Le prometí a P. M. que no diría nada. Probablemente sea mejor no mencionar el tema con Jasper.

Me surgen muchas más preguntas: ¿le confió P. M. a Xavier por qué se fue? ¿Le habló de Jasper? Pero Xavier se incorpora y levanta la mano para chocar los puños o darme un apretón de manos. Me supera en altura, y trato de ignorar lo pequeño que me siento a su lado.

—Déjame enseñarte al menos cómo se usan las máquinas —dice Xavier—. Estoy aquí para entrenar de todas formas. No es ningún favor. ¿Vienes tres días a la semana? ¿Después de lo del TEAMO?

Mientras le devuelvo torpemente el choque de puños, en mi rostro se dibuja una pequeña sonrisa, a pesar de que estoy absorto en lo que acabo de descubrir. Además de la presión a la que debió de verse sometido P. M., acercarse demasiado a alguien tan peligroso como Jasper parece haberlo empujado a salir de Valentine. Estoy demasiado cerca de caminar en sus zapatos como para sentirme cómodo. Pero también estoy buscando ayuda externa. Tengo a Xavier. Si tan solo pudiera contarle las buenas noticias a Delilah, su estatus de «incendiaria del planeta» debido a mis implacables batallas de este lado del campus seguramente descendería unos cuantos niveles.

—Espera —digo al darme cuenta de una posibilidad—. Entonces, ¿también podrían entregar una carta mía a la academia de al lado?

Xavier se encoge de hombros.

—¿Por qué no? Solo tendrías que llevar la carta a nuestra sala de reuniones para que Blaze la recogiera antes de realizar sus entregas semanales. Normalmente lo hace los viernes o los fines de semana.

Mi pecho se llena de esperanza. Quizás pueda hablar con Delilah a pesar del muro, después de todo. Aunque una parte de mí se pregunta por qué no me ofreció esta opción durante la orientación. Quizás, de alguna manera, no sabe nada del TEAMO. Aunque todo el mundo parece…

—Genial. Gracias —digo de cualquier manera, pero mi sonrisa desaparece al recordar lo que Xavier acababa de decir. —Oh, no puedo entrenar contigo después del TEAMO. Tengo… —mi boca se retuerce aún más— …clases de amor. Con Jasper.

—¿Puedes repetir eso? —dice Xavier, frunciendo el ceño.

El hecho de que no debía decírselo a nadie me viene a la mente, y me muerdo el labio.

—Jasper me dijo que no se los dijera, pero le estoy ayudando a escribir cartas además de hacer de su cara visible. Aunque solo hasta la fiesta de noviembre. Después dejaré de hacerlo.

Xavier se queda en silencio.

—¿Estás bien? —pregunto con incertidumbre.

—Solo estoy sorprendido. Muchos se han ofrecido a ayudar a Jasper a escribir cartas de amor desde que P. M. se fue, pero él siempre los ha rechazado.

—¿En serio? ¿Por qué?

—Jasper decía que nunca veía nada especial en ellos. —Xavier se encoge de hombros y camina hacia la barra de dominadas más cercana—. Al menos, hasta que apareciste tú.

CAPÍTULO 12

CARTAS DE UN ESTOICO

JUEVES 12 DE SEPTIEMBRE

Hola, Delilah:

Me enteré del programa de cartas de amor. Le entregaré esto a alguien llamado Blaze Alpha Destroyer, quien al parecer entrega cartas entre nuestros campus todas las semanas, así que ya veremos si te llega.

Me dijiste que te llamara si empezaba a lloriquear, pero no quiero gastar mi llamada de emergencia aún. He esperado para contártelo, pero necesito hablar con alguien sobre esto: no prendas fuego a nada, pero no me asignaron una habitación individual. Mi *roomie* ya se ha desnudado delante de mí. Sabiendo que yo estaba allí. ¿De verdad los chicos hacen eso?

Además, no he logrado llegar a estar entre los cinco primeros en el cuadro de honor de segundo año. Ni siquiera he estado cerca. Solo quería contártelo porque te extraño.

Charlie

CAPÍTULO 13

EL PROCESO

VIERNES 13 DE SEPTIEMBRE

Afortunadamente, la maestra Nallos dedica el resto de la semana de Educación Física a enseñar voleibol, que requiere muy poca fuerza. Solo tengo dos exámenes en mis otras clases, lo que en realidad es un respiro después del rigor de los dos últimos días. Y en Literatura Inglesa comenzamos una unidad sobre Edgar Allan Poe, quien al parecer publicó exactamente sesenta y nueve poemas y se casó con su prima. Nunca trabajamos de forma independiente y ya como en la escuela en línea. Leemos en voz alta, y el maestro Stern incluso nos asigna un proyecto para presentar sobre cómo cada acontecimiento de la vida de Poe, tanto bueno como malo, influyó en cada palabra que escribió.

Luego está Jasper, con cuyo horario estoy logrando adaptarme gracias a un milagro de san Valentín. Es una persona terriblemente madrugadora, que se baña antes de que el campanario me saque del sueño, que aún me cuesta conciliar debido al molesto zumbido de su lámpara de noche. Me ruega que desayunemos juntos, a pesar de que ya le he dicho que no nueve veces, hasta que se rinde. Después del almuerzo, cambia sus materiales de clase de la mañana y de la tarde, así que yo cambio los míos antes. Luego, solo regresa al menos diez minutos después de que se apagan las luces. Mi curiosidad se pregunta dónde está, pero no puedo quejarme si está fuera de la habitación y su lámpara zumbante está apagada.

Si nuestro trato funciona, se irá para siempre.

Una semana más tarde, me veo obligado a ser la cara del TEAMO.

Miro fijamente las intimidantes filas de escritorios, lámparas antiguas y tableros de ajedrez en la biblioteca casi inmersa en el silencio, donde solo se oyen ligeros trazos de lápiz y el chirrido de las sillas. Desde que puedo estudiar en mi habitación, gracias a la ausencia de Jasper, no he vuelto aquí desde que vine a buscar el TEAMO entre las estanterías. Al igual que la última vez, casi todas las estaciones están ocupadas. Solo el apagado de las luces obliga a todos a detener sus cerebros.

Las instrucciones de Jasper inundan mi cabeza. «Siéntate delante del bibliotecario. Coloca el cartel del TEAMO sobre la mesa. Asegúrate de que los empleados te vean haciendo de tutor para que no nos sigan. ¿Es demasiado para ti?». ¿Cómo es posible que nunca se le agote la arrogancia?

Pero entonces sus instrucciones son sustituidas por las palabras de Xavier, que se repiten sin cesar en mi cabeza. «Jasper decía que nunca veía nada especial en ellos. Al menos, hasta que apareciste tú».

Una extraña sensación se apodera de mi pecho. Aprieto el libro con más fuerza para que se calme y echo un vistazo a las puertas dobles. La noche anterior, Jasper dijo que vendría para darme apoyo moral hasta nuestra clase de amor. Quizá llegará tarde.

Elijo una mesa. De mi mochila, saco la hoja de papel doblada en tres partes y quito el tablero de ajedrez para hacer espacio. Paso uno. Veo a la bibliotecaria en su escritorio y la saludo con la mano. Ella deja de hojear un libro para devolverlo, confundida.

Presencia detectada. Paso dos. Finalmente, me siento, saco mis libros de texto y comienzo mi tarea de Química.

Se oye un golpe metálico a mi izquierda. Las patas de una silla raspan el suelo.

Al final de mi fila, cuatro alumnos de cursos superiores se agachan sobre una botella de agua que se ha derramado sobre sus tareas. Uno le da un codazo a otro de una forma entre brusca y juguetona, como he visto hacer antes a los chicos. Se oyen algunas risas ahogadas en otras mesas.

Me invade una sensación de desánimo mientras me siento en mi mesa vacía. Sigo siendo un extraño.

Me sacudo esa sensación. Que no haya venido nadie es bueno. Más tiempo para estudiar. De todos modos, es poco probable que venga alguien. Todos los estudiantes saben que el TEAMO es un plan para enviar cartas de amor.

—Hermano —escucho un susurro por encima de mi cabeza—. Por favor, dime que eres el nuevo becario de excelencia de segundo año.

Un chico no más alto que yo y de tez medianamente bronceada se acerca a mi mesa, lleva un collar con una cruz colgando entre las solapas de su saco a cuadros. Sus rizos oscuros me resultan familiares, son los mismos que vi en clase de cálculo.

Dejo el lápiz y le miro a la cara con atención por primera vez: es más bien redonda y tiene unas mejillas suaves, de una forma bonita y atractiva.

—Así es.

—Me llamo Luis —dice con voz entrecortada—. Oye, la semana pasada reprobé el examen de Cálculo. Ecuaciones diferenciales. ¿Sabes algo de esa basura? —Su voz vuelve a quebrarse.

Intento ignorar su voz por el bien de su ego, pero mi boca se curva ante su encanto. Su modulación constante, ascendente y descendente, es la que yo tuve brevemente cuando la mía cambió.

Recordar que he pasado por la misma humillación que el resto de los chicos aquí presentes hace que se dispare mi orgullo. Entonces me doy cuenta de por qué me resulta familiar.

—Sí. ¿Trabajas en la tienda de regalos? Con ese disfraz en forma de corazón.

Él gruñe.

—Di otra cosa. Cualquier otra cosa.

—¿También estás en mi clase?

—¡Ah, sí! Charlie, el del apellido interminable. —Luis se deja caer en el asiento junto a mí con tanta fuerza que la mesa cruje y el ruido resuena en la silenciosa biblioteca. Caen tres piezas del tablero de ajedrez y todas las cabezas se voltean hacia nosotros. A Luis no le importa, solo se recoge los rizos—. Charlie, mis padres me han castigado. «¡Solo ve a ese programa de refuerzo!», me gritaron. Pero ellos no saben que el TEAMO es en realidad, bueno, ya sabes.

—Claro —digo, reclinándome y echándome el fleco sobre la cara.

—Pero entonces Jasper Grimes apareció en nuestra clase para decirnos que el nuevo becario de excelencia de segundo año se había unido al TEAMO.

—¿Qué hizo qué?

—¿No te dijeron? Al principio pensé que Jasper nos estaba diciendo en clave que había otro nuevo repartidor de cartas de amor, pero luego enfatizó mucho lo de «tutor» en «excelente tutor». Lloré. ¿Ahora hay un tutor de verdad? Me pareció una señal. —Luis traza con la mano el símbolo del Padre, el Hijo y el Espíritu Santo sobre su pecho.

Lo imito hasta que recuerdo que persignarse no funciona como dar la mano.

—Ese examen estuvo difícil.

Luis saca su libro de Cálculo de la mochila. En la tela está escrito con marcador permanente: «Luis Gabriel García Pérez».

—Fallé en la parte de campos de pendientes. Saqué un ocho punto cinco.

—Ah.

—Es muy vergonzoso, lo sé. Mis padres me exigen que vuelva a sacar una nota de noventa y ocho o más lo antes posible. ¿Cuánto sacaste?

—Nueve —murmuro.

—Qué mal.

Norma tácita n.º 8: Un nueve en cualquier otro sitio es un cinco aquí.

—Al menos tu mal comienzo tiene sentido —añade Luis, apenas conteniendo la voz—. Eres nuevo. Tienes que familiarizarte con un campus completamente nuevo, además de adaptarte.

¿Es Luis la primera persona que reconoce lo difícil que ha sido para mí el cambio?

Sonrío.

—Sí. Gracias.

Luis acomoda más sus rizos y abre las preguntas de la tarea tres punto dos que debemos entregar en dos días. Una lección que aún no he tenido tiempo de repasar.

—Un becario de excelencia como tú debe aprender estas cosas muy rápido. ¿Me ayudas con esto?

Si no puedo resolver un cálculo simple, Luis podría decirle a todos que el becario de excelencia de segundo año es un chiste. Alguien extrovertido y atractivo como él debe tener muchos amigos, igual que Xavier. Esto podría repercutir en el TEAMO. Dejaré de ser su imagen pública. Ya no tendré una habitación doble para mí solo.

No hay marcha atrás.

Paso a la sección introductoria de la tres punto dos. Después de varios segmentos de línea cortos y frases sobre el plano *xy*, estoy aún más perdido. Aun así, tomo su calculadora.

—Primero resolvamos juntos el número uno. Al dibujar el campo de pendiente para la ecuación diferencial... —Pongo los números que parecen correctos según la página—. En el punto (–1,1), dibujarías un segmento corto de pendiente...

Escribo «= 1–2(–1) = 1 + 2 = 3» en un papel, luego busco las respuestas al final del libro, entrecerrando los ojos, preparándome para estar equivocado.

«= 1–2(–1) = 1 + 2 = 3»

Mis ojos se abren de par en par. ¿Estaba en lo correcto?

Luis gruñe lo suficientemente fuerte como para llamar la atención del bibliotecario, pero no lo suficiente como para que lo manden callar. Aún. Señala el «(–1, 1)» en la página.

—Porque sustituiste ambos. Yo solo usé este.

Las puertas dobles se abren con un chirrido.

¿Jasper? Giro la cabeza rápidamente. Son tres alumnos de cursos superiores que no reconozco.

¿Por qué lo estoy esperando?

Concentrándome en Luis, lo guío a través de las nueve preguntas restantes. Cada vez que responde correctamente, me abraza a la vista de la bibliotecaria. Más puntos de credibilidad para el TEAMO. Una vez que terminamos, mi cabeza está llena de ecuaciones que de repente entiendo. Me divertí.

¿Estaba yo prestando atención a mi cara? ¿A mi cabello? ¿Estábamos sentados demasiado cerca?

No lo recuerdo.

—Eres el mejor del TEAMO, de verdad —dice Luis mientras recoge sus cosas. Sus rizos han duplicado su tamaño—. Sin ofender a Jasper. Él escribe cosas increíbles.

—¿Tú crees?

—El TEAMO, en general, es la herramienta que Emilio ha utilizado para mantenerse en contacto con su novia cada semana durante el último año. Se estuvieron peleando durante las vacaciones de verano. Pero una vez que se lo contó a Jasper y él le escribió una carta de amor, se reconciliaron al instante. Es un mago.

—¿Cómo son las cartas de Jasper? —Me arde la cara al darme cuenta de lo que pregunté. No debería importarme, pero sigo sin entender la posición social de Jasper. Una parte de mí quiere saber la opinión de los demás. Cuando habla en clase, lo ovacionan. Durante los descansos, los demás lo rodean. Aunque lo mismo ocurre con Xavier. O son populares ellos, o lo es su puesto entre los cinco mejores. Si es lo segundo, la clasificación puede conllevar ser visto más de lo que esperaba. Ser observado.

Si me les uno, eso podría ser un problema.

Luis tararea, haciendo girar una pieza del rey negro del tablero de ajedrez.

—No soy artista, pero hay algo brillante en la escritura de Jasper. Es básica, pero te identificas con ella.

No es la respuesta que esperaba. Todo lo que sale de la boca de Jasper es muy florido y prolijo. Él *huele* a flores. Sus cartas deberían ser iguales.

—Al menos eso es lo que dicen mis amigos —añade Luis, bajando el rey.

—¿Nunca le has pedido una carta? —le pregunto.

—No tengo las mismas barreras que mis amigos. Porque, ya sabes, a ellos les gustan las chicas.

—Ah.

—Y a mí…

—Sí…

—… me gustan los chicos.

—Sí. Entendí.

Luis no es heterosexual. En una academia solo para chicos. Lo más sorprendente es que no se arregla los rizos nerviosamente mientras me lo cuenta.

—¿No te preocupa? —le pregunto, tragándome los nervios por hablar de algo así aquí— ¿Cuando «tradicional» está literalmente en nuestro lema?

—Soy cauteloso, claro. Solo tienes que encontrar a tu gente, ¿sabes?

Asiento, aunque no lo sé. Aparte de mamá y Delilah, no tenía a nadie a quien recurrir para descubrir quién era. Y menos aún a alguien como yo. Además, ¿cómo iba a descubrir quién era mi gente sin decirles primero quién era yo y arriesgarme a que no lo fueran?

Luis me da un codazo en el pecho.

—¿Vas para Dix ahora?

Dirijo la mirada hacia los zigzagueantes caminos del Halo detrás de las puertas dobles, donde Jasper debió haber aparecido hacía una hora. Mi récord en el comedor Dixon ha sido de cinco minutos. Solo he deambulado torpemente por el perímetro para tomar bagels y palitos de pan, sin sentarme nunca, metiéndolos en mi bolsa para escabullirme de los trabajadores de la recepción, que han dejado claro que está expresamente prohibido sacar comida del comedor. Este era mi genial plan para cenar otra vez.

—De cierta forma.

—¿Quieres ir conmigo?

Mi corazón da un salto ante la oportunidad de sentarme sin parecer un solitario. Pero esto podría contar como hacer un amigo. La gente tiene los ojos y la boca demasiado grandes. ¿Y Luis? ¿Podría contar como «mi gente»?

Un carraspeo nos interrumpe.

Es Jasper, sonriendo ante nuestra conversación, pero sin su típico hoyuelo ladeado. Llega tarde, por supuesto, porque ¿cuándo se ha preocupado Jasper por llegar a tiempo? Sostiene una taza de café de la cafetería Laney's y lleva unos lentes de carey que nunca había visto en nuestra habitación. Detrás de los lentes, su mirada es extrañamente vidriosa.

—Lo siento, Charlie y yo tenemos planes. ¿A menos que quieran seguir haciéndome esperar?

Abro la boca, impactado.

—Jasper.

Sorprendentemente, Luis se ríe. Incluso hace un gesto juguetón con el pulgar hacia Jasper.

—Este tipo. Almorcemos otro día, Charlie. —Luego sale por las puertas dobles.

Compruebo si la bibliotecaria está en su escritorio. No. Le doy una palmada en el brazo a Jasper y casi se le cae el café.

—Tienes suerte de caerle bien a la gente, o te darían una paliza.

—¿Caerles *bien*? —Jasper refunfuña, frotándose el brazo para aliviar el dolor.

—¿No es así?

Ignora la pregunta.

—¿Qué te hice?

—¿Hice algo?

—Me sorprende que hayas aceptado la invitación a comer de Luis Pérez.

Yo he *rechazado* a Jasper en otras ocasiones, pero ¿por qué le importa? Para él, apenas nos conocemos.

—La última persona con la que deberías enojarte es conmigo. ¿Olvidaste que te cubrí durante horas?, ¿apoyando *tu* programa? Por cierto, todo salió bien, gracias por preguntar.

—Bien. —Da un sorbo a su café. Las casillas de «negro» y «solo» están marcadas en la parte lateral.

Café negro. Nunca lo noté durante el campamento. Teniendo en cuenta lo repulsivamente cursi que es en la vida cotidiana, me sorprende que no engulla lattes de chocolate y caramelo con montones de crema batida y cincuenta sobres de azúcar.

El café y los lentes de Jasper no son lo único inesperado. Por primera vez, lleva la camisa abrochada hasta el cuello y una corbata. Incluso lleva puesto el saco a cuadros en lugar de traerlo sobre el hombro, con el pin dorado con el número uno esmaltado en la solapa. Para cualquier otra persona, Jasper parecería un estudiante normal, pero después de verlo ignorar el código de vestimenta durante semanas, de alguna manera parece distinto. Más guapo.

Bueno, no guapo. Objetivamente, lo es, como poeta famoso por su aspecto. Pero no para mí.

¿De verdad cree que soy especial?

—Hoy tienes un aspecto interesante —se me escapa de la boca.

Jasper arquea las cejas.

—¿Es esto un intento de halagarme?

—No. Es que te ves… —*¿Qué estoy haciendo?*— Más propio.

—Es mi primer día como tu tutor del amor. —Jasper se sienta frente a mí, deja su café y se quita sus zapatos de vestir sobre la mesa—. Pensé que debía comportarme de manera *más propia*.

—Claro —murmuro mirando sus suelas sucias.

—Antes de asignarte tareas de amor, tenemos que repasar lo básico. ¿Estás listo?

No. Pero aun así agarro el lapicero y el cuaderno de composición que «me llamaron» de entre las cosas de Jasper la semana pasada.

Desde el tablero de ajedrez que ha hecho a un lado, Jasper levanta un peón negro y señala mi cuaderno con él.

—Primero, toma nota de mi EROS.

—¿Tu qué?

—Esenciales Requerimientos para Optimizar la Seducción.

Mis entrañas se retuercen. No tengo ni idea de qué está diciendo, pero ya sé que es lo último que quiero aprender.

—Continúa.

—El primer EROS es utilizar una letra diferente para cada carta que escribas.

Hasta ahora, nada que ver con la seducción.

—¿Por qué?

—Lo que vendemos es una ilusión —Jasper coloca el peón sobre mi cuaderno— de que el cliente escribió la carta él mismo. Las firmo con su nombre, no con el mío. —Coloca otro peón negro al lado del primero—. Si todas las cartas que enviamos a la academia de mujeres tuvieran la misma letra, esa ilusión se rompería.

—Supongo.

—Además, piensa en lo que pasaría si la academia interceptara las cartas. O peor aún, mi tía. ¿Qué pasaría si utilizáramos nuestra letra real? —Jasper toma una reina blanca del tablero de ajedrez, sonriendo—. Es un reto.

Pero esto es fácil.

—También podrían descubrirnos. Aunque firmemos estas cartas con nombres diferentes, podrían identificar nuestra letra comparándola con la de nuestros trabajos.

Jasper frunce el ceño de forma juguetona. Me invade una sensación de satisfacción al saber que eso significa que he ganado. Levanta las piezas del rey y la reina negros.

—Eres inteligente, becario de excelencia. Sí, no quiero que me descubran. Y ahora, tú. —Como último movimiento, derriba al rey y a la reina negros con la reina blanca. Es un recordatorio de que ahora podría ser enviado a casa por dos motivos en lugar de uno.

Después, deja a un lado las piezas de ajedrez y toma mi cuaderno.

—Hay tres EROS más. Segundo, escribe en un entorno que nunca influya en tus sentimientos.

—De acuerdo.

—Tercero, recuerda que el amor no tiene por qué tener sentido; tus palabras tampoco.

Me mira de reojo.

—De acuerdo.

—Cuarto, escribe para ti mismo, no para tu público, para lograr una conexión verdadera.

Me mira de reojo otra vez.

—De acuerdo.

—Cuando te asigne tu primera tarea, asegúrate de aplicar estos cuatro puntos. Pero antes de eso, tienes que participar en las sesiones semanales uno a uno del TEAMO.

—¿Se supone que debo saber qué es eso?

Detrás de sus lentes, los ojos de Jasper recorren la concurrida biblioteca.

—No en público. Te sorprendería saber cuántos ojos y oídos acechan. Visita el TEAMO después de tu tutoría el próximo jueves. Eso es todo lo que necesitas saber.

CAPÍTULO 14

EL DADOR

JUEVES 19 DE SEPTIEMBRE

—¡Conserven la jerarquía de los caballos! —ordena Blaze, de pie sobre una pila de libros. Enseña el anillo universitario de graduación que lleva en el pulgar y luego gesticula como si fuera una mariposa revoloteando—. ¡Pues el anillo de la oscuridad ancestral se los ordena!

Todos los que están en el cuarto de atrás del TEAMO se quedan quietos y miran fijamente.

Yo hago lo mismo junto a la puerta móvil de la estantería. Acabo de entrar y ya estoy confundido. Pero hay tantos cuerpos vestidos de rojo y negro como la primera vez que vine aquí, así que al menos puedo deducir que entonces también debía estar teniendo lugar una reunión semanal uno a uno.

Me abro paso entre la multitud compuesta por —según he aprendido durante la última semana— todos los niveles de la jerarquía de Valentine. Ishaan y Frankie, lugares doce y seis, que son los más rápidos en levantar la mano en clase de Cálculo y provienen de familias con suficiente dinero como para ostentar mochilas con el logo de Valentine que cuestan una fortuna: alto estatus. Matt, lugar cuarenta y tres, que interrumpe con aproximadamente un chiste por clase: en la Escuela Secundaria de la Avenida 28, alto estatus, pero aquí, bajo. Y muchos más en medio.

Detrás de los cánticos de oscuridad de Blaze, Xavier y Robby están sentados en el suelo, con el casco de montar a caballo boca arriba lleno de brillantes tarjetas coleccionables a la vista. Están tan saturados de visitantes que no notan mi presencia.

Falta un *non-tutor*.

Me desvío hacia la cortina bordada que divide la sala en dos y miro dentro, divisando la mata de pelo rubio de Jasper en una esquina. Por supuesto, todo el mundo trabaja a destajo excepto él. Está sentado con las piernas cruzadas sobre su chaqueta para protegerse del polvo del suelo, utilizando otra pila de libros como mesa para garabatear en su diario con las iniciales JFG. ¿Qué son esas iniciales, por cierto? ¿Jasper *Fucking* Grimes?

Me esfuerzo por no poner los ojos en blanco.

—Jasper.

Una lámpara antigua que hay cerca proyecta sombras sobre su gesto de sorpresa, que se convierte en un hoyuelo ladeado.

—Tutor Jasper.

Sus dedos están rojos. Cubiertos de sangre.

Corro hacia él, retirando de una patada algunos libros del suelo, y le levanto la mano. No es sangre. Es tinta roja de su pluma fuente, que gotea.

La sonrisa de Jasper se agranda.

—¿Te preocupas por mí?

Me arden las mejillas, y solo entonces me doy cuenta de que seguimos tocándonos. Le dejo la mano en el regazo.

—No. Cómprate una pluma nueva.

—No lo haré. Esta es mi preciada pluma fuente de seiscientos dólares. Edición limitada. Solo hay noventa en todo el mundo. Yo tengo la número ochenta y nueve. —Jasper señala el cuerpo de resina negra donde está grabado el número 89—. Cualquier otra pluma convertiría mi vida en una farsa sin sentido.

—Está goteando.

—Todas las plumas fuente *manchan*.

Inspecciono más a fondo la austera habitación. En la pared hay un cartel escrito a mano que prohíbe los líquidos, en una esquina hay una cubeta con algunos productos de limpieza y sobre la cabeza de Jasper hay una estantería con una fila de libros de bolsillo con la misma cubierta a rayas rojas y blancas. *El amor es un payaso de fiesta roto*, de Jasper Grimes. En comparación con el olor a concreto y humedad del otro lado, hay algo familiar y floral en el aire, como si Jasper estuviera aquí todo el tiempo.

Déjame adivinar.

—¿Este lado de la habitación es tu oficina o algo así?

—Por tu tono, deduzco que no te impresiona.

—Pensaba que el lugar en el que escribirías sería —me encojo de hombros— un jardín de rosas.

—¿Te olvidas del EROS dos? —Jasper sigue escribiendo mientras su insignia esmaltada con el número uno brilla en el cuello de su camisa. ¿Es este el tipo de cerebro al que me enfrento para llegar al primer puesto? ¿Uno que puede manejar simultáneamente conversaciones completas y crear prosa premiada?— Podría pensar por accidente que mi escritura es lo suficientemente romántica debido al entorno romántico.

Como si pretendiera entender la mente de un poeta.

Jasper señala con su pluma rota otra mesa improvisada con libros.

—¿Te quedas? —pregunta con un tono innegablemente ansioso y esperanzado de que lo haga. Es el mismo tono que tenía cuando se me acercó por primera vez hace tantos años para pedirme que trabajáramos juntos en nuestra tarea de verso dramático, y me produce una sensación en el pecho que no puedo definir muy bien—. Si gustas, puedes usar una mesa de tomos como asiento.

—¿Una mesa de tomos? —pregunto.

—Un tomo es un tipo de libro. Uno grande, pesado y académico.

Me contengo para no tirarlo al lago Au Sable Forks.

—Sé lo que es un *tomo*. ¿Una mesa de tomos?

—Una mesa hecha con tomos, naturalmente. Así es como los llamamos en la cripta del TEAMO.

—¿Dónde?

—En toda esta trastienda. En días como hoy, espero de este lado de la cripta o entre las estanterías hasta que me necesitan para ofrecerles mi don de la poesía. —Por encima de su hombro, mi atención se ve atraída por una telaraña que cuelga de una esquina. Un insecto corretea por ella.

Jasper debe haberla notado, porque deja de escribir. Engancha el clip de su pluma en el bolsillo de su camisa, saca un plumero de la cubeta de productos de limpieza y quita la telaraña.

Hago una mueca. «Cripta», al menos, es un término acertado.

—¡Poni galés originario del sur de Gales! —anuncia Robby desde la zona principal de la sala, la cripta—. ¡Número dos!

Echo un vistazo a través de la cortina. Todos los visitantes se quejan, excepto uno, que se encuentra frente al casco de montar de Robby lleno de tarjetas coleccionables, sosteniendo la suya. Es del mismo tipo de las que repartieron durante mi primera visita a la cripta. A lo lejos, distingo vagamente la imagen de un caballo café con una cola tupida a un lado.

—Cada semana, nuestros clientes sacan tarjetas coleccionables de caballos para determinar el orden en que los atenderé —susurra Jasper, tan cerca que su aliento me hace cosquillas en la oreja.

Me sobresalto y doy un paso firme hacia atrás, sintiendo cómo se me enrojece la cara de nuevo. Sus problemas con el espacio personal me provocarán una úlcera.

—¿Por atenderlos te refieres a que les escribas una carta de amor?

—Exactamente. Esto es lo que estábamos haciendo el primer día que viniste aquí. Es cuestión de suerte.

Entonces estaba en lo cierto.

—Pero estas tarjetas no tienen números.

Jasper señala más allá de la cortina, hacia un nuevo cliente que saca una tarjeta del sombrero y se la muestra a Robby.

—*Akhal-Teke* —anuncia Robby—. Número diecinueve.

El supuesto cliente suspira y se retira.

—Robby es un... —Jasper adopta un mal acento francés—... aficionado a los caballos. Tiene una lista con las razas clasificadas, de su favorita a su menos favorita. Al parecer, el *Akhal-Teke* es ahora mismo su decimonovena raza favorita. Por lo general, la lista no cambia mucho de una semana a otra, pero hay algunas excepciones. Sus sentimientos hacia el *cob* galés cambian casi siempre.

Justo cuando pensaba que estos tutores falsos no podían ser más raros.

Aunque la tradición del TEAMO en sí ya es bastante extraña. Y también lo son el resto de las reglas reales de la academia Valentine. Quizás sea producto de su entorno. O quizás sea simplemente que son algunos de los estudiantes más inteligentes del país. Eso por sí mismo significa que sus cerebros no son precisamente normales.

Aun así, no puedo evitar preguntar:

—¿Por qué no usan algo normal para sortear los nombres? ¿Palitos?

—Robby puede dirigir nuestra administración como le plazca. Confiamos en él como el número dos del segundo año. Su objetivo es entrar en el programa de Bioquímica del MIT.

Frunzo el ceño hasta la línea del cabello.

—¿Hay un aspirante al MIT involucrado en esto?

—Por supuesto. Para la oficina de admisiones del MIT, él es tutor en una de las academias más prestigiosas del país, del uno por ciento más inteligente. Al menos desde fuera, este es uno de los programas más prestigiosos que ofrece nuestra academia. Blaze también es un supergenio; se saltó varios cursos y aun así llegó a Valentine. Tiene doce años.

—¿Doce?

—No te diste cuenta por su… —Jasper señala vagamente a Blaze, que mide metro y medio, al otro lado de la cripta, donde su uniforme, convertido en capa, ondea detrás de él.

—Supongo —digo.

Norma tácita n.º 9: Todos aspiran a alcanzar las estrellas, y yo solo intento aprobar Educación Física.

Jasper atraviesa la cortina bordada arrastrando una estela de su fragancia, que cada día me resulta más familiar. Saluda con la mano para llamar la atención de todos los presentes en la cripta.

—¡Atención, señores!

Los clientes saludan con la mano en respuesta. Algunos incluso lo vitorean. De verdad les agrada.

—Bienvenidos, como siempre, a la tradición que nuestros antepasados de Valentine fundaron valientemente hace más de cien años para entregar cartas de amor entre los campus hermanos. Estos dos últimos años, me he sentido honrado por la recepción positiva que han tenido mis cartas de amor, una nueva opción secundaria que hemos añadido para cuando sus propias cartas se sientan, bueno, aburridas. Desde que comenzamos con esto, las reuniones uno a uno del TEAMO se han llevado a cabo en privado entre mi persona, el poeta, y ustedes, los amantes. —Jasper me jala hacia él, agarrándome del puño de la chaqueta—. Sin embargo, ahora deben autorizar la presencia de mi nuevo estudiante. ¡Bienvenido, Charlie!

La única respuesta se expresa en miradas de confusión.

Luego, susurros.

—¿No es ese el becario de excelencia que sacó malas calificaciones?

—No puede ser que él vaya a escribir nuestras cartas.

—Sé realista. Vinimos aquí por un poeta de verdad.

Soy el centro de atención por millonésima vez. Siento un nudo en el estómago. Jasper levanta una mano en señal de defensa.

—Como mi alumno está en formación, les prometo que sus cartas las escribiré *moi*. ¡Les ofrezco mi don!

Aunque Jasper Grimes sea una triple amenaza —rostro perfecto, buenas calificaciones y carrera poética—, es muy malo mintiendo. No soy el único que se da cuenta. Las miradas en la cripta se han vuelto más suspicaces.

—Es cierto —digo. No dejaré que mis compañeros me expulsen del TEAMO hasta que tenga mi propia habitación—. Soy su fiel alumno, estoy aquí para observar.

Jasper me mira para agradecerme discretamente y luego mira a Robby.

—¿Cuál es el primer caballo?

Primero, Jasper enciende una vela cónica en un candelabro de latón colocado sobre la mesa de tomos, la única fuente de luz en su oficina ahora que ha apagado las lámparas antiguas.

A continuación, se inclina hacia nuestro primer cliente, que está sentado frente a nosotros. Se oyen murmullos débiles procedentes de una fila más allá de la cortina bordada, que espera a ser atendida.

—Gracias por confiarme hoy tu historia de amor. ¿Cómo te llamas?

Me siento en silencio a su lado, mirando nerviosamente la vela que desprende una fragancia semidulce de flor de cerezo que solo alguien como Jasper podría disfrutar. En nuestro dormitorio era arriesgado, pero ¿objetos inflamables en un edificio lleno de papel? Maverick, el colaborador residencial, lo cortaría como a un pescado.

—Me llamo Eli —dice el cliente tímidamente, a pesar de la privacidad de la oficina, jugando con su tarjeta de poni Shetland sobre la mesa. Las mangas de su saco le llegan hasta los dedos. O es un estudiante de primer año que aún no ha comprendido las normas tácitas, o incluso una talla S le queda grande para llevar el look de las mangas remangadas.

—Cuéntanos algo sobre ti —dice Jasper.

—Tengo catorce años. Estoy en el equipo de debate.

Jasper saca de su bolso cruzado con las iniciales JFG su pluma fuente rota y su libreta para tomar notas. Inmediatamente, la tinta roja se extiende por su mano derecha y la página. Echa un vistazo a mi mochila cerrada en el suelo.

—¿No estás tomando notas, alumno?

—No le estás dando ninguna indicación a dicho alumno —digo, frunciendo el ceño.

—Eres el becario de excelencia de segundo año. ¿No deberías poder hacerlo por ti mismo?

Me pongo tenso, sin saber si es un insulto o un cumplido, y me sorprendo a mí mismo deseando que sea lo segundo antes de reprimir ese sentimiento. No me importa lo que piense Jasper. Busco mi lapicero y mi cuaderno de composición, que parecen mediocres junto a la pluma y la libreta de Jasper, que deben costar una fortuna. A pesar de lo que Jasper probablemente cree, tener una pluma cara no determina la calidad de los apuntes. Tomaré buenos apuntes. Los mejores apuntes.

—¿Cuándo la conociste? —le pregunta Jasper a Eli con una voz repulsivamente tranquilizadora.

Eli mira por encima de mi hombro como si detrás de mí hubiera aparecido una brillante puesta de sol, rebosante de nostalgia. Me doy la vuelta. Solo hay un muro de cemento. Él vuelve a la realidad.

—Lo siento. Hace quince días y tres horas.

—¿Se conocieron durante la semana de orientación?

—Un día después. Durante la primera reunión del año del equipo de debate. Nos dieron un permiso especial para visitar al equipo de la academia de junto y planificar la recaudación de fondos con la venta de flores que hicimos esta semana. Ella está en su equipo.

Jasper sigue escribiendo. Yo no. ¿No sería bueno que mi tutor del amor me diera instrucciones?

Supongo que me apegaré a lo que siempre es más lógico. Los hechos.

Nombre del cliente: Eli

Fecha del encuentro: Un día después de la semana de orientación.

Lugar: Primera reunión de debate.

Otros: No han pasado ni tres semanas y ya está actuando como si hubiera perdido a su princesa a manos de una bruja que regala manzanas.

—¿Cómo se llama? —pregunta Jasper.

—Estaba demasiado nervioso para preguntárselo.

—¿Cómo era?

—Llevaba una trenza. Hacía mucho viento. Sin querer, se puso la chaqueta al revés. —La nostalgia vuelve al rostro de Eli—. Quiero saber más de ella y enviarle muchas cartas, y después espero tener el valor de enviarle una para invitarla al baile…

—Espera. —Me agarro la frente—. No podemos entregar cartas a alguien a quien no…

—Lo resolveremos —dice Jasper, poniendo un dedo sobre mis labios. Siento un escalofrío recorrer mi espalda y el resto de mi cuerpo se queda paralizado.

—Muchas gracias —dice Eli efusivamente antes de salir por la cortina.

Retiro el dedo de Jasper de mi cara y respiro profundo, intentando calmar mi corazón acelerado.

—Mi hombro existe.

—¿Habría sido eso suficiente para impedir que hablaras? Parecía que ibas a instigar un duelo con él.

—Bueno, *tengo razón*. ¿Cómo vas a encontrar a alguien cuyo nombre no conoces? ¿No es esto trabajo extra para ti?

Jasper me mira de forma extraña, como si su memoria se viera una vez más sacudida por la insolencia que sigo intentando reprimir sin éxito cuando estoy con él. Todo mi cuerpo se tensa hasta que la mirada se desvanece. Gira perezosamente la base de la vela cónica alrededor de la mesa de tomos, sin importarle la llama ni la cera derretida.

—No solo somos poetas, von Hevringprinz. También somos cupidos.

Haciendo una mueca, me levanto del suelo.

—Bueno, yo no me ofrecí para ser…

—Qué onda —dice un nuevo cliente, recorriendo la cortina.

Jasper me jala del saco y me vuelve a sentar. Nuestros hombros chocan y yo gruño.

—Ven a contarnos tu situación, Cody.

Cuando el cliente se sienta, sus rasgos me refrescan la memoria. El pelo revuelto, la cara de medio metro… El de Educación Física que pensaba que era gracioso que no quisiera asistir a clase. Apoya un brazo sobre una rodilla y me saluda con la mano.

—Encantado.

Ni siquiera recuerda a quién insulta.

Mi irritación aumenta, pero Jasper da un golpecito a mi cuaderno. Sigo escribiendo.

Nombre del cliente: Medio Metro

Jasper, que echa un vistazo a mis apuntes, resopla. Lo disimula con una tos.

Cody «Medio Metro» saca una bebida deportiva de su bolsa y da un trago. Salpica gotas rojas sobre la mesa.

—Tengo que enviar una carta a la presidenta de la clase de tercer año que está allá.

Jasper mira fijamente el tinte rojo cuarenta que se escurre por los bordes de las páginas encuadernadas del libro, y luego el cartel de «Prohibido beber líquidos» en la pared.

—¿Nombre?

—Rachel. Creo.

—¿Crees?

—Rachel Wood, tal vez.

Jasper toma la nota.

—¿Cómo la conociste? ¿A través de tus funciones en el consejo estudiantil?

—No la conozco.

—Entonces, ¿por qué le envías una carta romántica?

—Ella será mi pareja para la fiesta después de que reciba esta carta.

Día en el que se conocieron: Desconocido

Motivo de la carta: La fiesta, igual que, literalmente, todos los demás.

Jasper cierra el broche de su diario y la gema azul océano refleja la llama de la vela.

—Gracias por venir. Por favor, haz pasar al próximo cliente cuando salgas.

Cody se bebe el resto de su bebida deportiva en lugar de moverse. Otra gota roja se desliza por su barbilla y cae sobre su camisa, que está tan arrugada como un cerebro.

—No es que dude de tus habilidades poéticas, pero ¿puedes escribir con tan poca información?

—No voy a escribir tu carta.

Levanto la cabeza ante el repentino cambio de tono de Jasper. La dulzura que solía impregnar su voz ha desaparecido, dejando tras de sí algo más frío.

—¿Me estás rechazando? —pregunta Cody—. No puedes hacer eso así como así.

—Somos un programa no oficial y gratuito. Así que sí, podemos hacerlo.

—Mejor cuida lo que dices, Grimes.

Jasper se toca con calma la comisura de los labios.

—Deberías limpiarte la boca primero.

Cody da un golpe con la palma de la mano sobre la mesa y se lanza hacia delante como si fuera a darle un puñetazo a Jasper en la mandíbula, pero se detiene y se limpia los residuos de la bebida con la otra mano. Quizás recordó quién es el sobrino de la directora Grimes.

—¿Quieres que la academia descubra lo que haces aquí? ¿Cómo utilizas *realmente* tus privilegios en el centro ecuestre? Solo se necesita que un estudiante se lo cuente a tu tía.

—Adelante, hazlo. —Jasper no se inmuta.

Me quedo con la boca abierta. ¿Qué está *haciendo*?

Cody se burla, se echa la mochila al hombro y pasa junto a nosotros en dirección a la cortina.

—Aunque —dice Jasper, aún inmóvil—, va a ser una pena para nuestros compañeros. Nunca más se entregarán sus cartas de amor. ¿Qué será de las parejas consolidadas que confían en nosotros durante todo el año? ¿Y las futuras parejas que ni siquiera han tenido la oportunidad?

Cody se da la vuelta.

—¿Qué?

Jasper sonríe, pero es una sonrisa forzada. Le falta su hoyuelo ladeado, y sus ojos azules están vidriosos; solo había visto esa mirada una vez había, cuando Luis y yo lo hicimos esperar en la biblioteca. Se pone de pie, se ajusta el prendedor esmaltado con el número uno en su camisa de vestir y se acerca a Cody con pasos tranquilos pero decididos.

—Espero que no se enojen con quien se lo cuente a mi tía. Quizás sabotearían su estatus como presidente del consejo estudiantil.

—¿Me estás amenazando?

—Tú me amenazaste primero. —Jasper se encoge de hombros, sin perder ese aire sereno que demuestra que no tiene miedo pero que me tiene al borde del asiento—. Es un intercambio equivalente.

—Si tú…

Jasper señala por encima del hombro de Cody, hacia otros cinco clientes que se asoman por la cortina para ver de qué se trata tanto alboroto.

—Continúa.

El rostro de Cody está rojo de ira. Sin decir nada más, pasa de prisa junto al público cautivo y sale de la cripta.

Suspirando ligeramente, Jasper recupera su lugar a mi lado en el suelo. Toma su pluma fuente y hace girar la base con el índice y el pulgar.

—¿Quién sigue?

Norma tácita n.º 10: Los poderes del sobrino de la directora incluyen las amenazas y el chantaje.

Me brotan gotas de sudor en la frente mientras repaso mentalmente el tono suave y autoritario de Jasper y lo extrañamente cautivador que era. Bueno, no para mí, sino para la multitud que se había reunido. Sí. Soy empático.

—Amenazaste a alguien.

—Le sugerí que se marchara.

—Amenazándolo.

—El TEAMO no está aquí para acosar a las mujeres. —Ahora su voz es suave.

Lo observo con sorpresa y, lo admito, con respeto renuente.

—¿No te preocupa que se lo cuente a tu tía?

—Es su palabra contra la mía y la del alumnado —dice Jasper—. Le deseo suerte.

Las entrevistas individuales avanzan más rápido de lo que esperaba, solo nos llevan otra hora. Jasper sonríe durante todas las conversaciones —con una sonrisa auténtica, con hoyuelos incluidos— y yo bajo la guardia. Una vez que el cliente número diecinueve se marcha, Jasper apaga la vela cónica y los mechones rubios de su cola de caballo se agitan alrededor de sus mejillas.

—Buen trabajo hoy, alumno —dice junto a mí—. Ahora, por favor, escribe cartas para los diecinueve clientes de hoy.

—¿Qué? —digo, subiéndome los lentes por la nariz para volver a leer los garabatos en mi cuaderno. De las diecinueve cartas, cinco son correspondencia común con sus novias, pero las otras catorce tienen escrito «Fiesta» como motivo. Delilah tenía razón. A los estudiantes les importa este evento. Quizás incluso más que las calificaciones—. ¿Ya van a empezar a entregar mis cartas?

Jasper se ríe tan fuerte que se agarra el abdomen, y su camisa a medio abotonar se resbala, dejando aún más al descubierto su pecho, que evito mirar por centésima vez.

—No, esta es tu primera tarea. Solo es práctica.

Él cree que la idea de que se envíen mis cartas es demasiado graciosa. Intento poner cara de molestia, pero no lo logro. A pesar de los miles de millones de defectos de Jasper, esa risa burbujeante suya, por desgracia, no es uno de ellos.

—¿Fecha de entrega?

—Dentro de una semana.

Diecinueve cartas de amor en siete días. El próximo anuncio público de las calificaciones es un día antes. Además, tendré que aprobar con calificación de diez los exámenes de Química e Historia Universal. Se supone que debo encargarme de todo esto. Es mi trabajo.

Pero ¿y si no puedo?

—Faltan siete días —digo, esperando que recapacite.

Jasper tararea.

—¿Quieres menos tiempo? Lo siento, no quería esperar demasiado de ti.

Mi deseo de tener más tiempo se esfuma.

Forzo una sonrisa.

—Una semana está bien..., tutor Jasper.

CAPÍTULO 15

EN BUSCA DEL TIEMPO PERDIDO

MIÉRCOLES 25 DE SEPTIEMBRE

Una semana no fue suficiente.

Eso es lo único que puedo pensar mientras me encuentro con Luis en la tienda de regalos después de su turno, espero a que se quite su disfraz de corazón y almuerzo con él en Dix por primera vez. En treinta minutos, a las doce en punto, se actualizan las calificaciones públicas.

Estudié cada segundo libre entre el tiempo del TEAMO y mis primeras sesiones de entrenamiento cardiovascular con Xavier. Aunque Jasper entregó sus exámenes de Química e Historia Universal veinte minutos antes que yo, ninguna de las respuestas me desconcertó.

Pero estudiar también tenía un precio: no tenía tiempo para escribir cartas de amor con base en mis apuntes de las reuniones uno a uno. Las diecinueve debían entregarse en veinticuatro horas.

—¿Estás bien? —pregunta Luis en voz alta con la boca llena de *pad thai*, compitiendo con las voces del ajetreo del almuerzo que retumban en el techo alto, similar al de una catedral, de Dix. Estaba describiendo la vez que había metido a escondidas a su gato en su habitación aquí, pero se acobardó, sobre todo porque su *roomie*, Bingo A. Dixon, es alérgico. Creo.

Me froto los muslos, que siguen adoloridos después de las vueltas que Xavier me hizo dar por el campo del centro recreativo Pragma hace unos días, lo cual terminó conmigo desplomado en el pasto y Xavier decidiendo rápidamente que esperaríamos hasta que me recuperara para comenzar nuestra primera sesión de entrenamiento con pesas. *No, no estoy bien.*

—Sí, estoy bien —digo de todos modos, mientras picoteo mi ensalada del *buffet*, la única comida que puedo digerir últimamente. La mesa que ha elegido Luis está a dos filas del centro, rodeada por candelabros de techo. Por lo que puedo ver al sentarme en Dix por primera vez, en lugar de merodear torpemente por el perímetro, es una zona neutral de popularidad. La parte de atrás, hacia los empleados de la recepción, es para los menos populares. La parte de adelante, donde hay una cortina café que enmarca retratos de hombres influyentes de Valentine en el pasado, es aparentemente para tipos como Cody, que se ríe en una mesa rodeado de otros con sudaderas de la tienda de regalos de Valentine. Alguien tan extrovertido como Luis probablemente pertenezca a ese lugar, pero generosamente se reunió conmigo en el medio.

Me pregunto dónde se sentará Jasper.

Aunque las mesas interiores de Dix son más pequeñas que las mesas exteriores estilo picnic, lo que permite a Luis verme más de cerca sin el arreglo floral que nos separaría, no me he echado el pelo sobre la cara ni he quitado las manos del mantel. Últimamente, confío un poco en Luis. Teniendo en cuenta su falta de seriedad ante la vida, que contrasta con el enfoque de Jasper, tal vez él podría ayudarme con mis cartas de una manera que no me haga morir.

—Pregunta.

—Adelante.

—Si recibieras una carta de amor de alguien, ¿qué te gustaría que dijera?

—Nunca lo he pensado. —Luis se retuerce uno de sus rizos, como si definitivamente nunca lo hubiera hecho.

—¿De verdad? ¿Nunca has pensado en recibir una carta?

—En que alguien me confiese su amor. En este lugar parece imposible para mí salir con otros chicos, y eso suponiendo que pudiera conquistar a alguno. Una carta de amor es como mi paso número diez, mientras que para el resto es el paso número uno. En realidad, no, el primer paso es asegurarme de que Valentine no me repudie. Es como si nos estuvieran vigilando todo el tiempo. Como... —Señala con los palillos hacia el frente del salón—. ¿Por qué está aquí ese tipo?

Sigo con la mirada sus palillos hacia los ancianos enmarcados, donde en el centro hay un cuadro de quince por quince de san Valentín, vestido con una túnica.

—*Está* en todas partes —murmuro mientras como mi ensalada.

—Supongo que, técnicamente, no me expulsarían, ¿sabes? Pero hay otras formas de marginar a alguien. De repente, compartir habitación con otro chico es un problema. Vivir en *cualquier* residencia es un problema. Educación Física es un problema. La directora Grimes me llama a su oficina para explicarme que puede que haya escuelas que funcionen mejor para mí, y se acabó. —Luis hace un gesto con la mano—. Al menos, esa es mi teoría.

—Te entiendo. —Aprieto tanto el tenedor de plástico que se dobla. Aflojo los dedos. Luis mira mi tenedor permanentemente doblado.

—Pensé que lo harías.

¿Pensó que haría *qué*?

Supuse que Luis se había dado cuenta de *algo* sobre mí cuando nos conocimos, pero esto lo confirma. El miedo se apodera de mí y me pregunto si habrá descifrado exactamente qué es ese algo, y si él es el único. Aun así, el miedo es menor de lo esperado, sabiendo que se trata de Luis. Podría considerarse parte de mi gente. Al menos, nuestros problemas son similares.

—Si recibiera una carta de amor —continúa Luis mientras sigue comiendo fideos—, me gustaría que viniera del corazón y así. Algo que pudiera leer en la boda años más tarde.

Olvídalo.

El tema de conversación es culpa mía, pero ya estoy retorciéndome en la silla. En lugar de mirarlo, busco una servilleta en el dispensador, pero solo consigo sacar una tarjeta coleccionable con un caballo. Frunzo el ceño y la vuelvo a guardar.

—¿No estás bromeando?

—No.

—Supuse que querrías una frase para ligar deliberadamente mala.

—Bueno, no algo que sea demasiado salido del corazón. «Estoy enamorado, enamorado, enamorado; oh, por favor, bebé, oh…», da *cringe*.

Hago una mueca.

—No vuelvas a decir eso.

—Exactamente. Así que nada de *cringe*, pero haría que valiera la pena. Especialmente si fuera para la fiesta. Es lo único que nos mantiene vivos mientras pasamos noches en vela y reprobamos exámenes durante todo el año. La carta de amor tendría que estar a la altura de las circunstancias.

—¿Cómo es que esta fiesta se ha convertido en algo tan importante para todos?

Luis se encoge de hombros.

—¿Por qué los suburbios de Búfalo se adornan con tantos inflables y luces intermitentes en Navidad que acabas estrellando el coche? ¿Por qué vemos diez minutos de juego del Super Bowl cuando dura tres horas enteras? Las cosas se exageran.

Me obligo a mirarlo a los ojos de nuevo.

—¿De verdad crees que escribir lo que sale del corazón es lo más lógico?

Él sonríe como si este tema no le resultara incómodo en absoluto. ¿Es así como se siente la mayoría con respecto a la maldita palabra que empieza con «a»?

—Mi cerebro me dice que debería preocuparme más por algo así. Tienes toda la vida para contar chistes, pero solo una oportunidad para confesar tus verdaderos sentimientos.

Terminamos de almorzar y salimos bajo un aguacero que hace bajar la temperatura tanto que se me pone la piel de gallina. Él se va a su habitación, pero yo me dirijo hacia el pizarrón con las calificaciones semanales, apretando el paraguas cada vez más fuerte. Mis compañeros de clase pasan corriendo a mi lado tan rápido que sus impermeables revolotean detrás de ellos y sus botas salpican mis pantalones con el agua asquerosa de los charcos. La suciedad helada se filtra en mis calcetines, pero el estrés no permite que le preste atención.

«Una semana está bien, tutor Jasper». Pateo un trozo de grava, imaginando que apunto a la parte posterior de la cola de caballo de Jasper. «Está bien, tutor Jasper». «¿Qué te pasa, Charlie?».

No hay forma de que pueda terminar diecinueve cartas en un día, y de que sean lo suficientemente significativas como para que se lean en una boda, como sugirió Luis. Mis «verdaderos sentimientos». No tengo ninguno, ya que no tengo experiencia alguna en el arte del romance.

Bueno, tengo poca.

Mi mente se llena de recuerdos de la única persona a la que he besado, que lucía dos años más joven que ahora, y mi corazón comienza a latir más rápido. Jasper no cuenta como experiencia en el arte del romance, ya que me rompió el corazón. Me dejó con menos experiencia.

Unas voces llaman mi atención. Junto a la cafetería Laney's, un grupo de personas con impermeables se agolpa bajo el toldo. Dos profesores utilizan escaleras de mano para colgar listados. Hay una tercera persona sentada con una cesta en el regazo. Los pines esmaltados numerados.

Mi nombre está lo suficientemente arriba en la lista como para distinguirlo por encima de la multitud.

28. Charlie von Hevringprinz

Siento cómo el alivio me invade de la cabeza a los pies. Ya estoy a mitad de camino para llegar al *top* cinco.

Tengo que decírselo a mamá.

Atravieso corriendo el halo, protegiéndome del viento con el paraguas, hasta que abro de golpe la puerta de la oficina. La señorita Lyney se sobresalta detrás del mostrador, pero los gnomos de peluche realistas que hay en las estanterías permanecen inmóviles. Mira boquiabierta el paraguas que gotea junto a mi muslo y luego la cola empapada de mi impermeable básico, que no lleva el logo de Valentine.

—¿Puedo llamarle a mi mamá? —pregunto jadeando.

Aunque la comunicación con la familia está restringida al mínimo, según el paquete de normas, la señorita Lyney simplemente busca mi nombre para llamar a mamá y me pasa el teléfono. Mi cara sonrojada y mi entrada dramática debieron haber gritado «emergencia» con suficiente claridad.

Dejo el paraguas junto a la puerta y tomo el teléfono. Después de dos tonos, mamá contesta.

—¿Hola? —Su voz tiembla más de lo normal solo con esa palabra, lo que significa que definitivamente vio el identificador de llamadas que indicaba que alguien marcaba de Valentine. Como si ya estuviera esperando lo peor.

Se me oprime el pecho. Quizás, debido a lo que estoy ocultando, siempre lo estará.

—Soy yo —digo.

—¡Charlie! Qué sorpresa. —Una pausa—. ¿Pasó algo? Me agarraste pintando arañas y fantasmas en las ventanas de la librería, y no puedo sentarme tan fácilmente en este momento.

Intento concentrarme en las buenas noticias. Mis calificaciones han mejorado, a pesar de que el TEAMO ocupa la mitad de mi tiempo y Jasper está encima de mí en todo momento. Quiero demostrarle que puedo arreglármelas en este lugar, aunque esté en la parte del campus reservada para los chicos.

—Ahora estoy en el lugar veintiocho de la clase de segundo año, y aún quedan dos meses.

—¡Eso es un gran salto!

—Sí. Creo que a partir de ahora solo seguiré subiendo.

—Estoy muy orgullosa de ti —dice mamá—. Debe haber sido un gran reto, sobre todo con todas las cosas a las que te estás adaptando allí. ¿Has pensado en tomar el tren para venir a pasar el fin de semana pronto?

Una parte de mí quiere estar agradecida por el reconocimiento. Aunque mamá no estaba exactamente en la misma situación que yo cuando era becaria de excelencia, entiende la presión de la tabla de clasificación. De sobresalir. Pero el «toma el tren para venir a pasar el fin de semana» me deja un mal sabor de boca, como si ella todavía estuviera esperando que me rindiera.

Y no sabe ni la mitad. Ahora mismo, cree que tengo una habitación para mí solo. Sin embargo, tengo una compartida porque el cheque que le di nunca llegó a su destino.

¿*Cómo* es posible que nunca llegara?

Siento un nudo en el estómago mientras estoy allí de pie, agarrando el teléfono.

—¿Charlie? ¿Charlie?

—¿Recuerdas la dirección que aparecía en la carta del cheque de mi habitación individual? —le pregunto.

—¿Cheque?

—Te lo di una mañana cuando ibas a la tienda —digo—. En la oficina dicen que nunca lo recibieron, así que ahora estoy en una habitación doble. Con otro chico.

Hay una larga pausa.

Mi corazón se hunde. Tiene que ser culpa mía. De la academia. Si no es así…

—Mamá.

—Oh, Charlie, creo que… déjame ver. —Se escuchan ruidos de papeles al otro lado de la línea. Probablemente sean todos los papeles que abarrotan su caja registradora—. Aquí está. Lo siento mucho. Se me olvidó.

—¿Es en serio?

—Puedo enviarlo hoy. ¿O puedes pagarlo ahora con tu tarjeta?

En mi interior se agita una confusa mezcla de traición y comprensión. Mamá nunca se toma un día libre. Está agotada. Lo sé.

Pero esto era tan importante.

—Sí —miento débilmente, aunque ya no quedan habitaciones individuales. ¿Cómo podría decirle otra cosa? Solo conseguiría que se preocupara más—. Puedo intentar pagar con mi propia tarjeta.

—Bien. Lo siento mucho, Charlie. De verdad.

El reloj de la pared entre los gnomos llama mi atención. Quedan cinco minutos para la hora del TEAMO. Y… mátenme ya… las *cartas de amor* de Jasper.

—Tengo que colgar. Te quiero.

—Yo también te quiero, Charlie. Y te compensaré cuando vengas a visitarme.

CAPÍTULO 16

LA FERIA DE LAS VANIDADES

MIÉRCOLES 25 DE SEPTIEMBRE

Cuando abro la habitación 503, está vacía, a pesar de que han pasado doce minutos desde que se apagaron las luces.

En las últimas semanas, Jasper ha seguido llegando más tarde de lo que dictan las normas, lo que me ha dado suficiente tiempo para bañarme y cambiarme sin *interrupciones indeseadas.* Pero después de la hora del TEAMO me distraje tanto con lo de mamá y mis diecinueve cartas de amor que no presté atención a la campana de aviso hasta que el resto de los escritorios de la biblioteca quedaron vacíos. Corrí hacia la residencia Philautia más rápido que las ondas gravitacionales viajando a la velocidad de la luz y, por alguna bendición de Cupido, no me atraparon.

Sin embargo, Jasper no está. Otra vez.

Norma tácita n.º 11: Nos pueden castigar por quedarnos fuera hasta muy tarde, pero parece que el sobrino de la directora puede quedarse fuera todas las noches. ¿Haciendo qué? ¿Tiene *tantos* amigos?

Se me tuerce la boca. Todas estas normas están empezando a girar en torno a Jasper.

Mientras suspiro y dejo mi mochila en el suelo, su lado de la habitación me distrae. Su suelo es todo un caos de papeles arrugados, vasos usados del cafetería Laney's y ropa sucia. Pero su cama está tendida, no hay una sola arruga en su edredón decorativo con flores de ambrosía, y sobre los once cojines reposa su libro de Pierre-Marie Laframboise. El único becario de excelencia que le agrada.

Quizás P. M. sea a quien deba emular en mis cartas.

Me acerco para inspeccionar la endeble cubierta. *Un anhelo de champán: Poemas* está rodeado de tenedores y cuchillos ilustrados y resaltados con láminas doradas. Es una antología poética. ¿Sobre comida?

Abro la primera página.

Una embriagadora explosión de burbujas de champán
mientras olvidamos nuestras dulces preocupaciones.
Una sinfonía de suspiros y susurros
mientras nos encontramos en los besos del otro.

Cierro el libro de golpe y lo lanzo contra las almohadas.

No es sobre comida.

Me dirijo a la regadera para darme un baño e intento olvidar lo que ha pasado. Si a Jasper le gusta esto, ¿cómo será lo suyo? No es que me importe cómo sea lo suyo.

Mientras me quito el uniforme sudado, veo mi pecho reflejado en el espejo. Es una parte de mi cuerpo que intento no mirar nunca. Tomo la toalla que está colgada en el gancho de la pared y me la pongo debajo de los brazos. Así nadie verá mis cicatrices. Es la única manera. Pero nunca podría andar así durante la clase de Educación Física. Ni durante mi entrenamiento con Xavier. Si siguiera corriendo hacia acá en lugar de ir al vestidor a bañarme después, ¿se daría cuenta? ¿Se daría cuenta el resto?

El nerviosismo es demasiado, y lo quito de mi mente. Tiro la toalla sobre la puerta opaca de la regadera, abro la llave del agua, me quito los lentes y me meto.

—¡Charlie!

Tocan la puerta del baño. Grito.

—¿Charlie von Hevringprinz? —La sombra de una mano toca la puerta de la regadera. Una pulsera tintinea contra la muñeca. Es Jasper.

Siento cómo retumba la sangre en mis oídos mientras cruzo los brazos y las piernas con fuerza. Sin pensarlo, tomo la toalla y me la envuelvo alrededor de los hombros, mientras el agua sigue cayendo sobre mí. Necesito una habitación para mí solo ahora mismo. Ayer. Hace un año.

—¿Sí?

—Yo opin… ¡Buuu! —Su voz suena demasiado ahogada.

—¿Qué? —le grito.

Jasper abre la regadera. Me agarra por los hombros húmedos y yo aprieto la toalla con tanta fuerza que se me ponen blancos los nudillos.

—¡Bien, estás aquí! Necesito tu opinión sobre…

—Señor —dice una voz grave—, ¿dónde debe ir el librero?

Jasper gira la cabeza tan rápido que su cola de caballo rubia me golpea la mejilla.

—Entre las dos camas, por favor.

Asomo la cabeza fuera de la regadera.

—¿Quién está en nuestra habitación?

—El encargado de la correspondencia. —Inclina la cabeza mientras observa la toalla empapada que me envuelve—. Primero termina de arreglarte, *roomie*.

En un torbellino de cuadros rojos y negros, se marcha, de vuelta a nuestra habitación compartida. Salgo corriendo de la regadera para cerrar con llave la puerta del baño, sintiendo cómo mi pulso se acelera tanto que ni siquiera escucho el clic, porque, al parecer, tengo que cerrar con llave incluso cuando él no está aquí. Así es precisamente como interactúan los chicos.

No puedo seguir así.

Me tiemblan las piernas. Me agarro de la puerta para mantener el equilibrio y me obligo a terminar de bañarme, a continuar. Finalizaré el trato con Jasper y esto pronto será un recuerdo lejano. Cada golpe y cada ruido que viene del dormitorio hace que el corazón casi se me salga por la garganta y caiga en picada por el drenaje. Termino rápido, me pongo mi pijama a cuadros y salgo del baño.

Quienquiera que fuera ese encargado, ya no estaba. Ahora hay una nueva estantería entre nuestras camas. La mitad de los libros de Jasper que antes cubrían el suelo están ahora ordenados en los estantes. Él está de pie en el centro de la alfombra, con el saco a cuadros colgado del hombro y sin corbata. Una violación al código de vestimenta andante, sin embargo, ninguna registrada en su expediente.

Me concentro de forma deliberada en la estantería. De pronto, me vuelvo demasiado consciente de mi pelo mojado, que cuelga en mechones lisos y deja mi cara más expuesta de lo habitual, sobre todo después de todo lo que acaba de ver Jasper. Me subo el cuello de la camiseta de la pijama.

—Sí *tienes* un librero.

—Yo no. Nosotros.

—¿Eh?

—Hace un tiempo dijiste que deberíamos tener uno.

Me acerco al librero y paso la mano por la parte lateral, grabada con un patrón de flores de pensamiento que combina con el papel tapiz. La mayoría de los libros son poemarios y novelas románticas de Jasper, pero en el centro están los clásicos. Incluido *Otelo*. Mi favorito. El marco superior, tallado en forma de pergamino, está adornado con palomas, ramas de olivo y más pensamientos. Hay letras cursivas grabadas en la madera.

«Sr. Grimes y Sr. von Hevringprinz».

El hoyuelo ladeado de Jasper, que *resulta* irritantemente encantador, se marca en su cara. Por desgracia, entiendo por qué ganó el premio al poeta más sexi del año, aunque la existencia de dicho premio me desconcierta.

—¿Qué te parece?

Es ridículo. No tiene sentido. En cuanto terminemos nuestro trato, Jasper y yo dejaremos de ser compañeros de cuarto, y sin embargo nuestros nombres están ahí como si se tratara de una invitación de boda.

Pero también se siente como una disculpa. Estoy un poco impactado por eso.

—Es... Gracias.

Su rostro se ilumina.

—Es lo menos que podía hacer por mi *roomie*.

Siento cómo me invade una cálida sensación al notar lo sincero que suena. Cruzo los brazos con fuerza contra mi pecho para ahogar ese sentimiento.

—Entonces, ¿podrías hacerme un último favor y aprender a tocar antes de abrir las puertas?

—Oh, ¿se trata de algún código secreto entre compañeros de cuarto que desconozco? Qué divertido.

—¿Qué?

—Ya sé: toquemos según el número de sílabas que tengan nuestros apellidos. Yo daré cuatro golpes por von Hevringprinz. —Jasper golpea su mano con la otra cuatro veces—. Ahora tú harás lo mismo con mi apellido.

Golpeo mi mano una vez.

—¡Fantástico! —Jasper me abraza de lado, juntando nuestros hombros—. Puedo sentir que nuestro trabajo en equipo florece aún más.

Mi ritmo cardíaco se dispara hasta la estratósfera. Porque yo también lo siento.

Aunque no debería.

No puedo.

Jasper me suelta. Se dirige a su cama, se tira sobre las once almohadas y toma el libro de P. M.

—¿Cómo va tu tarea? Es para mañana.

Como si pudiera olvidarlo.

—Bien —miento mientras mi pulso continúa tamborileándome en la muñeca. No tengo claro si es por el contacto con Jasper o porque cada vez me resulta más familiar.

—¿Ah, sí?

Observo el libro que Jasper sostiene en sus manos. Tiene la responsabilidad de escribir cartas para todos los alumnos durante todo el año, pero aun así tiene tiempo para leer por placer. O quizá P. M. merezca que deje de lado su agenda.

Esta es mi última oportunidad para descubrir qué tipo de escritura le gusta a Jasper antes de mañana, pero debo tener cuidado con mis preguntas. Prefiero leer las palabras de P. M. el resto de mi vida a que Jasper se dé cuenta de que estoy teniendo dificultades.

—¿Por qué te obsesiona lo que escribe ese tipo?

Su rostro se relaja.

—¿Conoces la obra de Pierre-Marie Laframboise?

—No, pero Xavier me dijo que fue becario de excelencia de nuestro curso antes que yo, y he notado que siempre estás leyendo…

—¡Por supuesto que conoces la obra de P. M.! —Arroja el libro sobre la colcha y las páginas se arrugan al golpear el poste de la cama. Se recuesta y se queda mirando el póster del techo—. ¿Quién no lo conoce? Ese repulsivo pastel de fresa. Oh, Jasper, hasta tu alumno adora a tu rival.

«Rival». Aunque Xavier apenas mencionó cómo era la relación entre Jasper y P. M. cuando asistían a Valentine y escribían juntos para el TEAMO, nunca habría imaginado que fuera así.

—¿Es mejor poeta que tú?

—Peor. Consigue más trabajos como modelo que yo.

—¿Eso es todo?

Jasper se burla con tanta agresividad que salpica saliva de la boca.

—Es conocido como el «Príncipe de la Pasión» en el mundo de la poesía. ¡Él! ¿Cómo puede ser eso cuando yo estoy aquí tirado? Y, según los informes, este mes ese pastelito de fresa ha vendido veintisiete mil trescientas sesenta y dos copias más que yo de su pomposa antología poética. Al menos según las fuentes informativas.

—Si no te agrada, ¿por qué lees su obra?

—¡Porque quiero entender por qué le gusta más a la gente!

Parpadeo.

—¿Admitiste que hay alguien mejor que tú?

—Yo... —Jasper frunce los labios, pensando también en la pregunta—. No.

—¿No eras tú quien me decía que «siempre habrá alguien mejor que tú»?, ¿que «así es el ciclo de la vida artística»?

—Sí, pero eso no significa que tenga que estar contento con ello.

Se me escapa una carcajada.

Jasper se incorpora para mirarme mejor, con su cabello fino esparcido sobre sus mejillas siempre sonrosadas, que aparentemente se enrojecen aún más cuando se emociona así.

—Tú... —Su mirada se posa en mis labios. No, en mi risa.

No puede ser. No lo hizo.

Mi corazón late con fuerza.

—¿Qué?

—Tu risa es... —Su sorpresa se convierte en una mirada fulminante—. Espera, ¿qué tiene de divertido mi sufrimiento?

No podría haberme reconocido. Eso estaba solo en mi cabeza.

—Nada —digo rápidamente, reprimiendo mi nerviosismo.

Incluso Jasper Grimes, el del primer lugar y famoso poeta de las redes sociales, tiene alguien a quien no puede vencer. Sigo sin tener ni idea de qué tipo de escritura prefiere, pero este descubrimiento valió la pena—. Es solo que nunca pensé que fueras tan quisquilloso con esto.

—No soy *quisquilloso*.

—Sí lo eres.

—Estoy leyendo. —Jasper toma otro libro de la mesita de noche, *Sentido y sensibilidad*, y se envuelve en sus sábanas. Enciende su lámpara de lectura, que invade la habitación con su zumbido, y se da la vuelta para mirar hacia la pared.

Miro hacia mi escritorio, donde mis cartas de amor esperan a que me quede despierto toda la noche para terminarlas. Si no fuera eso, la tarea. Siempre. Pero el cansancio me pesa en los párpados y Jasper ahora está en silencio. Algo poco habitual. En lugar de ello, me acerco a nuestra estantería, tomo *Kafka en la orilla* y me meto en la cama para hacer lo mismo.

A medida que pasan los minutos, me invade una calma familiar. Una que sentía cada vez que me escondía en los pasillos de la librería Bibliobibuli de mamá para leer. No la había vuelto a sentir desde que llegué a Valentine. Es agradable compartir ese silencio con otra persona.

Bueno, el *casi* silencio.

—¿Puedes apagar eso? —le pregunto, señalando la lámpara de su mesita de noche.

Jasper sigue la dirección con la mirada.

—¿Cómo voy a leer? ¿A la luz de las velas? Eso podría dañarme la vista.

No sé qué más esperaba yo.

Suspiro y vuelvo a mi libro.

Jasper también se queda en silencio. Demasiado silencio. Como si aún estuviera realmente dolido.

—P. M. no pudo lidiar con Valentine tan bien como tú, ¿verdad? —le digo lentamente. El recordatorio de que alguien tan exitoso no logró lo que yo necesito me deprime, pero mantengo el nivel de mi voz—. Tú siempre estás entre los cinco mejores. Ambos tienen sus puntos fuertes.

Jasper resopla, sin darse la vuelta.

—Y aunque no he leído lo que escribes —añado—, supongo que es mejor. Prefiero no entender ni una palabra del «anhelo de champán» o lo que sea de ese tipo.

—Gracias —murmura.

—Buenas noches, Jasper.

—Buenas noches, Charlie.

Nos quedamos despiertos juntos durante horas, él leyendo y yo, finalmente, escribiendo algunas cartas de amor, llenando mi cuaderno con garabatos y renglones tachados. Entre nosotros, la lámpara de Jasper zumba hasta que empieza a sentirse suave, casi reconfortante de alguna manera, y me arrulla hasta sumergirme en un sueño sin sueños.

CAPÍTULO 17

CONFESIONES

MIÉRCOLES 25 DE SEPTIEMBRE

¡DELILAH!

¡ESTOY EN EL LUGAR 28! Solo quedan cincuenta y un días para convertir eso en un cinco, pero ¿a quién le importa llevar la cuenta?

Se lo conté a mamá. ¿Y adivina qué? Nunca envió el dinero para mi habitación individual. Me pidió que mantuviera la cabeza baja, pero ella es la razón por la que ahora tengo que compartir una habitación doble. ¿No es eso lo único que podría arruinar todo para ambos?

Espero que estés bien. Y que tu *roomie* no te sorprenda desnuda. El mío lo hizo. Hoy. Pero nos compró un librero. Como sea, él me produce urticaria. Pronto lograré alejarme de él. Al menos, eso intento.

Además, hice algunos amigos en el TEAMO, supongo. No se lo digas a mi mamá.

Por cierto, ¿estás recibiendo estas cartas?

Charlie

CAPÍTULO 18

UNA ROSA MUY ROJA

JUEVES 26 DE SEPTIEMBRE

Las rosas son rojas
Las violetas son azules
Tú haces que yo
Diga yuju

Tacho mi centésimo intento de carta de amor y vuelvo a jugar con el letrero de la hora del TEAMO en mi escritorio de la biblioteca. Aunque tuviera un millón de días para terminar estas diecinueve consignas, fracasaría. Solo he dormido cuatro horas y he comido un palito de pan de Dix de hace dos días. De cualquier manera, un becario de excelencia no puede escribir sobre algo tan ilógico como el romance.

Pero deben entregarse en cualquier momento, una vez que Jasper termine sus reuniones uno a uno del jueves con sus clientes. Debe haber una excusa que pueda dar para que Jasper no revoque nuestro acuerdo. Si Luis todavía tuviera su gato, podría haberse comido mi tarea.

—¡Saludos, alumno! —Jasper canta tan fuerte detrás de mí que su voz resuena en la biblioteca, que está en un silencio sepulcral.

Doy un salto y mi mano derriba tres peones del tablero de ajedrez. Mis ojos se dirigen rápidamente a la bibliotecaria, que debe de estar lista para callarnos. Ella sigue tecleando en su computadora como si no fuera asunto suyo. Otro poder más del sobrino de la directora.

—Hoy se cumplen dos semanas de tus clases particulares de amor —dice Jasper, sentándose en una silla frente a la mía. Lleva puestos otra vez los lentes de carey para *sus clases particulares de amor*, que dudo que sean graduados. Quizás sean un vestigio de alguna sesión de fotos.

Le quedan muy bien. La montura redonda contrasta con los rasgos angulosos de su rostro, y el color combina con sus cejas, varios tonos más oscuras que su cabello rubio. ¿Siempre había tenido el área de las cejas tan marcada?

—¿Charlie?

—¿Sí?

—Dije que me dejes revisar tu tarea.

—Claro… —Subo mis lentes reales por mi nariz, ganando tiempo para inventar una mentira—. Es que como que perdí mis cartas de amor.

—¿Cómo se pueden «como perder» diecinueve cartas?

Sí, ¿cómo, Charlie?

—Un gato. Las hizo pedazos.

—¿Un gato?

—Salió del bosque. Intenté… luchar contra él, pero fue demasiado tarde.

La comisura de los labios de Jasper se curva. Sus dedos delgados colocan una a una las piezas de ajedrez que yo tiré, y su pulsera tintinea contra el tablero.

—Los gatos no viven en el bosque, von Hevringprinz. Aunque es sabido que en Au Sable Forks hay coyotes.

Norma tácita n.º 12: En Valentine hay coyotes. No entres en el bosque.

—Ah —digo.

—¿«Ah» significa que tu respuesta definitiva es «fui atacado por coyotes»?

—¿Sí?

Jasper apunta con un peón blanco hacia mi cuaderno, que en realidad está intacto.

Mi corazón late con fuerza.

—Ya había arrancado las cartas, por eso mi cuaderno está...

Él me arrebata el cuaderno del escritorio. Intento quitárselo, pero Jasper se inclina demasiado y no puedo alcanzarlo. Sosteniendo el cuaderno por encima de su cabeza, inspecciona mis lamentables garabatos.

—¿Qué es esto entonces?

—No está terminado —me apresuro a decir. Un poeta famoso no puede leer eso.

—El arte nunca está realmente terminado. —Jasper se aclara la garganta—. «Las rosas son rojas. Las violetas son azules. Tú haces que yo. Diga yuju».

Alguien pasa una página de un libro en un escritorio cercano. En la biblioteca resuena una tos.

Jasper hace a un lado el paquete, tirando las piezas de ajedrez que acababa de arreglar.

—¿Puedo preguntarte por qué te empeñas en este patrón de «las rosas son rojas»?

Si Jasper pensaba que yo era especial, ya no lo piensa.

Juego con la cadena de la lámpara que está a nuestro lado, en un estado catatónico de humillación.

—No sé por dónde empezar.

—¿Tienes miedo?

—¿De qué?

—«Las rosas son rojas, las violetas son azules» es un cliché. A los escritores se les dice que nunca lo usen. ¿Sabes por qué, alumno?

Durante el taller de poesía al que se me obligó a asistir con Jasper, los ponentes invitados nos repitieron esta regla hasta la saciedad.

—Cuanto más repetimos ciertas frases, más pierden su impacto emocional con el tiempo.

En la mirada de Jasper se refleja la intriga como si estuviera impresionado. No puedo negar el disparo de adrenalina causado por lo bien que eso se siente.

—Correcto. A veces, los clichés impiden que el lector experimente emociones. Otras veces, también puede ser el escritor.

Quiere que vuelva a escribir sobre mis emociones.

Me muerdo una uña y frunzo el ceño, fingiendo ignorancia.

—No entiendo.

—Te estás reprimiendo y no expresas tus verdaderos sentimientos sobre el amor. Si haces eso, no serás capaz de escribir cartas de amor.

Mi estuche. Es un buen momento para limpiarlo. Selecciono unos cuantos lápices con gomas de borrar gastadas.

—*Mi verdadero sentimiento* es que no creo en el romance.

—¿Por qué?

Siento los azules ojos de Jasper fijos en mí, como si no existiera nadie más. La misma mirada que tanto me atrajo hace años. Me encojo de hombros.

—¿Has tenido experiencias románticas antes?

Se me resbala un lápiz de las manos.

—Eh… Yo…

—Bueno, ¿por qué otra razón sentirías con tanta convicción tu falta de fe?

Mi cerebro me grita que me proteja la cara con un libro, que me tape los ojos con el pelo, que salga corriendo hacia Queens. Si le miento a Jasper, seguirá acosándome. Si le digo la verdad, podría refrescarle la memoria. Tengo que tener cuidado.

Hago a un lado el estuche y estudio a Jasper con la misma intensidad.

—Si por experiencia romántica te refieres a que me hayan engañado y abandonado, sí. Pero, en cierto modo, estoy agradecido. Aprendí pronto en la vida que tu versión del romance no existe.

Al pronunciar estas palabras, el pasado que tanto he intentado olvidar vuelve a brotar a la superficie, se vuelve aún más real y mi pecho se oprime. Nunca pensé que algún día tendría que admitirlo en voz alta, y mucho menos ante la persona que me causó tanto daño.

Jasper frunce el ceño.

—Olvídate de esa persona. Ya hace mucho que se fue.

Aprieto los labios con fuerza.

Lo siguiente que sé es que Jasper se inclina sobre la mesa para apretarme las mejillas y fruncir mis labios como los de un pez.

El valor que había reunido se esfuma de mi cuerpo. Está tan cerca que puedo oler el chicle de menta en su aliento.

—¿Cue estuás haciendou?

Me está tocando. La cara.

—Mírame.

—¿To voo?

—Dime que me amas.

—¿¡Cué!?

Jasper finalmente me suelta. Empiezo a toser como si fuera una presa rota. Si la bibliotecaria nos está mandando callar finalmente, no puedo oír nada.

—EROS cuatro. Crea para ti mismo, no para tu público, para lograr una conexión verdadera —recita mientras yo me ahogo—. Pero cerraste tus emociones al amor porque tienes miedo. Debemos solucionarlo.

Mi cara arde como lava. No, la lava solo alcanza los mil doscientos grados centígrados. Yo estoy a un billón de grados.

—N-no, gracias.

—Entonces puedes dar por terminado nuestro trato. No tendrás una habitación para ti.

¿Y si lo estrangulara? ¿Entonces qué?

Cualquier sentimiento que alguna vez hubiera sentido por Jasper es historia. Lógicamente, decir que lo amaba debería ser indoloro. Pero esto es una cuestión de orgullo, y preferiría conservar algo después de mi experiencia en Valentine hasta este momento. Tiene que haber alguna forma de imaginar que Jasper es algo, cualquier cosa, que yo ame. ¿Qué amo?

Los libros. *Otelo*. Fingiré que él es Shakespeare. Alabaré su trabajo como dramaturgo.

Me enderezo en la silla y cruzo las manos sobre el regazo.

—Yo…

A Jasper se le marca el hoyuelo. Está *disfrutando* esto.

«Te odio. Te odio».

Aprieto los puños sobre el regazo. Puedo hacerlo.

—Yo… yo… amo…

—¡V. H.!

Son Luis y otros dos, con libros de cálculo en las manos. Los tres aumentan de tamaño como las barras de cobertura del celular, con Luis como el peldaño más bajo.

—¡Hol…! —Mi voz se eleva hasta un tono extraño. *¿Qué me pasa?*

Luis ocupa el asiento libre a mi lado.

—Siento llegar tarde. Me castigaron.

—¿Qué? ¿Qué hiciste?

—Me puse una camiseta debajo del disfraz de la tienda de regalos y se me olvidó volver a ponerme la camisa. Los colaboradores residenciales se abalanzaron sobre mí como si fuera una bomba.

Las normas afectando a alguien tan cercano a mí me sacuden. Como ahora casi solo hablo con Jasper, que no tiene que seguirlas, se me estaba olvidando lo implacables que son incluso con las cosas sin importancia.

—Qué mal.

—¿Está bien que haya traído a Emilio y Michael para el TEAMO? —dice Luis—. Soy el único que sacó una calificación perfecta en la tarea de Cálculo de la semana pasada gracias a ti.

Gracias *a mí.*

En mi rostro se dibuja una sonrisa.

—Felicidades.

Jasper está demasiado ocupado escudriñando a Luis de arriba abajo como para saludar. Su amabilidad debe extenderse solo a los clientes que adoran cada una de sus palabras. Señala con el lomo de su libreta un pupitre vacío una fila adelante y se levanta.

—Esperaré allí hasta que podamos terminar la clase.

Sigo con la mirada el recorrido de Jasper hasta que Emilio y Michael me distraen hablando entre ellos.

—¿Estás bien? —me susurra Luis al oído.

—¿Por qué no iba a estarlo? —respondo.

—Siempre que estás cerca de Jasper Grimes, pareces un poco nervioso.

—Es que me saca de quicio.

—He oído que es tu *roomie.*

¿Eso significa que la gente habla de nosotros? ¿Qué podrían estar diciendo?

—Por desgracia, sí. ¿Qué has escuchado?

—¿No has escuchado todo lo que se dice sobre ustedes dos?

Genial.

—No.

—Es noticia de última hora que Jasper vive con alguien. El año pasado, tenía la suite del último piso que ahora ocupa Frank, el de primer año. Eso ha dado lugar a especulaciones sobre *quién* eres tú.

Los nervios me invaden. De nuevo soy el centro de atención.

—No soy nadie, lo juro.

—La gente está elaborando todo tipo de teorías. Una es que tú también eres un poeta famoso, sobre todo desde que sustituiste a P. M. como becario de nuestro curso. Además, sus horarios son casi iguales, ¿no? Desde fuera, parece que alguien movió sus influencias para que ustedes dos estén juntos.

—No —digo, muerto por dentro—. Solo es mala suerte.

Luis niega con la cabeza, casi con incredulidad.

—Entonces dime, ¿por qué está el sobrino de la directora en una habitación doble?

—Al parecer hubo una confusión.

—¿Jasper no se quejó?

—Pensó que tener un *roomie* sería... —hago comillas con los dedos y frunzo el ceño— «divertido».

—¿En qué universo? El mío no deja de ponerse histérico con las arañas. —Luis jala uno de sus rizos con tanta violencia que me sorprende que no se lo arranque.

—Sí, no sé. Al menos Jasper ayer inventó un código secreto de *roomies* para tocar la puerta, así que tal vez deje de irrumpir en la habitación.

—Supongo que es menos obvio que un calcetín en el picaporte. —Luis me mira de arriba abajo—. Pero no te está causando problemas graves, ¿verdad? Te hace trabajar mucho para el TEAMO. Te ves, bueno, miserable.

Jasper, efectivamente, me está causando problemas, pero no de la forma que Luis se imagina. Aunque Luis me hubiera identificado como alguien interesado en enviar cartas de amor en nuestro lado del campus, no hay forma de que adivinara la complicada historia entre Jasper y yo. Luis es la persona en la que más confío aquí, pero no es como que le contaría todo.

—¿Lo está haciendo, V. H.?

—No —respondo rápidamente—. No pasa nada. Te lo juro.

Michael hace señas para llamar nuestra atención. Al igual que Luis, su atractivo parece frustrantemente natural, como si se levantara así cada mañana. Pero mientras Luis tiene rasgos suaves y delicados, su elegante corte de pelo y su rostro anguloso le dan un aire más severo comparado con él.

—¿Listos?

En lugar de responder, Luis ríe como si Michael hubiera contado un chiste digno de una medalla de platino.

Él debe ser el no tan hipotético chico que le gusta.

Conteniendo una sonrisa, les explico a los tres las preguntas de funciones inversas. Mientras resolvemos la primera ecuación, mi mirada se desvía más allá del hombro de Luis, hacia el escritorio de Jasper. Está concentrado en las cartas de amor de su libreta, como siempre. Nunca en un libro de texto. Sin embargo, tiene calificaciones increíblemente altas para un estudiante de segundo año. Un cien perfecto.

¿Cómo?

Observo cómo se mueve su mano a un ritmo constante. Hace dos años, garabateaba tan rápido que la tinta manchaba más que ahora. Ya no le tiembla el muslo debajo del escritorio. Antes, tenía que agarrarle la rodilla durante el taller para que dejara de hacerlo.

Jasper ha cambiado. Pero no es distinto en absoluto.

Luis me pasa una hoja de papel. Es su ecuación completa.

—¿Puedes revisarla?

Echo un vistazo a la mía, que apenas terminé. «Concéntrate, Charlie».

—Sí.

Pronto, los tres se van con un rápido agradecimiento.

Jasper regresa a mi escritorio. En lugar de sentarse frente a mí como la última vez, ocupa la silla de Luis, que aún está fuera.

—¿Dónde nos quedamos? —pregunta, dejando caer su libreta con firmeza.

Me quedo callado, sin ganas de que lo recuerde, y recorro la biblioteca con la mirada. Después de escuchar cómo el alumnado está obsesionado con nosotros dos, siento miradas invisibles en mi espalda a pesar de que los escritorios a nuestro alrededor están vacíos.

—Claro —dice Jasper—. Mi cuarto EROS. Dime que me amas.

—Escucha, de verdad no quiero seguir diciendo que te am…

—No tienes que decir que me amas a mí. Solo di «te amo». A la pared. Al escritorio. Solo quiero que sientas esa vulnerabilidad.

Hago una mueca.

—No miraré. —Mientras Jasper vuelve a su libreta, noto más cambios en él. Por desgracia, siempre ha tenido una cara bonita, pero ahora tiene la mandíbula más afilada y las cejas definitivamente más marcadas. Las camisas que se remanga hasta los codos le quedan mucho mejor que nuestros horribles uniformes del campamento: polos de nerd, shorts azul marino, tarjetas de identificación colgadas del cuello y calcetines hasta las rodillas.

Pero hay algo en él que quizá no haya cambiado.

—Prometí que no te vería —dice Jasper, espiándome a través del cabello que le cae sobre la cara—, pero ahora eres tú quien me está observando.

Aparto rápidamente la mirada y me cubro los labios con la mano.

—Tengo una pregunta.

—Tu voz se escucha ahogada.

—Tengo una pregunta —repito en voz más alta—. ¿Adónde sueles ir?

—¿Puedes ser más específico?

—Siempre llegas tarde después de que se apagan las luces. ¿Estás usando ese pin numerado especial que tienes en el cuello para colarte en la academia hermana por la noche y cosas así?

—Voy a escribir cartas en mi oficina.

—¿Eso es todo?

Jasper se encoge de hombros. Esa no es una respuesta.

Inclino la cabeza hacia él. Jasper está obsesionado con el romance, pero yo sé que en realidad es un rompecorazones. Debe tener al menos cinco novias.

—Los *non-tutors* no tenemos segundas intenciones con las alumnas de la academia de junto, si es eso lo que insinúas —añade Jasper.

—Entonces, ¿realmente te uniste al TEAMO y te quedaste solo por P. M.?

La pluma fuente de Jasper se paraliza en su mano.

—¿Perdón?

—Xavier lo mencionó.

Al principio, solo le tiembla la boca, pero normalmente es un libro tan abierto que trato de cerrarlo de golpe.

—Supongo que me gustaba su enfoque sobre las cartas del TEAMO, y aprendimos mucho el uno del otro hasta que nos abandonó. Además, siempre he aprovechado cualquier oportunidad que se me ha presentado para escribir y mejorar mi técnica, así que me quedé. ¿Te satisface mi respuesta?

Lo miro fijamente.

—¿Qué pasó entre ustedes?

En el momento en que mi curiosidad deja escapar la pregunta, el arrepentimiento me golpea con fuerza. Preguntar por la vida de Jasper es lo último que debería hacer cuando una pared tan alta como el muro maltercio debería permanecer entre nosotros. Ni siquiera debería querer saberlo. No quiero.

Pero es demasiado tarde. Jasper ya está resoplando tan fuerte que su cabello rubio revolotea alrededor de su rostro mientras piensa en su respuesta.

—¿Qué hay que decir? Un día él era el pilar del TEAMO

y al siguiente se había ido. No nos avisó. De seguro ahora se la está pasando de maravilla, escribiendo sobre sus visitas a Francia con su madre o a Filipinas con su padre. ¿Pero dejarnos atrás? Una carrera puede esperar. Quiero que Valentine sea importante.

La teoría tiene sentido, pero no concuerda con la reacción de Xavier cuando le pregunté; él habló con P. M. antes de que se fuera.

Aun así, siento que me quitan un peso del pecho que llevaba allí semanas. El anterior becario de excelencia no había fracasado necesariamente.

—Entonces, cuando te uniste al TEAMO, no eras como Xavier.

Jasper suelta la pluma, frustrado.

—Von Hevringprinz, no, no tenía una novia como Xavier. Nunca la he tenido. ¿Dónde están esos «te amo»?

Está mintiendo. Tiene que estar mintiendo.

—No va a pasar —le respondo secamente.

Es solo cuando Jasper mira hacia las otras mesas que me doy cuenta de lo fuerte que he hablado y de cuántas miradas lejanas nos están observando. Inmediatamente, me viene a la mente lo que Luis había dicho sobre los rumores que se estaban extendiendo. ¿Cuántas veces he regañado a Jasper en público de esta manera sin darme cuenta de que había tanta gente mirando? Quizás esos rumores son, en parte, culpa mía.

No son los únicos que me miran. Jasper también lo hace ahora. Aunque es una mirada mucho más intensa, casi inquisitiva, como si estuviera recordando cuántos «no va a pasar» le dije mientras estábamos sentados a orillas del lago hace años y él me pedía insistentemente que le recitara las tareas de mi taller de poesía. El hecho de que se me olvide constantemente tener cuidado con cómo le hablo a Jasper hace que mi corazón lata más rápido que en todo el día. Se está volviendo demasiado familiar.

No. Me estoy confiando demasiado.

Tenemos que terminar este trato. De inmediato.

—Entonces te concedo una prórroga de dos semanas para tus diecinueve cartas —dice Jasper finalmente—. Una semana para escribir y otra para que descubras cómo dejar de tener miedo.

—No tengo miedo —intento decirlo en voz baja esta vez, pero apenas lo consigo.

Porque si ni siquiera soy capaz de escribir un poema tipo «las rosas son rojas», ¿cómo voy a seguir sus reglas de seducción para conseguir nuestra habitación para mí solo? Hojeo mi cuaderno y me detengo en el tercer EROS de Jasper.

«El amor no tiene por qué tener sentido; tus palabras tampoco».

Quizás no pueda hacerlo solo, pero tal vez haya alguien que pueda ayudarme.

CAPÍTULO 19

EL ARTE DE LA GUERRA

VIERNES 27 DE SEPTIEMBRE

Fuera de las clases y de las entregas semanales del TEAMO, Blaze A. Destroyer frecuenta el kiosco de escritura Dixon, junto al lago Au Sable Forks, y nadie sabe por qué. Eso es lo que afirma Xavier cuando me invita a sentarme con él durante la cena y le pregunto dónde puedo encontrar más fácilmente a Blaze. Según Jasper, P. M. Laframboise vende miles de ejemplares a pesar de que casi nadie entiende lo que quiere decir, y mucho menos cómo se siente. ¿Por qué no puedo ocultar mi indiferencia hacia el romance de la misma manera? Si algo puede ayudarme, es la extraña pero extravagante habilidad lingüística de Blaze.

Pero cuando recorro el camino que lleva al kiosco de escritura Dixon, el lugar parece abandonado. El kiosco está vacío, rodeado únicamente por arbustos recortados en forma de diamante, los sonidos de los insectos nocturnos en el bosque y el sol poniente reflejado en el agua.

La misma orilla del lago donde Jasper y yo nos besamos.

Siento una punzada en el corazón. Nunca nos sentamos de este lado. Los talleres eran en el campus hermano. Pero el aire tiene el mismo aroma terroso y las olas rompen sobre la misma arena, compuesta principalmente por grava. Jasper siempre se quejaba de que sentarse allí era como recibir un masaje con piedras calientes.

Luego, el último día del campamento, tres chicas se acercaron a mí y me mostraron las cartas que él les había estado enviando todo el tiempo. Obligándome a quitar ese recuerdo de mi mente, atravieso la entrada del kiosco cubierta de enredaderas. Primero el comedor Dixon y ahora el kiosco Dixon, dignos de un príncipe.

Norma tácita n.º 13: Sé amable con Bingo A. Dixon cuando finalmente lo conozca. Sea quien sea su familia, tiene una larga historia aquí, y está forrada de dinero.

Se oye un ruido detrás de mí. Volteo la cabeza rápidamente, pero los arbustos permanecen inmóviles. No hay nadie en la orilla.

—¿Hola? —digo.

No hay respuesta.

Me acerco con cautela a los arbustos.

Una mancha roja y negra sale disparada de uno de ellos y yo grito mientras me tiran al suelo del kiosco. Una figura me inmoviliza las muñecas y me clava las rodillas en los muslos para evitar que me mueva. Su pelo teñido de negro es tan largo que apenas puedo distinguir su rostro infantil, pero el saco que lleva atado al cuello a modo de capa lo delata.

—¿Blaze? —murmuro.

—¡Usurpador! ¿Cómo te atreves a pronunciar mi nombre sin ceremonias? Tu humilde puesto te obliga a referirte a mí como magistrado en jefe de la Hermandad de la Oscuridad Ancestral.

—¿Puedo al menos preguntarte por qué te abalanzaste encima de mí?

—Mi anillo ancestral me advirtió de tu llegada —Blaze suelta mis manos para hacer su familiar pose de mariposa revoloteando, mostrando el anillo de graduación de rubí que es igual al mío. La única diferencia entre los nuestros es que Blaze lo lleva en el pulgar. Seguramente sus dedos son demasiado delgados.

—¿Qué estás haciendo? —le pregunto.

—Aquí las llamas que arden junto a la sangre en mi anillo. Ergo, soy consciente de la sed de sangre hasta a setenta kilómetros de distancia.

Así que no es una mariposa. Son llamas.

—Solo quería hacerte una pregunta.

Blaze saca una resortera y una canica del bolsillo de sus pantalones y apunta a mi cara con la canica.

—¿Por qué debería yo, Blaze Alpha Destroyer (de Mundos), atender tus dudas?

Esto no está funcionando.

Con los otros niños de doce años a los que daba clases particulares en Queens, la clave era hablarles de igual a igual. Quizás la única forma de hablar con alguien como él es ponerse a su nivel.

—Necesito vuestra ayuda. Es mi deber... escribir... a unas damas.

—¿Damas...? —Blaze de pronto deja escapar una especie de grito, entre gemido y balido, y se aleja de mí con tal rapidez que su fleco se dispersa, dejando al descubierto un rostro regordete que solo puede pertenecer a alguien tan joven como él. Su resortera y las canicas caen al suelo, haciendo un ruido metálico. Señala mi mano izquierda, donde llevo mi anillo—. ¿También se ha transmitido en tu linaje un anillo de la oscuridad ancestral?

—Esto no es... —Me detengo—. En efecto. Era de mi mamá. ¿Tu familia estuvo aquí?

—Mis familiares regalaron este kiosco. Y el comedor.

—Espera, ¿los Dixon son de tu familia?

Sus ojos se agrandan.

—No.

—Eres Bingo A. Dixon. El tercer puesto de nuestro segundo año. El *roomie* de Luis.

—Soy Blaze A. Destroyer (de Mundos).

—Claro —digo lentamente. Todo este tiempo pensé que era de primer año. Se saltó aún más cursos de lo que creía.

Blaze suspira.

—Llevo mucho tiempo desvinculado de la Hermandad, camarada. Ni siquiera quiero estar aquí. Nadie me comprende. El TEAMO lo intenta. Después de todo, me uní a esos valientes guerreros en cuanto llegué porque me conmovió su lucha contra la ley de Valentine. Sin embargo, me temo que aún no comprenden mi propia guerra contra los arácnidos.

Eso revela más de lo que Blaze dice con su torbellino de palabras. Al igual que yo, parece sentirse solo aquí. El TEAMO podría incluso ser una forma para él de sentir que pertenecía a algún lugar, a pesar de ser todavía un niño. Si ese es el caso, entonces por primera vez comprendo por qué alguien querría unirse a este ridículo programa.

—¿Nunca quisiste venir a este colegio?

—Nunca me fue permitido elegir. A los ojos de mi padre, una educación como la de Valentine es obligatoria para estar en Wall Street.

«Wall Street». Supongo que Blaze es el del puesto número tres.

—Te entiendo. Más o menos.

—¿Tú también estás luchando por tener una profesión?

Me gusta dar clases particulares. Y me gustan los libros, como a mamá. Pero cuando persiguió los libros, tropezó y cayó estrepitosamente, a pesar de que yo trabajaba con ella en la tienda siempre que podía. Por supuesto, sin que me lo pidiera. Mamá nunca pediría ayuda.

—¿Quizás algo inteligente? —digo, tratando de pensar en una carrera tan impresionante como la de Robby en el MIT o tan lucrativa como la de Blaze en Wall Street. Pero lo único que se me ocurre decir es: —Eh… ¿Matemáticas?

Espero a que Blaze se ría de mí, pero simplemente me ayuda a levantarme. En cuanto apoyo mi peso, él se desploma sobre mí. Con un quejido, me levanto apoyándome en las palmas de las manos. La capa hecha con el saco de Blaze se le ha volteado sobre la cabeza y cae sobre mi pecho junto con su cabello enmarañado.

Se aleja de mí y golpea su anillo contra el mío.

—Contribuiré a cualquier misión bajo tu mando, camarada. Pero quizá a partir de ahora desde el suelo.

—Entonces, si tuvieras que confesar tus sentimientos a alguien, ¿cómo lo expresarías?

Lo piensa antes de aclararse la garganta de forma dramática.

—Cuando la lunación se refleja en el lago, contemplo tu luz. Mi luna, mi luna, nunca desaparezcas de mi vista.

Dios mío.

—¿Por qué era que tú no ayudas con las cartas?

—Estoy en medio de una guerra. Los guerreros no tienen tiempo. —Blaze agarra su resortera y apunta hacia la orilla—. El día en que los arácnidos llegarán desde el oeste está cerca. Debo permanecer aquí para vigilar.

Tomo mi cuaderno del banco y lo abro para ver mis apuntes sobre las conversaciones uno a uno.

—Acepté ayudar a escribir cartas para el TEAMO durante un tiempo. —Aunque Jasper me pidió que no se lo dijera a los demás miembros, estoy demasiado desesperado como para que me importe—. Si me das ideas y no se lo dices a Jasper, te ayudaré en el día señalado. ¿Qué te parece?

Blaze asiente más rápido de lo que esperaba. En cuanto le paso mi cuaderno y el lápiz, sus manitas arrancan. No me extraña que se haya saltado dos cursos. Puede que sea un digno rival para Jasper. El tercer puesto lo es.

La envidia se apodera de mí, ya que ahora mismo ocupo el puesto veintiocho.

—Por cierto, ¿hace cuánto que eres amigo… conocido… de Jasper?

—Nuestro encuentro ocurrió el primer año que llegué aquí.

Hay una pregunta que me quema por dentro, y lleva haciéndolo un tiempo.

—¿Alguna vez ha cortejado a alguna dama de aquí con sus propias cartas?

Todos en Valentine conocen a Jasper desde hace más tiempo que yo, así que deben saber la respuesta. Si quiero hacer que estas cartas de amor sean del agrado de Jasper una vez que Blaze haya terminado su trabajo, entonces tener toda la información posible sobre su vida amorosa será una ventaja.

Esa es la única razón por la que lo pregunto.

Blaze se ríe tan fuerte que suena como un chillido.

—Jasper se niega a cortejar a nadie.

Me quedo allí sentado un momento, atónito.

—¿Por qué?

Blaze se limita a encogerse de hombros.

Es tal y como afirmó Jasper ayer. ¿De verdad ya no rompe corazones?

¿Y cómo podría averiguar la verdad?

CAPÍTULO 20

EL LIBRO DEL DESASOSIEGO

SÁBADO 28 DE SEPTIEMBRE

Por supuesto, el fin de semana es cuando mi cuerpo se despierta naturalmente antes de que suene la molesta melodía del campanario. Lo cual es preferible. Los exámenes parciales se acercan demasiado rápido como para estar tranquilo, y necesito estudiar. Pero se trata de una cuestión de principios.

Me pongo los lentes y me giro hacia Jasper. Está de pie junto a su cómoda, con las manos en las caderas, medio vestido con pantalones y una camisa abierta con su pin esmaltado con el número uno en el cuello. Está estudiando la colección de fragancias —*eau de parfum*, como él las llama— que hay en la parte superior. Como si hubiera alguna opción. Siempre elige la que se llama «Lágrimas», que inunda mis fosas nasales con un aroma a lilas frescas y pétalos de azahar.

Jasper inclina la cabeza. Como si sintiera que lo estoy mirando. Voltea.

Cierro los ojos con fuerza antes de que pueda descubrirme.

¿Qué demonios? ¿Por qué lo estaba mirando?

«Debo mantener la cabeza baja. Debo mantener la cabeza baja». Me lo repito a mí mismo para no volver a olvidarlo. Cuanto más observo a Jasper, más propicio que interactuemos. Cuanto más se acerca, más peligroso es para mí.

Como en este momento, cuando sus pasos lo acercan al pie de mi cama. La habitación está tan silenciosa que puedo oír las pulsaciones en mi cuello. Acaba de notar una grieta en el poste de madera de mi cama. Se ha quitado la corbata y la mira con odio, ya que preferiría morir antes que llevarla puesta.

O tal vez notó algo familiar en mí.

Mi cuerpo se paraliza, el miedo me invade con tanta fuerza que siento que me ahoga. He fracasado. Me voy a casa. No he conseguido mi habitación individual a tiempo.

Pero entonces los pasos de Jasper se alejan y escucho que se cierra una puerta.

Vuelvo a abrir los ojos, regañándome mentalmente por haberme quedado mirándolo. Por haberlo mirado, aunque hubiera sido solo una vez.

Por debajo de la puerta del baño se ve luz y oigo cómo se cepilla los dientes.

La adrenalina me impulsa a salir de la cama. No puedo seguir con la cabeza baja; tengo que saber si lo sabe. Me acerco a la puerta y toco una vez, tan fuerte que me duelen los nudillos.

Jasper abre la puerta con los ojos muy abiertos. Tiene el cepillo de dientes colgando entre los dedos. Hay salpicaduras de pasta dental por todo el espejo, como si lo hubiera asustado y lo hubiera hecho escupir.

Sigo con la mirada las gotas de pasta con saliva.

—¿Puedo… acompañarte?

La sorpresa de Jasper se convierte en una sonrisa, y rápidamente se hace a un lado para hacerme espacio, como si temiera que cambiara de opinión. Así es como actúa cada vez que me acerco a él primero. Como si nada hubiera cambiado entre nosotros. Moja de nuevo el cepillo de dientes y vuelve a cepillarse.

¿Lo habrá notado?

Mientras tomo mi cepillo de dientes del soporte compartido

en la pared, me doy cuenta de que nunca nos hemos arreglado juntos. Jasper suele salir antes de que yo me levante de la cama.

Jasper escupe la pasta de dientes, esta vez en el lavabo.

—¿Te desperté?

—N-no —digo, dirigiendo la mirada al lavabo.

—Me alegro. Intento no hacerlo.

¿Será por eso que normalmente me quedo dormido durante su rutina?

—Gracias.

—No sueles levantarte tan temprano. —Su voz es tan melodiosa y articulada como siempre.

Igual que siempre.

—Tengo mucho que estudiar —murmuro, sintiéndome como el becario de excelencia más tonto que jamás haya entrado a Valentine. Por supuesto que Jasper no me había estado examinando la cara mientras dormía. Estaba mirando por la ventana. O algo así. ¿Cierto? Después de lo mucho que la señorita White insistió en el método científico en la clase de Química la semana pasada, se habría avergonzado de cómo Jasper me hace sacar conclusiones precipitadas—. Tengo que sacar buenas calificaciones para poder quedarme aquí.

Jasper me mira fijamente. Su alegría matutina se ha desvanecido y ahora frunce el ceño.

—Von Hevringprinz, fuiste seleccionado de entre miles para ser nuestro becario de excelencia. Por favor, no pienses en que te irás.

—¿La vida amorosa de Jasper? —pregunta Xavier con voz tensa. Está luchando por su vida contra una palanca atascada en el lateral de una máquina del gimnasio, ya que por fin me he recuperado lo suficiente del entrenamiento cardiovascular para poder pasar a las pesas.

—Sí—digo, secándome la frente. Acabamos de empezar nuestra primera sesión de entrenamiento con pesas con estiramientos y ya estoy sudando. De alguna manera, el centro recreativo Pragma siempre huele mágicamente como a un ramo de flores, a pesar de que todos los cuerpos que hay aquí deben estar tan pegajosos como el mío. Debe ser obra del espíritu de san Valentín—. ¿Qué pasa allí?

—¿Por qué te interesa tanto?

—No me interesa tanto. —Pero Blaze no me dio una respuesta definitiva la noche anterior y, sin esta información, nunca podré escribir cartas de amor que le gusten a Jasper. Xavier parece ser quien mejor lo conoce de entre todos los alumnos, así que es mi última oportunidad—. Debería saberlo porque es mi tutor del amor, ¿sabes? Sus credenciales. Su currículum.

—Pareces interesado. —Xavier logra bajar la palanca algunos peldaños y el ruido hace eco en la habitación abandonada. Lo que sea que esté cambiando parece estar relacionado con las pesas. Seguramente necesita hacer ajustes porque soy débil.

—No es así. —Pero, al decirlo, incluso yo me doy cuenta de lo ridículo y lastimero que suena. Ya me sentía bastante inseguro entrenando con Xavier, pero ahora estoy preguntándole por la vida amorosa de otro chico cuando se supone que debemos comportarnos como hombres—. Olvídalo.

—¿Estás seguro?

—Sí, tenemos *namcuernas* que levantar.

—Mancuernas. Empezaremos más despacio. —Xavier se pone de pie y toma una barra curva que cuelga sobre el asiento de la máquina. Juraría que puedo ver las pulsaciones en sus bíceps a través de su sudadera—. Esto es una barra de dominadas. Simula el movimiento de las dominadas, pero es más fácil, sobre todo si aún no puedes levantar el peso completo de tu cuerpo. A medida que te vayas fortaleciendo, reajustaré la palanca con la que estaba jugando. ¿Hecho?

Mi falta total de fuerza era la razón de los ajustes.

—He-hecho. —Xavier saca un cronómetro del bolsillo de sus pants—. Primero, veamos cómo estás. Baja esa barra tantas veces como puedas en un minuto.

Me siento en el banco. Al menos no hay otros alumnos aquí para presenciar mi inevitable humillación.

Me pongo en posición y coloco una mano en la barra. Mi nueva sudadera puede que sea una talla M en lugar de la XL de Xavier, y este equipo puede que pese diez veces más que yo, pero mido lo mismo que Jasper, 1.70 m. Probablemente él podría jalar esta barra muchas veces. Yo puedo igualarlo.

—Listo.

—¿Charlie? —Xavier pone cara de extrañeza—. Tienes que usar las dos manos.

—Ah. —Pongo la otra mano en la barra.

Él no deja de mirarme.

—¿Has hecho alguna dominada antes?

¿Debería haberlo hecho? ¿Es algo que los chicos saben hacer de forma innata desde que nacen? ¿Seré tan incapaz de aprender que Xavier se marchará?

—La verdad es que no —admito.

En lugar de eso, Xavier ríe a carcajadas, de una forma masculina que me encantaría poder imitar, llenando la habitación.

—Te enseñaré la forma correcta de hacerlas.

Se coloca detrás de mí y corrige mi agarre.

Mi cuerpo se tensa. Está muy cerca.

—Gira las manos hacia fuera —me indica Xavier, y yo intento prestar atención a pesar de que la sangre late en mis oídos—. El agarre debe ser ligeramente más abierto que el ancho de tus hombros.

—Muy bien.

Después de unos cuantos ajustes más, Xavier da un paso atrás y mis hombros finalmente se relajan.

Levanta el cronómetro.

—¡Ya!

Flexiono los bíceps. La barra baja y mi frente casi la roza. Pero entonces mis brazos flaquean y la barra vuelve a su sitio. Gruño.

—¡Inténtalo otra vez!

Sigo las instrucciones de Xavier. La barra se acerca. Más cerca. Más cerca. Por fin siento un toque.

—¡Una! ¡Haz dos!

Una se convierte en dos; dos se convierten en tres seguidas.

—¡Tiempo!

Mis brazos se desploman, quemándome como si hubieran pasado por una trituradora de papel.

—Tres —dice Xavier—. No está mal, pero podemos mejorar.

Entonces lo hice peor de lo que él esperaba. La derrota me golpea con fuerza.

—¿De verdad crees que subiré mi calificación para los exámenes finales?

—¿Por qué no lo harías? Soy el mejor entrenador de Au Sable Forks —dice con una sonrisa.

En mi rostro también aparece una sonrisa. Para ser alguien tan amable, el hecho de que Xavier siga soltero desde que rompió con su novia el año pasado es la octava maravilla del mundo.

¿Diría algo si descubriera lo que le estoy ocultando?

—¿Sabías que Jasper tiene un libro de poesía? —pregunta Xavier repentinamente.

—¿Eh?

—¿Tenías preguntas sobre su vida amorosa? Eso podría ayudarte. ¿Lo has leído?

Sigo olvidando que Jasper me dio una copia firmada cuando nos mudamos a principios de mes.

—No. ¿Cómo surgió ese libro?

—Creo que Jasper ya tenía muchos seguidores en Internet cuando llegó a Valentine, pero luego P. M. le ayudó a hacerse famoso durante las vacaciones de invierno del año pasado. Su libro salió poco después. Es una pena que Jasper no esté escribiendo nada nuevo para sus seguidores mientras está aquí.

—¿Dejó de escribir? ¿No podría hacerlo durante las vacaciones, como dijiste?

Xavier se agacha para seguir haciendo brujería con las pesas.

—Creo que ha elegido este paréntesis a propósito para concentrarse en Valentine —dice con una sonrisa burlona—. No sé si sabes lo famoso que es Jasper: ahora mismo tiene más de un millón de seguidores. El poder del puesto número uno, amigo.

En mi mente aparece el nombre completo de Jasper junto al número 100 en el cuadro de honor.

—¿Cómo?

Xavier se sobresalta tanto que se le resbalan las pesas y estas chocan entre sí.

—¿Cómo qué?

¿Lo dije en voz alta?

—Es que no entiendo por qué es el número uno.

—Y que lo digas. Yo estudio cada segundo y apenas consigo mantener el cuarto puesto en mi curso, y él hace lo mínimo.

—Ni siquiera eso. Tiene un promedio de cien en todas las clases. ¿Eso significa que nunca ha sacado ni un punto menos en un trabajo?

—Oh, Jasper puede cursar una asignatura básica más que el resto de nosotros porque está exento de Educación Física. Aunque Valentine reajusta nuestras clases sobre una base de cien, él tiene un promedio inflado. Simplemente no lo muestran, o habría disturbios.

—¿Qué...? —Siento tanta rabia dentro de mí que no puedo ver con claridad por un segundo—. ¿Cómo logró quedar exento?

No sé por qué me molesto en preguntar. Ya sé la respuesta.

—El poder de ser el sobrino de la directora —decimos al mismo tiempo.

Intento ignorar mi envidia por lo fácil que es su vida, pero apenas lo consigo.

—Si su tía no fuera la directora, ¿crees que seguiría entre los cinco mejores?

—¿La verdad? Creo que sí. Es como si tuviera memoria fotográfica. Los profesores podrían estar siendo indulgentes con sus ensayos, supongo, pero la mayoría de las calificaciones provienen de nuestros exámenes de opción múltiple. Los suyos siempre son perfectos. No hay mucho margen para la subjetividad ahí, hermano.

Resoplo. La inteligencia de Jasper es la razón por la que me enamoré de él en el campamento.

—Como sea —dice Xavier—, Jasper tiene algunas copias de su libro en su oficina, en la cripta. Quizás encuentres las respuestas que buscas.

CAPÍTULO 21

EL LADRÓN DE LIBROS

VIERNES 11 DE OCTUBRE

Por «unas cuantas copias» en su oficina, Xavier se refería a treinta y ocho ejemplares. Solo san Valentín sabe cuántas copias de *El amor es un payaso de fiesta roto* hay también en el librero del señor Grimes y el señor von Hevringprinz, en nuestra habitación. Jasper dijo que nos reuniríamos aquí después del TEAMO para que calificara mis cartas de amor, pero aún no ha aparecido, y eso me ha dejado estudiando los encuadernados diseñados como carpas de circo a rayas rojas y blancas. Al menos hasta que un dolor agudo recorre mi pierna. Hago una mueca por ello, pero Xavier insiste en que el dolor significa que el entrenamiento está funcionando.

Espero que esa metodología aplique a estas cartas de amor por las que casi me arranco el pelo para terminar con la ayuda de Blaze. En estas últimas dos semanas, la combinación entre las horas del TEAMO, el entrenamiento en el gimnasio y la carga de trabajo para los exámenes parciales me mantuvieron ocupado hasta altas horas de la noche, tanto que olvidé mi examen de Química. Tuve que saltarme el almuerzo con Luis para estudiar a toda prisa. Por suerte, el maestro Stern esperó hasta hoy para presentar nuestro proyecto sobre el vecino de Benjamin Franklin, un hombre que, al parecer, inventó la poesía *blackout* con periódicos. Si me hubieran asignado más poesía además de mis cartas de amor, me habría tirado desde el kiosco de escritura Dixon.

Mientras espero a Jasper, podría echar un vistazo a *El amor es un payaso de fiesta roto.*

Mi misión original era develar su vida amorosa para escribir cartas que sin duda le encantaran, pero con el trabajo de la semana, olvidé leer su poesía, como me sugirió Xavier hace un par de semanas. La verdad es que ya no hay motivo para seguir indagando, ya que he terminado de escribirlas.

Sin embargo, miro a ambos lados y tomo uno de los lomos. No se oye ningún ruido de pasos, solo el inquietante silencio de la cripta. Saco el ejemplar y caen al suelo unas cuantas tarjetas de caballos que había debajo. Los ojos pequeños y brillantes del payaso de la portada me miran con desaprobación, como si supiera que estoy metiendo las narices donde no debo.

—Escucha, esto me ayudará a predecir la calificación que me pondrá Jasper —le insisto al payaso. El payaso no responde.

Entonces paso a la primera página.

1.
el amor es un payaso de fiesta roto
que ha olvidado sus líneas
después de mil actuaciones
que toca la bocina
y no sale ningún sonido, sin palabras

2.
damos vueltas y vueltas
en el carrusel del amor
girando, girando
no te alcanza nunca
siempre te persigue

Frunzo el ceño. Esto no es una enciclopedia sobre Jasper como prometió Xavier. Difícilmente es poesía. Solo son frases construidas de forma extraña. Sin embargo, vendió miles de copias. Supongo que a esto se refería Luis cuando dijo que la escritura de Jasper era básica.

Y, sin duda, no se parece en nada a lo que yo escribí.

—¿Qué estás leyendo con tanto entusiasmo?

Me doy la vuelta. Jasper sonríe desde la entrada de su oficina, con dos vasos de la cafetería Laney's en las manos y su bolso de cuero con las iniciales JFG colgado al hombro. No escuché cuando abrió la puerta de la estantería.

—Nada —respondo, escondiendo el libro a mi espalda—. ¿Qué significa la F?

—¿Perdón?

—En tu mochila. Tu libreta. Las iniciales JFG.

—¿Me estás preguntando un dato curioso sobre *moi?* Nunca pensé que llegaría este día.

—Es que lo veo en todas tus cosas.

—¿En serio? ¿No estarás intentando distraerme de ese libro que escondes detrás?

Me arden las mejillas.

—Yo... No.

—En primer lugar, es de Ferdinand. Jasper Ferdinand Grimes. Pensaba que mi apellido era demasiado.

—De acuerdo.

—En segundo lugar... —Jasper acorta la distancia entre nosotros y me ofrece uno de sus cafés—. No has dormido mucho.

Es cierto que somos *roomies*, pero no creía importarle lo suficiente como para que se diera cuenta. Tal vez es una ventaja de que piense que soy especial, como había dicho Xavier.

Esbozo una pequeña sonrisa.

—Gracias, Jasper. Eres muy amable.

Los ojos de Jasper se abren un poco más y se desvían hacia los míos.

Un simple «gracias» no puede haberle refrescado la memoria. Imposible. Pero entonces, ¿por qué me mira fijamente? Me apresuro a subirme el cuello del saco para taparme la cara.

—¿Qué pasa?

Eso parece sacar a Jasper de su estupor.

—¡Nada! —dice rápidamente, señalando el libro que tengo en las manos—. En tercer lugar, ¿qué te parece mi trabajo?

Mi estómago se contrae. Abro la cubierta, concentrándome en el payaso llorón en lugar de en la humillación que cae como confetti a través de mí.

—Está bien, supongo.

—¿Es un cumplido o una crítica?

Intento pensar en una palabra más gentil que «básico».

—Es... directo. Diferente de lo que esperaba. Tú siempre estás leyendo cosas de P. M. Laframboise, que son demasiado profundas para entenderlas.

Jasper se burla y tira su mochila al suelo. En el aire se levanta una nube de polvo. Toma el plumero de la cubeta de limpieza y quita una telaraña cercana.

—Ese pastelito de fresa no entiende nada de poesía.

—¿Por qué sigues llamándole fresa?

—Lo siento, Laframboise significa fresa en francés. Olvidé que no lo sabrías, ya que no hablas un idioma tan romántico.

—¿*La framboise* no significa frambuesa?

Jasper saca un delgado folleto de cuero del bolsillo de sus pantalones a cuadros. Es un diccionario del francés al inglés. Lo hojea hasta llegar a la sección central e inmediatamente se le descompone el rostro.

Levanto una ceja.

Cierra el diccionario de un golpe.

—Para mí, ser directo es un cumplido. Expreso mis sentimientos de una forma con la que el público puede identificarse. ¿No es eso lo que se busca en el arte?

—¿No es eso lo que hace P. M.?

—Bueno, su poesía requiere más esfuerzo para entenderla. Sin embargo, sus emociones siguen siendo muy viscerales en la página. Eso es mucho más difícil de lograr. Supongo que por eso vende más copias que yo. —Jasper desvía la mirada.

Xavier mencionó que era mejor no tocar el tema de su desencuentro, pero ver a Jasper sentir algo tan intenso por otra persona me desconcierta. Al parecer, tiene corazón, pero solo para los que están a su nivel. El tiempo que pasé con él en el campamento no fue suficiente para merecerlo. Sin embargo, el señor Talento P. M. sí lo merecía.

Quizá este café no signifique tanto como pensaba. Tragándome el nudo que tengo en la garganta, vuelvo a colocar la copia de *El amor es un payaso de fiesta roto* entre las otras treinta y siete de la estantería. ¿Es la facilidad para identificarse con algo lo que reune un millón de seguidores? ¿Es esto algo con lo que uno puede identificarse?

La puerta librero se abre de nuevo. Un chico blanco y bajito se cuela por la rendija. Nuestro primer cliente de las reuniones uno a uno.

—¡Bienvenido de vuelta, Eli! —anuncia Jasper. Se quita el saco que lleva sobre los hombros y lo extiende en el suelo, junto a la mesa de tomos. Luego se sienta y abre en abanico mis cartas reescritas—. Por favor, siéntate con nosotros.

—¿Qué hace él aquí? —pregunto, sentándome junto a Jasper en la mesa.

—Va a calificar tu carta.

Mi corazón se acelera. Que Jasper lea mis escritos sobre romance ya es bastante vergonzoso. ¿Pero que lo haga un desconocido?

—Tú eres mi profesor.

—Y pronto, Eli será tu cliente. Si me complaces, pero a ellos no, ¿qué sentido tiene?

Eli se acerca a la mesa con el ceño profundamente fruncido.

—Lo siento, pero creía que habías dicho que tú escribirías nuestras cartas, Jasper.

—Lo haré, lo haré, lo haré —dice Jasper. Supongo que las mentiras siempre vienen de tres en tres. Hace espacio para Eli, que se sienta cerca, de rodillas—. Pero Charlie es mi alumno. ¿Te importaría leer la carta que escribió para tu amor distante?

Jasper le pasa la primera página a Eli. Eli sonríe, inclinándose sobre el cuaderno como si esperara que mis palabras hicieran realidad sus sueños románticos más salvajes.

Mantengo la calma al recordar los hechos. Si Eli estuviera calificando con un sistema de puntuación, escribiría un 10 en cada casilla. Usé las palabras de Blaze como plantilla y los EROS de Jasper. Los repaso de nuevo.

«Usa una letra diferente para cada carta». Hecho. Utilicé diferentes estilos mientras combinaba mis ideas con las de Blaze en una página aparte.

«Escribe en un entorno que nunca influya en tus sentimientos». Hecho. No importa dónde elija escribir, mis sentimientos nunca se verán afectados porque no creo en el romance.

«Escribe para ti mismo, no para tu público, para lograr una conexión verdadera». Hecho. Escribí estas cartas para salir del apuro y permanecer en el TEAMO para conservar mi trato, no para ayudar a mi público.

«El amor no tiene por qué tener sentido; tus palabras tampoco». Hecho. Al menos, eso creo. Quizás no seguí el camino simplista de Jasper, pero P. M. también es difícil de entender.

Cuando vuelvo a mirar a Eli, su sonrisa se ha desvanecido.

—Esto es una broma, ¿verdad?

—¿Qué quieres decir? —pregunta Jasper.

—Esto es un asco.

Mi corazón se parte en dos.

—He oído un rumor de que Charlie es un poeta famoso igual que tú, Jasper, pero no es verdad, ¿o sí? —continúa Eli—. No entiendo ni una palabra. ¿Se dará cuenta siquiera de que la estoy invitando al baile? —Señala la parte inferior del cuaderno—. ¿Qué significa «por qué artilugio»?

—Por qué —murmuro.

Jasper señala la puerta librero.

—Una vez más, te doy mi palabra de que yo escribiré tu carta. No te preocupes. Apreciamos tu honestidad.

Eli apenas esboza una sonrisa, como si no estuviera seguro de poder creerlo. Ha perdido parte de la confianza que tenía en él. Sale de la cripta.

Jasper saca su pluma fuente rota del bolsillo del pecho y apunta hacia mi cara con ella.

—¿Crees que la reseña de Eli es correcta?

—Por supuesto que no —digo, alejando la pluma—. Léela tú mismo. ¿Cómo es que Eli no sabe lo que significa «por qué artilugio»? Tiene catorce años. ¿Aún no ha leído las obras completas de Shakespeare?

Jasper me hace callar con un gesto. Mientras jala mi cuaderno hacia él y hojea el resto de mis cartas, me arrepiento de mi respuesta.

Un sonido de papel rasgado me saca de mis pensamientos.

Jasper está tachando mi primera carta con tinta roja con tanta agresividad que el papel se rompe.

Mi cuerpo tarda un momento en alcanzar a mi cerebro, en darse cuenta de que algo va muy, muy mal. Corro hacia su lado de la mesa.

—¿Qué estás haciendo?

—No voy a aprobar estas cartas.

—¿Por qué?

—No siento ningún amor en ellas. Eli tampoco lo sentía. —Jasper pasa a la página siguiente. Tacha mi segunda carta de amor. La tercera. La cuarta.

Estoy demasiado aturdido como para detenerlo.

—¿Y tu tercer EROS? «El amor no tiene por qué tener sentido, y tus palabras tampoco».

Jasper levanta la pluma tan bruscamente que me estremezco. Su mano vuelve a caer con fuerza, clavándose en el cuaderno con la misma violencia que un cuchillo y dejando un agujero y salpicaduras de tinta roja. Todo mi esfuerzo, destruido.

—Aunque no lo entienda, debería sentir lo que tú sientes. Pero no siento nada.

Nada. Después de semanas. Si esto fuera una clase, habría reprobado. Mi primer cinco.

Siento una profunda derrota mientras miro el cuaderno destrozado. Las posibilidades de que Jasper piense ahora que soy especial son, sin duda, nulas. Justo cuando empezaba a pensar que quizá él, alguien, pensaba diferente.

—Entonces, ¿qué significa esto? —pregunto, sintiendo cómo se me hunde el pecho.

Pero ya lo sé. Se acabó el trato. No habrá habitación individual para mí.

—Seguirás practicando conmigo.

¿No lo está cancelando?

—Pero solo queda un mes para la fiesta —digo, confundido—. Tuvimos que haber empezado a escribir cartas de verdad ayer mismo.

—Tenemos tiempo.

—¿Cuál tiempo? ¿No estás perdiendo más tiempo intentando enseñarme en lugar de escribir las cartas tú mismo?

Jasper hace girar la pluma entre sus dedos en lugar de

responder. No cree en mí. Como mamá. Como la maestra Nallos. Como todos en Valentine.

—¿Tan invisible es mi esfuerzo? —Mi voz sube lo suficiente como para que se escuche más allá de la puerta de la estantería, pero no me importa, mi pecho está demasiado oprimido por lo que Jasper debe pensar de mí. O más bien, por lo que no piensa de mí.

Al menos Jasper finalmente me mira. Tiene los ojos muy abiertos. No sé si de sorpresa o de miedo.

—¿No te importa lo mucho que el TEAMO me impide estudiar? ¿Cuánto están bajando mis calificaciones? —Doy un golpe con las palmas sobre la mesa mientras me levanto. El café que me compró, lo que tontamente pensé que demostraba que Jasper se preocupaba por algo más que por sí mismo, tiembla y se derrama en el suelo. Apenas puedo percibirlo. Por mi mente pasan demasiadas tardes en las que estuvimos juntos. Cada momento en el que Jasper se sentaba voluntariamente tan cerca, mirándome a los ojos como si sin duda existiera. Demasiadas veces me persiguió por el campus, invitándome a comer con él en Dix o a estudiar después de clase—. ¿Te das cuenta de lo desconsiderado que eres con todos los que te rodean?

—¿Charlie…?

—No lo haces. Porque incluso después de que me aceptaran en Valentine, de convertirme en un becario de excelencia entre miles y de estudiar cada segundo del día, tú eres el número uno.

—Charlie.

—Nunca lo intentas. Sin embargo, te quieren. No tienes ni idea. —Aprieto el puño para mantener el control, para evitar que mi ira se convierta en lo que la presión detrás de mis ojos amenaza con volverse—. No tienes ni idea de lo que es estar solo.

Jasper también se levanta, pero salgo corriendo antes de que pueda usar sus propias palabras como arma y hacerme ilusiones, como hace años, solo para dejarme destrozado.

CAPÍTULO 22

EL HOMBRE INVISIBLE

VIERNES 11 DE OCTUBRE

Al menos nadie se abalanza sobre mí desde los arbustos cuando hago la tarea en el kiosco de escritura Dixon esta vez. Probablemente porque solo falta una hora para que se apaguen las luces. O porque Blaze está haciendo entregas esta noche, caminando de puntitas por el centro ecuestre para todas las parejas cuya supervivencia depende exclusivamente del TEAMO.

Quedarme fuera hasta tarde no me resulta atractivo, y mucho menos cuando la temperatura en Au Sable Forks es tan baja que necesito mi abrigo de invierno y la academia aún no ha encendido la calefacción en este kiosco. Pero no quiero saber nada de Jasper.

Por desgracia, vive en mi habitación.

En vez de eso, hojeo la tarea de poesía *blackout* del maestro Stern. El tema no me distrae de mis pensamientos sobre Jasper, pero hay que entregarla mañana. El paquete contiene páginas escaneadas de «Las aventuras de Wisteria Lodge», un cuento de Sherlock Holmes.

Saco un marcador de mi estuche y lo abro. Al menos las palabras ya están ahí, esperando a que encuentre la respuesta correcta. A diferencia de la poesía de Jasper, debe haber una respuesta correcta, como en un examen de opción múltiple.

Quizás pueda con esto.

Mi mente se hace pedazos con el romanticismo estoy listo

y solemnemente pomposo.

Nunca en mi vida en una situación así.

¿puedo pedirle

~~fue enviado alrededor de la~~ una. ~~Pero cualquiera que viera su aspecto y su atuendo se daría cuenta de que su inquietud se emparejaba con el momento en que despertó.~~

Entorno los ojos para leer la página. Una «cita». No hay ninguna «cita».

Espera. ¿Estoy tomando esto como si fuera una de las cartas de amor de Jasper?

Me golpeo la frente con el cuaderno al mismo tiempo que se escucha una carcajada cada vez más cercana al muro maltercio. Un profesor guía a cuatro estudiantes de la academia hermana a través de la puerta, de vuelta a su lado. Cada una lleva una caja de cartón, y de una etiquetada como «fiesta» sobresalen vasos de plástico. Una de las estudiantes me resulta familiar. Alguien a quien casi había olvidado últimamente al estar tan inmerso en las interminables sorpresas indeseadas de este lado del campus.

Salto de la banca.

—¡Delilah!

En el momento en que gira la cabeza hacia mí, me invade una sensación de alivio que no sentía desde hace semanas. En la oscuridad, apenas alcanzo a ver cómo reorganiza la caja para saludarme con la mano, y solo entonces me doy cuenta de lo poco que esperaba que lo hiciera. Cuánto me pregunto, en el fondo, dado que nunca responde a mis cartas, si he hecho algo mal. Todo lo que recuerdo es la orientación, cuando se enojó brevemente, y lo no resuelto que me parece eso ahora.

El profesor le grita que deje de saludar y la fila continúa avanzando por la puerta.

Claro. Porque la academia ni siquiera me permite saludar. ¿En serio?

Los dos campanarios de la iglesia repican armónicamente. Faltan diez minutos para que se apaguen las luces.

Meto mis pertenencias en la mochila y regreso solo a la residencia Philautia, sintiéndome aún más aislado después de ver a Delilah sin poder preguntarle si recibe mis cartas. El aire me escuece la nariz, las hojas del bosque se pudren ahora que el invierno está a la vuelta de la esquina. Excepto por unos pocos estudiantes que salen de la biblioteca, los caminos están desiertos. Por un momento, me pierdo en ese sueño en el que no necesito una habitación individual, donde puedo hacer tantos amigos como mamá, donde puedo vivir mis días como cualquier otro chico de aquí y no sentirme tan solo.

Pero en cuanto me encuentro frente a la habitación 503, la realidad me abofetea. Es hora de enfrentar a Jasper después de dejarlo atrás por segunda vez en nuestras vidas. Al menos, para él, es la primera vez.

Respiro profundamente y toco una vez. «Grimes».

—Adelante —dice su voz.

Entro con cautela. Abro los ojos de par en par.

Jasper está de pie en el centro de la alfombra con el escudo de Valentine, sujetando una botella de champán contra su estómago. Su camisa roja está fajada dentro de sus pantalones a cuadros y su saco está abrochado, ceñido a la cintura y los hombros en los lugares adecuados. Lo que es más raro es que lleva el pelo rubio suelto y le cae sobre los hombros. Ni siquiera duerme con el pelo suelto.

De alguna manera, así se ve aún más atractivo.

La idea me golpea como un puñetazo. Azoto la puerta. ¿Y qué si es objetivamente atractivo? Para mí no lo es.

—¿Qué haces con una bebida? ¡Deshazte de eso!

Jasper gira el corcho del champán. Este sale disparado y vuela por los aires. La espuma le resbala por la mano.

—¿Qué acabo de decir? —grito.

—¿Ni siquiera un «cariño, ya estoy en casa» primero?

—Somos menores de edad. No podemos tener eso en el campus. ¿Dónde lo...?

—Es sidra sin alcohol.

—Tú... Oh.

—Sí —dice Jasper—. ¿Me permites hablar ahora?

Me subo los lentes por la nariz, resoplo y miro los pies de Jasper, rodeados de pétalos de flores y velas de canela en forma de corazón.

Mi cuaderno, que dejé en su oficina, está cerca. También hay un montón de plumas y lápices.

—¿Vas a incendiar nuestra habitación?

—Estoy creando un ambiente romántico.

Mi corazón se acelera. Intento permanecer muy quieto y actuar con normalidad.

—¿Para mí?

La luz de la lámpara que zumba en la mesita de noche de Jasper ilumina de repente su rostro en un ángulo que hace que sus mejillas se sonrojen aún más. ¿Se había movido?

—Para escribir cartas de amor juntos. ¡Trabajo! *¿Non?*

—S-sí. —¿Para qué más sería?—. ¿No es mejor un ambiente sobrio? —Señalo el patrón de ramos de pensamientos en nuestras paredes—. Quiero decir, incluso sin el corazón, tenemos ese papel tapiz rosa.

—¿Te refieres al papel tapiz *shabby chic?*

—En el mejor de los casos, es barroco.

—Si queremos entrar en detalles, es campo francés —dice Jasper, haciendo un gesto con la mano.

Frunzo el ceño.

—¿Qué sentido tiene esto, Jasper?

Jasper abre y cierra la boca antes de saltar por encima del peligro de incendio que ha creado, aplastando pétalos en el proceso, y se acerca a mí en la puerta.

—He sido desconsiderado. Tienes mucha presión encima. Gracias por ser sincero.

Ahora es todo mi cuerpo el que está en llamas. ¿Tendré fiebre? ¿Me habré enfermado en ese kiosco helado?

—Te grité.

—Sí.

—¿No estás enojado conmigo?

—Es un honor que hayas compartido tus sentimientos conmigo. No sueles hacerlo con los demás.

—Oh. —Eso es todo lo que puedo decir ante alguien que me ha leído el pensamiento, alguien que no debería poder hacerlo. Que no puede.

Pero es verdad. Aunque debo preocuparme por los sentimientos de mamá por mis calificaciones, los de Delilah por mi bienestar y los del resto de los estudiantes para asegurarme de que he mantenido la cabeza baja, nunca he tenido que hacerlo por los de Jasper. En cierto modo, esa parte de estar con él me hace sentir libre. Incluso estando atrapado en una habitación con él.

—Sin embargo, te equivocas en una cosa —dice Jasper, jugando con el fleco que le enmarca el rostro—. A la gente no le caigo bien.

No sé si debo reírme.

—Todo el mundo te quiere.

—Mi tía es la directora. Tienen que hacerlo. ¿No es por eso por lo que has intentado tolerarme durante tanto tiempo?

Mis hombros se tensan.

—Yo... Bueno...

Jasper sonríe, pero es una sonrisa amarga.

—Lo mismo ocurre con el resto de los que ocupan los primeros puestos. Estar ahí es algo ansiado por todos. O, mejor dicho, por sus padres, que prácticamente amenazan a sus propios hijos para que nos destronen.

Miro hacia la ventana y a la biblioteca que se ve al fondo.

—Les ayudas con sus vidas amorosas. Todos te lo agradecen.

Jasper se acerca al alféizar de la ventana. Toma un trozo del pisapapeles de cristal que rompió el primer día.

—Y algunos son amables porque quieren conseguir una cita, pero se alegrarían si me atropellara un coche. Nunca sabré quién es quién.

Me quedo allí de pie, sin saber qué decir.

—Mi consejo —dice Jasper ante mi silencio, dejando el pisapapeles—: Cuando llegues al cuadro de honor, tampoco confíes en nadie aquí.

Ya había estado diciéndome eso a mí mismo desde que llegué. Entonces, ¿por qué me dolía tanto el corazón al escucharlo de Jasper?

—En fin, von Hevringprinz. —Jasper acorta la distancia entre nosotros y extiende la mano hacia mí para luego retirarla. Su mano queda suspendida en el aire, en una posición incómoda, como si lo hubiera electrocutado. Nunca antes le había importado invadir mi espacio personal.

—¿Estás bien?

—S-sí —responde Jasper, pero con un extraño temblor en la voz. Lo intenta de nuevo y toma mi mano entre las suyas.

—¿Qué estás haciendo? —le pregunto vacilante.

Jasper me aleja de la puerta y me lleva hacia el interior de la habitación, y yo estoy tan desconcertado que lo dejo hacerlo. Se sienta en el centro, iluminado por la luz de las velas, se relaja y luego da unas palmaditas sobre la alfombra, indicándome que me siente a su lado. Cuando me siento, me sirve sidra espumosa en un vaso de plástico robado de Dix y me lo entrega.

—Vamos a descartar mis EROS. ¿Qué quieres escribir?

—¿Yo?

—Lo que quieras, escríbelo ahora. Sin lecciones. Sin reglas. Cinco minutos.

—No sé si esto es mejor o peor.

Jasper apoya su peso en una palma, sosteniendo la bebida cerca de sus labios. Esperando.

Miro desorientado a mi alrededor hasta que mi mirada se posa en nuestra estantería. Me llama la atención *Otelo,* luego algunos clásicos y, a continuación, el estuche con la colección completa de Sherlock Holmes. Me levanto, busco en mi mochila, que está junto a la puerta, y saco mi tarea de poesía *blackout*.

—¿Quieres compartirla con la clase? —me pregunta Jasper desde el círculo. La luz de las velas hace que su uniforme brille con un rojo más intenso de lo habitual, y sus labios aún más.

Vuelvo a su lado.

—Solo estaba...

Jasper me quita el paquete de las manos.

—Déjame ver.

Se me hace un nudo en la garganta mientras lee. Muerdo mis uñas mientras pasan los minutos. O tiene el nivel de lectura de un niño de primer grado aunque sea el número uno, o está analizando la página varias veces.

Finalmente, Jasper levanta la cabeza. Sonríe tan encantadoramente como en los pósters y recortes que cuelgan de sus paredes, por mucho que yo lo niegue.

—«¿Puedo perdirle una...?».

—No encontré un «cita» —murmuro.

—Ya veo.

—Y las cartas ya no serán personalizadas si son poesía *blackout*. Pero...

—No estoy de acuerdo —dice, señalando con un dedo nuestro librero—. En cualquiera de las historias que hay ahí encontrarás palabras relacionadas con las inquietudes de nuestros clientes. Es una idea fascinante.

Me retuerzo en la alfombra.

—Puedes decirme si es malo.

—Charlie, la poesía *blackout* es de la más difícil de crear. El hecho de que hayas estado tan cerca en tu primer intento es —se ríe— impresionante. Eres especial, espero que lo sepas.

«Especial».

Por fin. La palabra sale de sus labios.

La gente me ha dicho antes que soy «especial». Un estudiante «especial». Un candidato «especial» para nuestra beca. Sin embargo, mi estómago no deja de dar volteretas.

¿Por qué? ¿Porque estoy más cerca de tener una habitación vacía, sabiendo que podría tener la oportunidad de escribir estas cartas?

Pero ni siquiera estaba pensando en mi habitación. ¿Otra vez esta enfermedad?

No. Esto es algo que ya he sentido antes.

Jasper me agarra el antebrazo solo un instante. Me estremezco.

—¿Estás bien?

—Sí. Sí, estoy bien. —Excepto por un ardor fantasma donde me tocó. Esto es una enfermedad. Influenza. Me estoy muriendo. Tiene que ser eso.

Esto no es otra cosa.

Jasper sigue estudiando mi poesía *blackout.*

—Una vez conocí a alguien que tenía las mismas dudas que tú con respecto a la escritura. Incluso odiaba la poesía.

Las palabras sacan todo el aire de mis pulmones. Lo miro fijamente, prestando atención a su voz tan distante y suave. Casi como si estuviera recordando.

Forzo una risa entrecortada.

—¿En serio?

—En serio. Ambos tenían muy poca confianza en ustedes mismos, pero al final llegaron a tocar las estrellas.

Le quito la hoja de las manos y la aprieto contra mi pecho.

—Bueno, ¡gracias por ser un tutor del amor tan increíble!

Es entonces cuando me invade el arrepentimiento. Porque ahora la cara de Jasper cambia y las comisuras de sus ojos azules se arrugan de una forma que nunca había visto. Estoy demasiado aterrorizado para moverme, incluso para retirarme el fleco de los ojos o taparme. Obviamente, el puesto número uno evaluaría esta reacción anormal. Recordó el campamento. El taller. Nuestro beso. Mi primer beso.

Se acabó.

—Oye, Charlie. —Es la primera vez que Jasper me llama solo por mi nombre, y no tengo ni idea de qué significa, y mucho menos de qué piense él que significa. En su rostro se dibuja una expresión frágil, casi de dolor, pero luego la borra con un movimiento de cabeza que parece frustrado. ¿Consigo mismo? —Creo que ya estás listo para ayudarme con cartas de amor de verdad.

Mi cuerpo permanece inmóvil, como si, si me moviera un centímetro, él pudiera continuar recordando.

—¿Y qué sigue entonces? Solo queda poco más de un mes para la fiesta.

—Correcto. —Su voz es ahora un poco más melódica, vuelve a su versión normal—. Quedan unos ochenta clientes por atender. ¿Te encargas de un tercio? —Señala nuestra estantería—. Arranca páginas de esos libros y úsalas.

—Una vez entregadas las cartas, te irás de nuestra habitación, ¿verdad?

Jasper lo piensa.

—Supongo que ese era nuestro trato.

Ese «era» nuestro trato. Y ahora es más importante que nunca, con lo cerca que está Jasper de descubrir la verdad. Sin embargo, mi corazón, de forma ilógica, se encoge al pensarlo.

Estoy cansado. Por eso me estoy muriendo.

Mañana no sentiré nada.

CAPÍTULO 23

MIENTRAS AGONIZO

SÁBADO 12 DE OCTUBRE

Shakespeare escribió alguna vez «Sal, bello sol, y mata a la envidiosa luna», pero esa es la peor ideología para un sábado por la mañana. Me subo la cobija hasta la cara para taparme de la luz. El ruido que viene del Halo es muy fuerte, y el olor a hojas quemadas es demasiado intenso. La academia debe usar un soplete para quemar cada ramita y mantener las apariencias para los donantes.

Tengo entrenamiento con Xavier pronto. Casi lo olvido.

Gruñendo, me quito la cobija. La pared junto a mi cama no está frente a mi cara, donde debería estar. Lo mismo ocurre con las almohadas. En vez de ellas, está Jasper, durmiendo.

Ahogo un grito y me apresuro a sentarme. No es mi cama. La alfombra sigue llena de cuadernos y velas quemadas, donde debí quedarme dormido mientras escribía cartas. Cartas que Jasper aprobó, que me hicieron sentir en sintonía con él por primera vez. No puedo evitar sonreír al ver cómo yace a mi lado, con su cabello rubio revuelto y cayendo sobre una de sus mejillas. Su saco está arrugado, apenas le cubre el cuerpo.

Miro el puño con el que agarro la cobija. No, es una manga. La manga de Jasper.

Siento un calor abrasador en el estómago que me llega hasta la cabeza. Suelto la manga y me toco las mejillas.

Fiebre. Sin duda.

A los servicios de salud. Ahora mismo.

¡Bienvenido!

Los servicios de salud están cerrados los sábados.
En caso de emergencia, acude a la caseta de control situada entre las dos academias para ponerte en contacto con nuestras enfermeras en la residencia de profesores fuera del campus.

Levanto las manos.

—¡Es una emergencia!

—¿Charlie?

Robby está de pie junto a la tienda de regalos de al lado, sin una arruga en el saco ni un rizo fuera de lugar. Su pin esmaltado con el número dos quedaba cubierto por una carpeta plástica que tenía contra el pecho, que reconozco fácilmente porque siempre la llena en exceso. Quizás tiene demasiadas tarjetas coleccionables de caballos.

Oculto mi pánico con una sonrisa muy tranquila y normal.

—Hola.

Robby inspecciona la puerta de los servicios de salud.

—¿Estás enfermo?

—Quizás. Tengo que reunirme con Xavier, así que quería saber si lo que tengo es contagioso, pero está cerrado.

—Te ves mal —me dice Robby—. ¿Sufres de ansiedad o estrés? ¿Problemas para dormir? ¿Mareos? ¿Alguna preocupación general sobre personas, lugares o cosas?

Habla casi como un médico de verdad, uno con un trato realmente atento hacia los pacientes. En lo que respecta al TEAMO, Robby siempre ha sido el más profesional y confiable. Eso debe reflejarse también en el resto de los aspectos de su vida.

Jasper mencionó alguna vez que Robby quería estudiar Bioquímica en el MIT. Quizás quiere ser médico.

Pongo mis manos sobre los hombros de Robby y él aprieta con más fuerza la carpeta contra su pecho.

—Se me acaba de ocurrir una idea excelente. ¿Qué tal si tú me das una cita médica?

—Y-yo no estoy calificado.

—¿Y la facultad de Medicina? ¿La facultad de Medicina? —¿Acabo de decir eso dos veces?

—No tengo pensado estudiar Medicina.

—Pero estás en el programa de Bioquímica.

—Para estudiar Veterinaria.

Claro. Las tarjetas coleccionables.

—¿Por los caballos?

Robby se ilumina.

—Me encantan todos los animales, pero especialmente los caballos. Son amigos. No piensan mucho, pero son simpáticos y puedes compartir botanas con ellos, como zanahorias. —Sus palabras se aceleran como si le hubiera preguntado lo que llevaba tanto tiempo esperando que alguien, cualquiera, le preguntara—. Y heno. Y rollos de caramelo suave.

Asiento lentamente, aunque hace un momento me sentía como si estuviera a punto de desmayarme por los medicamentos para el resfriado. Hay algo en la integridad de Robby que me transmite una breve sensación de calma. Quizás Robby ocupara el segundo puesto porque aspiraba a entrar en el MIT, pero no había duda de que también le motivaba llegar a lo más alto de la clasificación para disfrutar de la ventaja ilimitada del centro ecuestre.

—¿Por eso tienes tantas tarjetas?

—Sí. —Con movimientos cuidadosos, Robby abre su carpeta y me muestra los numerosos folders repletos de sus relucientes tarjetas de caballos—. Junto tarjetas coleccionables de Girth and Gallop desde que tenía seis años. Mis padres no tenían suficiente dinero para comprarme un caballo de verdad cuando era pequeño, pero vendían estas tarjetas debajo del mostrador de la tienda de jardinería a la que mi mamá iba todo el tiempo, así que las metía en mis bolsillos antes de entender el concepto de robar. La mitad de estas tarjetas son robadas. —Cierra los ojos—. Qué vergüenza.

Es mucha información de golpe, pero sigo enganchado en una parte.

—¿No tenían suficiente dinero para un caballo?

—Mi familia pasó por varias dificultades hasta hace poco.

—¿En serio?

—Sí, pero mi mamá volvió a la escuela durante años para formarse como enfermera anestesista y luego creó un fondo para ayudarme a matricularme en una de estas academias. Estoy muy agradecido con ella.

—Vaya —digo, sorprendido de poder identificarme con alguien más en el campus de esta manera.

—Y con el TEAMO, también, por supuesto —añade Robby—. Aquí me dejan hablar de los Hackney todo el tiempo. Para mí, es como un club de caballos, además de amigos.

A lo lejos, Blaze corre hacia nosotros bajo un cielo nublado que combina con su aura siniestra y destructiva. Sus zapatos de vestir manchados de marcador crujen contra la pista, su mochila se balancea en su espalda y de ella sobresale el extremo de algunas cartas.

—Capitán Robert, Charlie —resopla al acercarse. El saco que lleva atado al cuello le tapa brevemente los ojos y revela el pin con el número tres en su cuello. Se quita el saco de un manotazo—. Bienaventurada casualidad encontrarlos aquí. Acabo de volver de la academia hermana para recoger su correspondencia.

—Charlie está enfermo —le dice Robby.

Blaze le agarra la manga del saco a Robby. Apenas puedo distinguir la mirada alarmada detrás de su fleco que parece hecho de algas.

—Charlie es un guerrero como nosotros. No puede enfermarse. ¿Y si llega el día señalado?

Sigo tan desesperado por encontrar una respuesta a mi enfermedad que no me importa la falta de experiencia profesional de Robby como médico, y mucho menos que le haya permitido verme tan de cerca durante varios minutos.

—Debes saber al menos algunos conceptos básicos de medicina, sobre todo si quieres dedicarte a la veterinaria. Apuesto a que estudias estas cosas en tu tiempo libre por diversión. Tienes el segundo puesto en el cuadro de honor.

Robby suspira, lo que significa que tengo razón. Señala más allá de los cinco caminos entrecruzados y la fuente de mármol del Halo, hacia las mesas de picnic al aire libre que rodean el Dix.

—Está bien. Hablemos allí.

Los tres caminamos hacia allá, donde se encuentra otra cara familiar. Es Xavier, que devora un tazón de cereal con malvaviscos de colores con su cuchara de la suerte.

Blaze grita y corre hacia él. Se lanza sobre el hombro de Xavier, que es tan ancho como todo Blaze, y le arrebata la cuchara.

—Esta reliquia de la suerte que te legué no es para que hagas un festín. Es solo para mantener a raya la maldad.

Xavier frunce los labios.

—¿No sirve para ambas cosas?

Robby lanza su carpeta sobre la mesa. Es tan pesada que el tazón de cereal de Xavier sale volando por los aires. Se sienta junto a Xavier.

—Charlie necesita ayuda.

Xavier me examina de arriba abajo.

—Estás más pálido de lo habitual.

—Está enfermo —dice Robby.

Me derrumbo en un asiento frente a ellos.

—Estoy enfermo.

Blaze se sienta a mi lado en la mesa de picnic y pone su diminuta mano en mi frente.

—¿Tienes fiebre?

Más bien parece que tengo un volcán en el cerebro.

—Sí.

—¿Te duele el estómago?

—Sí.

—¿Pérdida del apetito?

No he pensado en comer desde que Jasper me dio la sidra espumosa anoche.

—Sí.

—Me voy a desmayar —murmura Blaze, con los ojos muy abiertos—. Te envenenaron.

—¿Qué? —decimos Xavier y yo.

Blaze se cubre la cara con las palmas de las manos, como si su pelo de algas no fuera suficiente, y gime como si estuviera a punto de llorar.

—Los arácnidos.

—Oh —decimos Xavier y yo.

Robby saca papel cuadriculado y un lápiz de su carpeta y escribe algo.

—Si tienes fiebre, puede que no sea estrés. ¿Cuándo aparecieron los primeros síntomas?

—Anoche —respondo.

—¿Qué estabas haciendo?

Vacilo, ya que Robby es el último miembro que queda que no sabe la verdad.

—Escribiendo cartas de amor para el TEAMO.

Sus ojos se agrandan, pero rápidamente recupera su actitud profesional.

—¿Dónde?

—En mi habitación.

—¿Estabas solo?

—Estaba con Jasper.

Blaze jadea a mi lado.

—Jasper envenenó a Charlie.

—No —dice Robby sin levantar la mirada—. ¿Te encontraste con alguien más ayer?

Inclino la cabeza.

—Supongo. Tuvimos clases. Me encontré con una amiga de la academia hermana a lo lejos. Un grupo de ellas cruzó para planear la fiesta.

El lápiz de Robby se detiene abruptamente. Guarda con cuidado la hoja en su carpeta.

—Es una enfermedad incurable de la que he oído hablar muchas veces en la cripta del TEAMO.

Mi esperanza crece.

—¿Qué es?

—Mal de amores.

El mundo se detiene.

No escuché bien.

—¿Qué dijiste?

—¡Alabados sean los poderes que hay dentro del anillo de la oscuridad ancestral! —Blaze jala la manga de mi saco, sacudiendo todo mi cuerpo—. Mi camarada ya no está envenenado.

Robby sonríe.

—¿Quién de la academia hermana llamó tu atención?

—Yo... Nadie —digo con voz débil.

—Jasper puede enviarle una carta en tu nombre.

Intento responder. Lo único que sale es un silbido.

La imagen borrosa de Xavier agarra el hombro de Robby. Creo. No veo bien.

—Déjalo en paz. Está tan agitado por la ansiedad que ni los hongos alucinógenos podrían competir con eso.

—Charlie nunca consumiría hongos alucinógenos —refunfuña Robby.

Me levanto de un salto y señalo la cara de Robby.

—Te equivocas.

Robby parpadea sorprendido.

—¿Lo harías?

—No, es imposible que tenga esa enfermedad repugnante de la que hablas.

—¿Te refieres al mal de amores?

Me inclino sobre la mesa para taparle la boca con las palmas de las manos.

—Dije que no.

—Di que no todo lo que quieras —dice Robby con voz ahogada a través de mis dedos—. Científicamente, las hormonas implicadas en la atracción humana no se pueden desactivar porque tú lo digas.

—Si no fue con ninguna de las alumnas de la academia hermana —dice Blaze a mi lado—, ¿con quién más estuviste ayer?

Solo con una persona.

Las náuseas me invaden mientras me alejo. Oigo voces que me dicen algo sobre adónde voy y si me han hipnotizado los arácnidos, pero apenas las escucho.

No pienso compartir habitación con Jasper ni un segundo más.

—Si necesitan a la señorita Lyney, no volverá hasta el lunes —dice un hombre de mediana edad con una gorra de repartidor de periódicos a cuadros rojos y negros desde el mostrador de la oficina.

Debe ser un empleado que trabaja los fines de semana. En la tarjeta de identificación de su saco se lee «Sr. Acosta» en la parte superior y «Escuchamos y aprendemos. ¡Somos Valentine!» en la parte inferior.

Norma tácita n.º 14: El señor Acosta quiere que me golpee la cabeza contra el mostrador y me la parta en dos, cambiando para siempre el rumbo de su vida.

Me quedo allí, derrotado. El único día en que mi cuerpo se rebela contra mí, necesito toda mi capacidad intelectual para explicar mi situación de alojamiento a otra persona responsable. Los gnomos de la pared ríen y se agitan ante mi sufrimiento.

—Cállense —les susurro.

Cuando los ojos saltones del señor Acosta se agrandan aún más, me doy cuenta de lo que he hecho. ¿Tomé hongos alucinógenos?

—Hubo una confusión con mi habitación en la residencia —digo—. No sé si usted pueda ayudarme, pero mi *roomie* y yo debíamos tener habitaciones individuales. Hubo una confusión y ahora estamos juntos en una doble.

—¿En serio?

—En serio. —Las palabras salen de mis labios desesperadamente. Exasperadamente. No puedo contenerme más—. La señorita Lyney apenas miró mi expediente antes de hacerlo a un lado.

El señor Acosta exhala como si no le pagaran lo suficiente para esto. Pero sí lo hacen, según la matrícula que tendré que pagar si no entro entre los cinco mejores pronto.

—¿Cómo te llamas?

El optimismo me invade.

—Charlie.

Lo escribe en la computadora.

—¿Apellidos?

—Von Hevringprinz

—¿Alemán?

—¿Mi apellido? Eh… Sí.

—Ah, tu compañero de cuarto es el sobrino de la directora Grimes —comenta el señor Acosta.

No «eres uno de nuestros becarios de excelencia». No «eres el estudiante transferido». Estoy atado a Jasper con una cuerda. Necesito quemarla ahora mismo. Haré lo que sea. Lloraré. Suplicaré. Alzaré la voz ante una figura de autoridad por primera vez en mi vida.

—¿Lo sabe?

—Aquí lo dice. Qué raro. El señor Grimes vivió en la suite individual de Philautia el año pasado. Creo recordar que Nathalie, la directora Grimes, dijo que había convertido su oficina en un dormitorio para él en la residencia de profesores.

Lo miro frenéticamente.

—¿Que hizo qué?

Todo este tiempo, Jasper había tenido otra habitación. Por supuesto que el sobrino de la directora tenía otra habitación. ¿Cómo no lo pensé?

¿Por qué Jasper no lo pensó?

Siento cómo la furia se enciende en mi pecho. Aprieto los puños a los lados, tratando de no perder el control.

—¿Podría Jasper mudarse a la habitación de su tía como solución provisional?

—Supongo que sí. Me sorprende que nunca se les haya sugerido esta opción. ¿Podrías refrescarme la memoria y decirme exactamente lo que te dijo la señorita Lyney?

—No mucho. Que nunca envié el cheque, así que la academia me asignó de forma aleatoria una habitación y un *roomie*, y que no hay nada más en mi expediente.

Cuanto más tiempo examina la pantalla el señor Acosta, más se estrecha su mirada, cada vez más confundido.

—No sé qué habrá visto la señorita Lyney, pero aquí efectivamente hay un expediente.

—Espere, ¿mi cheque?

—No exactamente. —Levanta la mirada—. Según nuestros registros, usted y Jasper Grimes solicitaron ser compañeros de cuarto.

CAPÍTULO 24

UNA MODESTA PROPOSICIÓN

SÁBADO 12 DE OCTUBRE

Azoto la puerta de la habitación 503 detrás de mí con la fuerza de mil millones de newtons.

Jasper grita desde donde está sentado en su cama, sobresaltado tirando su libro. La cubierta golpea el póster de él en el techo y luego cae de nuevo en su regazo. Otro libro más de la colección de P. M. Laframboise. ¿Está así de obsesionado con ese tipo? Por favor. Apuesto a que incluso yo puedo escribir mejor que ese pastel de fresa.

—¿Qué te pasa, Charlie? —murmura Jasper.

Agarrándome al papel tapiz barroco, campo francés o lo que sea, respiro con dificultad después de subir cinco tramos de escaleras, pero no tanto como esperaba. El entrenamiento de Xavier está dando frutos.

—Estoy molesto. ¿Quieres saber por qué estoy molesto?

—¿Por qué? —pregunta Jasper. La lámpara de su mesita de noche zumba a su lado, aunque solo es de tarde, y el diseño de ambrosía de su colcha se extiende suavemente sobre sus piernas. Todavía lleva el pelo suelto y encrespado de anoche. Parece somnoliento. Un poco lindo.

«¡¿Qué carajo, Charlie?!».

—¿Te acuerdas de que se suponía que tendríamos habitaciones individuales? —digo diez veces más agudo de lo que quisiera, gracias a mis pensamientos repugnantes.

Jasper asiente con los hombros rígidos.

—¿Y que pensamos que había habido un error?

Otro movimiento de cabeza asintiendo.

—Hubo más que un error. Hubo un error catastrófico, del tipo ¿qué carajo?, ¿cómo pudiste hacer esto?

—¿Qué pasó?

Dejo caer mi mochila del gimnasio y atravieso nuestra habitación, que Jasper debe haber limpiado. Su entorno ideal para escribir cartas de amor anoche ha sido despejado. Gracias, san Valentín.

—Insisten en que nos apuntamos para ser *roomies*. ¿No es ridículo?

—F-Fascinante.

—¿Cómo puede ser fascinante? Ahora estamos condenados a estar juntos por una historia que se les ha ocurrido de la nada.

—Sí. —Jasper levanta el puño en señal de triunfo—. ¡Lamentablemente!

—¿Qué te pasa?

—¡Nada!

—Estás ocultando algo. —Lo cual me recuerda—: ¿Por qué no me dijiste que tenías una habitación privada en la residencia de profesores de tu tía? ¿Por qué no te fuiste para allá cuando te lo pedí? ¿O el primer día de clases?

Jasper hace un extraño ruido, como un balido.

—Bueno. Verás. —Hace una pausa.

—¿En serio, Jasper?

Él solo se muerde el labio.

Yo me dirijo furioso hacia el baño.

—Okey, no digas nada entonces.

—¡Espera! —Él salta de la cama, me jala de la muñeca y me hace girar para que quede frente a él—. No te enojes conmigo.

Miro nuestras manos que se tocan y siento que mi pecho está a punto de estallar por las mariposas. Influenza. Peste bubónica.

—No estoy enojado contigo.

—Me refiero a lo que estoy a punto de decirte.

—¿Sí?

—Durante el verano, puede que haya ayudado a mi tía con algunas tareas administrativas. Y puede que me haya dado cuenta de que solicitaste una habitación individual a pesar de no haber pagado. En lugar de señalarlo, nos alojé a ambos en la misma habitación. Además, sincronicé nuestros horarios de clase.

Un millón de flechas al corazón.

Sin embargo, solo me siento entumecido. Mi cuerpo no puede sentir lo que mi cerebro sabe que debería sentir. Retiro mi mano de la de Jasper. Doy un paso atrás.

—¿Por qué hiciste eso?

—¿Tienes hermanas? ¿Primas?

—¿De verdad estás intentando cambiar de tema?

—No. —Se dirige a su cama, saca una caja que hay debajo y toma una libreta de bolsillo de cuero café. Es diferente al de las iniciales JFG. Nunca lo había visto.

—¿Qué es eso? —pregunto.

Vuelve y me da el cuaderno.

—He estado buscando a alguien que conocí hace unos años y que se apellida igual que tú. Es un apellido poco común, así que esperaba que fueran familiares.

Abro la tapa y hojeo las páginas. Las anotaciones diarias se remontan a hace dos años, están escritas con letra borrosa y comienzan en junio, el mes en que nos conocimos. Me detengo a mitad de una de las páginas.

damos vueltas y vueltas
en el carrusel del amor
girando, girando
no te alcanza nunca
siempre te persigue

Lentamente, levanto la mirada hacia él.

—Son de *El amor es un payaso de fiesta roto*. Los primeros borradores. Seré honesto, estos… —Jasper inhala de forma brusca, casi nerviosa—. Estos son sobre un amor que perdí hace tiempo.

Él cree que tengo una hermana.

Porque me está buscando. Desde hace dos años.

Más que eso. ¿Soy su… qué?

Mi cuerpo se tambalea por enésima vez en el día. Empujo la libreta contra su pecho y me apoyo en el marco de la puerta para mantener el equilibrio.

—¿Nos has atrapado en una habitación con la esperanza de que pudiera ponerte en contacto con algún familiar? ¿Sin saber si tenía alguna?

Los ojos de Jasper se llenan de la misma ingenuidad con la que yo solo podía soñar desde que agotó la mía en el campamento.

—¿Significa eso que sí la tienes? Por favor, ¿me lo dirás?

Semanas de Jasper siguiéndome a todas partes. Semanas de intentar caerme bien y ganarse mi confianza. Semanas de someterme al estrés de tener un *roomie*. De él siendo mi *roomie*.

Este miedo. Durante semanas.

Lo dejé traicionarme de nuevo.

—No tengo hermanas ni primas —espeto, con la adrenalina por las nubes. Esto supera toda lógica que me hubiera impedido expresar lo que me quemaba en la punta de la lengua, lo que habría hecho que Jasper se diera cuenta, de una vez por todas, cómo me hacía daño una y otra vez sin que yo pudiera hacer nada—. Porque esa persona a la que buscas soy yo.

Se hace un silencio entre nosotros y la única frase que prometí no pronunciar nunca en Valentine queda flotando en el aire.

Las sinapsis en el cerebro supuestamente prodigioso de Jasper no logran procesarlo y frunce el ceño.

—¿Qué estás diciendo, Charlie?

—Lamento que ahora no me reconozcas en comparación con cuando estábamos en el campamento, pero en dos años una persona puede cambiar mucho.

Su rostro cambia. Primero, sus ojos, que se mueven rápidamente mientras examina mi saco, mis pantalones y mi cara, ahora más afilada. Luego, su boca, que cubre con su mano temblorosa. Finalmente, se queda mirando el cuaderno que tiene en las manos.

—Pero… ¿Qué…?

—Usa tus palabras —le digo, cruzando los brazos—. Se supone que eres bueno en eso.

—Esta es una academia para varones —dice Jasper.

—Sí.

—¿Y?

—Y las cosas cambian.

—Claro. —La mirada de Jasper se nubla mientras mira hacia la alfombra—. Las cosas cambian.

—Dijiste que estabas buscando a tu amor perdido hacía mucho tiempo —digo.

—Yo… Bueno. —Su rostro palidece a pesar de su habitual brillo rosado.

Mi expresión no debe ser mucho mejor. Si cree que soy su amor perdido, entonces está delirando. Pasó ese mismo verano escribiendo cartas de amor a otras tres personas.

—¿Por qué no me dijiste quién eras? —pregunta Jasper en un susurro apenas audible—. ¿Por qué no lo hiciste durante todo el tiempo que hemos estado en esta habitación?

Por supuesto que esa es su primera pregunta. Nunca lo entendería. Camino de un lado a otro por la habitación.

—No lo sé, ¿por qué crees que necesito una habitación para mí solo a pesar de que echaste abajo mis planes?

—¿Porque tienes el sueño ligero?

Rezongo.

—¡¿En serio, Jasper?! ¿De verdad eres el número uno?

Jasper hace un gesto de dolor.

—¿Porque te gusta la privacidad?

—Necesito privacidad. Sabes cuál es el lema de la academia. Literalmente incluye la palabra «tradicional». Podrías decírselo a alguien. A tu tía. Si lo haces, podría…

Jasper me agarra de la muñeca, inmovilizándome. Su pulsera se siente fría contra mi piel.

—No lo haré.

Su habitual actitud fanfarrona ha desaparecido. Lo único que queda es algo tan severo y sincero que me deja sin palabras.

Instintivamente, retiro la mirada, me tapo la cara y busco otro lugar donde poner los ojos. Cualquier otro lugar. La última vez que confié en Jasper, salió mal, sin embargo, mis hombros ya se están relajando. Quizás no me expulsen. Al menos no sería por su culpa.

Es un pensamiento ilógico, uno imposible, especialmente cuando la noticia de que nos ha encerrado intencionadamente en una habitación contradice nuestro acuerdo. ¿Es que Jasper me ha estado dando tanto trabajo con la esperanza de que nunca lo termine y fracase?

—¿En algún momento pensabas cumplir tu parte del trato? —le pregunto sin rodeos—. ¿O planeabas mantenernos atrapados aquí juntos para siempre?

Jasper duda.

Me río.

—No, siempre cumplo mi palabra, Charlie, lo juro. Sin embargo, es cierto que quería ganar un poco de tiempo. Si ya no íbamos a ser *roomies*, quería que primero me vieras como un amigo. Pero la gente no dejaba de interponerse, como Luis Per... —Se detiene—. Para que siguiéramos en contacto por lo de tu famil... —Se detiene de nuevo—. Por ti. Te prometo que pienso conseguirnos habitaciones independientes.

Está tan desesperado por que le crea que se ha quedado sin palabras.

Él. El famoso poeta.

—No fuiste a la playa como lo prometimos —insiste Jasper, agarrándome con más fuerza el puño de la camisa. Mi brazo se tensa—. El último día del campamento. ¿Por qué?

—Vaya, déjame pensar —le respondo bruscamente, lanzando una mirada asesina al lugar donde me toca—. Quizás porque estaba ocupado con las clases de kayak. O quizás porque fingiste que te importaba mientras buscabas a otras tres personas durante todo el verano.

De su garganta salen sonidos entrecortados.

—¿Quién te dijo eso?

Se me escapa otra risa burlona. Increíble.

—Preguntarme quién me lo dijo no es precisamente lo que deberías hacer en esta situación.

—Cierto. Tienes razón. Tienes razón. Puedo explicarlo...

—No hace falta. El último día del campamento, esas chicas se me acercaron y me enseñaron las cartas que les enviaste. —Al recordar ese momento, siento cómo me invade la ira.

Jasper frunce el ceño.

—¿Cartas de amor? Yo nunca envié ninguna carta de amor.

Sigue mintiendo.

—Jasper, las vi con mis propios ojos. —Me libero de un jalón de él, arrepintiéndome de no haberlo hecho antes. ¿Dónde tengo la cabeza?

—Pero ni siquiera te he contado mi versión…

—¡Cállate, Jasper!

Jasper Grimes se queda en silencio por primera vez en dieciséis años. Todo en él se encoge, a pesar de su habitual presencia, que llena la habitación con facilidad.

—Te mudarás a la habitación de tu tía —le grito—. Hoy mismo.

Sus ojos se abren de par en par.

—Pero la fiesta…

—¿Crees que me sigue importando? Se acabaron las clases. Se acabó el trato. Se acabó todo, Jasper.

La mirada atónita de Jasper se transforma en algo aún más vacío. Toma su bolsa con las iniciales JFG, y sus pasos crujen en el suelo mientras se aleja.

CAPÍTULO 25

EL JARDÍN SECRETO

DOMINGO 13 DE OCTUBRE

Necesito a Delilah. Una llamada de emergencia no es suficiente. Necesito verla, abrazarla, necesito a alguien conocido después de mi pelea con Jasper.

Mientras estudio en la biblioteca con Luis, lo dejo hablar más de lo habitual, aunque quiero contárselo todo. Pero no puedo. Si me expongo como lo hice anoche, aumentará el riesgo de que todos se enteren.

Además, apenas tengo energía. No pude dormir a pesar del silencio que reinó tras la partida de Jasper, que se fue a los dormitorios para profesores. ¿Cómo podría haber dormido después de que me revelara que yo era su amor perdido hacía mucho?

Jasper no sabe lo que es el amor. Su ego está herido porque no fui a buscarlo a la playa y me fui. Eso es todo.

Apenas llego a la hora de la cena. Cuando Luis y yo salimos de la biblioteca, veo a Blaze al otro lado del Halo. La parte superior de lo que sé que son cartas atadas con una liga sobresale del bolsillo delantero de su mochila.

Se me ocurre una idea.

Es imprudente. No es algo que un becario de excelencia

debería pedir. Pero aún así, me despido rápidamente de Luis y corro hacia Blaze para jalar su capa hecha con el saco.

—Blaze.

Sus ojos se iluminan bajo su fleco de algas.

—Compañero, ¿qué tal?

—Estás repartiendo cartas, ¿verdad? Quiero ir a hablar con mi amiga. Le he estado enviando cartas, pero creo que no le llegan.

Su mirada se posa en mi solapa, en la que no hay ningún pin esmaltado de los cinco mejores.

—Soy becario de excelencia —digo antes de que me pregunte cómo voy a entrar en el centro ecuestre—. Y soy nuevo. Digamos que no me han mostrado las instalaciones y quiero ver cuáles serán mis privilegios una vez que consiga un buen puesto.

Blaze frunce los labios. Sigue dudando.

—Ni una sola vez he fallado en las entregas del TEAMO, siempre encuentro al destinatario legítimo. ¿Estás totalmente seguro de eso?

—Sí —digo con toda la serenidad que puedo, aunque me dan ganas de caer de rodillas—. Por favor.

Debo haber fallado en lo de «toda la serenidad», porque la actitud de Blaze se vuelve compasiva. Asiente y me guía hacia el muro maltercio. En lugar de acercarse a la puerta habitual, gira a la izquierda y sigue avanzando hasta llegar a otra puerta lateral. Más allá hay una estructura similar a un granero con paredes revestidas de paneles blancos y un techo rojo Valentine. Delante hay una segunda caseta de seguridad, donde se encuentra un empleado de mediana edad.

Cuando lo alcanzo, Blaze está diciendo:

—Solicita ver las instalaciones ecuestres para conocer sus privilegios en función de su futuro puesto…

—Solo pasa, Blaze —interrumpe el empleado. Pulsa un botón en el interior y la puerta se abre con un chirrido—. Pasen ambos.

Parpadeo, atónito.

Norma tácita n.º 15: La buena relación con los cinco mejores realmente está por encima de todas las normas.

En cuanto Blaze y yo cruzamos la puerta, nos encontramos en un prado cercado con una valla blanca, rodeado de cuidados jardines de flores rosas y rojas, donde deambulan ocho caballos pardos que doblan mi altura. No hay empleados ni estudiantes.

—¿Dónde está todo el mundo? —pregunto.

—Los empleados del establo se van temprano los fines de semana, de manera extraoficial —responde Blaze, pulsando botones numerados en un panel junto a la puerta cerrada—. Nosotros resguardamos el código.

Se escucha un clic y Blaze gira la manija. Lo sigo por un pasillo con puertas de establo vacías y montones de heno, y luego entramos en un almacén lleno de baldes multicolores con dulces y juguetes educativos con forma de fidget spinners. Junto a la única puerta de salida hay una chica morena con una falda a cuadros y medias hasta los muslos. Está hurgando en una bolsa de lona.

—London —susurra Blaze.

London se da la vuelta tan rápido que su pelo lacio y oscuro le cae sobre la cara. El pin con el número tres en el cuello de su camisa hace juego con el de Blaze. Toma la mochila de Blaze, saca las cartas de amor sujetas con bandas elásticas y las mete en la suya, que está en el suelo. A cambio, le entrega un montón nuevo de las alumnas de la academia hermana.

Observo en silencio el intercambio. Aunque este cuarto está apartado, imaginaba mucho más sigilo, algo estilo agentes secretos.

—Oye, ¿conoces a Delilah Miller?

London no levanta la mirada de la mochila.

—Maso.

—¿Podrías decirle que venga aquí? ¿Ahora? No está entre las cinco mejores, pero si pudiera pasar por aquí o algo así, yo podría salir un mom…

—¿Es parte del TEAMO?

—Se puede confiar en él —dice Blaze sin más.

Ella duda antes de asentir. Se marcha con las cartas y sale por la puerta de emergencia trasera que da al recinto cerrado donde están los caballos.

Entonces, nos sentamos con las piernas cruzadas en el suelo de la trastienda y esperamos, jugando con el heno suelto. Blaze me mira cada pocos segundos, irradiando nerviosismo a pesar de haber hecho entregas muchas veces antes. Quizás mis propios nervios son contagiosos.

Finalmente, suena la campana que avisa que quedan diez minutos.

—*Milady* pudo haber sido capturada de camino a veros —dice Blaze con el ceño fruncido.

Estoy seguro de que no la capturaron. Lo más probable es que no haya estado en su habitación cuando London fue a buscarla.

Pero persiste la sensación de que algo no va bien. Me levanto y le ofrezco una mano a Blaze. Sus ojos se llenan de lágrimas al aceptarla, pero no sin antes golpearse la cabeza con un casco colgado en la pared.

—Quizá deberíamos salir de aquí —digo inquieto.

Blaze sale primero del centro ecuestre. Pasamos junto a los caballos del prado, que apenas nos prestan atención, y luego atravesamos la reja. Mi hombro golpea un rastrillo, que cae y hace ruido contra el picaporte. Salto y miro por encima del hombro.

—¿Camarada? —dice Blaze. Ya está junto al muro maltercio.

—Nada —respondo apresuradamente para alcanzarlo antes de que el estruendo llame la atención de alguien que no debería.

—¿Te gustaría hablar conmigo mejor? —me pregunta Blaze en voz baja una vez que lo alcanzo—. ¿En lugar de con *milady?*

¿Con Blaze, quien está en el TEAMO? ¿En Valentine?

—¿Cómo me atrevo a ser tan imprudente? —dice Blaze,

como si mi ligera pausa lo hubiera hecho cohibirse—. No obstante, tú escuchas mis preocupaciones. Y aunque no tengo un vínculo hercúleo contigo, te considero alguien tan digno de confianza como un hermano mayor... —Sus ojos saltones se agrandan aún más—. Quiero decir, un hermano de la oscuridad ancestral.

Intento no reírme mientras volvemos a atravesar el muro maltercio.

En Queens, había chicas de secundaria que se mostraban indiferentes hacia mí durante mis tutorías hasta que llegaba el momento de despedirnos, cuando de pronto se les llenaban los ojos de lágrimas. Nunca pensé que encontraría eso aquí, y mucho menos en otro chico. Pero luego me recuerdo a mí mismo que Blaze tiene solo doce años.

—Jasper y yo nos peleamos —digo con sinceridad.

—¿No están eternamente en disputas? —pregunta Blaze.

—¿Qué? ¿Nos has visto?

—Ningún esfuerzo laborioso es necesario. Ambos son expertos del tumulto. —Mi cuerpo se tensa ante el enorme peso de ser percibido. Mis conversaciones con Jasper siempre me parecen tan aisladas, como si el resto del mundo no existiera, que siempre olvido que la gente puede verlas, y, por supuesto, pensar en ellas o sacar conclusiones. Luis dijo antes que había rumores sobre por qué somos *roomies*. ¿Hay más?

—Esto fue peor —murmuro—. Creo que voy a dejar el TEAMO.

Blaze mira con ira la luna creciente sobre nosotros.

—Jasper, ese sinvergüenza.

El hecho de que se ponga de mi lado sin necesidad de explicaciones me conmueve profundamente. Pero las palabras «dejar el TEAMO» continúan flotando en el aire entre nosotros mientras volvemos a la residencia Philautia.

Curiosamente, la posibilidad de dejar el TEAMO me duele tanto como dejar a Delilah al otro lado de la puerta.

CAPÍTULO 26

LA FERIA DE LAS TINIEBLAS

LUNES 14 DE OCTUBRE

—¡Feliz lunes, alumnos y profesores! Les habla la directora Grimes. —Su voz sale por un altavoz en el techo. Es alegre y rápida, y atraviesa la neblina de las siete de la mañana como si hubiera tomado demasiado café con su desayuno equilibrado.

Algunas personas en mi salón de clases se quejan, incluido Robby, que está más adelante en mi fila y que preferiría concentrarse en su libro de bolsillo de *Seabiscuit*.

Mientras la directora Grimes explica que ahora que se acerca noviembre se permite el uso de suéteres de punto sobre las camisas de vestir, la señorita Wu se acerca con unos papeles. Coloca una hoja sobre mi escritorio.

CHARLIE VON HEVRINGPRINZ | ID: V183019
BOLETA DE CALIFICACIONES

Educación Física: 89.5/100
Química Avanzada: 98.5/100
Literatura Inglesa Avanzada: 99/100
Cálculo Avanzado: 92/100

Historia Mundial Avanzada: 99.5/100

Educación Cívica de primer año: 100/100

Me levanto de un salto de la silla.

—¡Sí!

Todas las miradas se dirigen hacia mí.

Murmuro una disculpa y vuelvo a sentarme, pero mi estómago no deja de dar vueltas. Mamá debe haber recibido por correo electrónico esta boleta y haber visto mi 8 en Educación Física. No un 6. El entrenamiento con Xavier ya me acercó a los cinco mejores.

—Por último, un aviso —dice la directora Grimes—. Se suspende indefinidamente el acceso a la academia hermana, incluidas las autorizaciones especiales y los beneficios para los estudiantes del cuadro de honor.

Levanto la cabeza. El aula es un mar de miradas horrorizadas.

—Esto no significa que se cancele la fiesta de invierno. Sin embargo, hubo un incidente con alumnos que se colaron en el centro ecuestre fuera del horario permitido y… —La directora Grimes suspira—. Los caballos se escaparon. Si ven alguno en el bosque, avisen a un profesor, por favor.

Se escuchan susurros por toda el aula.

Apenas los oigo, mis pensamientos se agolpan con los recuerdos de mi visita al centro ecuestre con Blaze. La puerta del prado que atravesamos.

—Hasta que sepamos quién es el responsable, hemos puesto guardias de seguridad las veinticuatro horas del día en las casetas de control para garantizar la máxima seguridad de los alumnos. Que tengan un buen día.

Cinco minutos más tarde, termina la clase y salgo por la puerta con los nervios a flor de piel. Es imposible que tengamos algo que ver con esto. Blaze lo tenía todo bajo control.

—¡V. H.! —grita alguien entre la multitud durante el cambio de clase. Es Zain, un típico estudiante del lugar treinta y tantos en calificaciones al que di tutorías de Química la semana pasada. Al parecer, el apodo que Luis me puso se está popularizando. En cuanto llega a mi lado, me abraza con tanta fuerza que me impide moverme—. ¡Me salvaste la vida!

—Y tú estás acabando con la mía —le digo entre jadeos, con los pulmones aplastados.

—Ah —dice Zain, soltándome y dando un paso atrás—. Saqué un noventa y ocho en el examen de Química gracias a nuestras sesiones de tutoría. Te quiero, amigo.

—Yo también —dice otra voz detrás de Zain. Jack, un típico estudiante del lugar veintitantos que también se unió a la tutoría la semana anterior, se acerca para que podamos verlo mejor—. Saqué un noventa y cinco.

En mi rostro se dibuja una sonrisa.

—Se lo merecen, chicos.

—¿Hoy te vas a quedar en la biblioteca hasta tarde? —me pregunta Zain.

Quizá quieran más clases particulares.

—No... estoy seguro. ¿Por qué?

—Nos preguntábamos si querrías venir a jugar *frisbee.* Si estás libre, ¿nos vemos en Dix después de cenar? —Y con eso, se marcha con Jack.

Los sigo con la mirada mientras se alejan, ligeramente aturdido. Se supone que debo mantener la cabeza baja, pero lo único en lo que puedo pensar es en lo mucho que preferiría jugar con ellos en lugar de estudiar toda la noche en la biblioteca. En lo mucho que quiero asumir ese riesgo y pasar tiempo con nuevos amigos.

—Charlie —dice Xavier por encima de mi hombro. Me sobresalto y volteo. Viene corriendo hacia mí—. ¿Escuchaste los anuncios?

—Sí —respondo.

Xavier gruñe.

—Tendremos una reunión de emergencia después de clases.

Una parte de mí quiere ir a la cripta del TEAMO para saber qué está pasando, pero sé que no debo hacerlo. No después de alejarme de Jasper y las cartas de amor.

—Oye, Xavier, en realidad…

—Oh, perdón. Íbamos a entrenar después de clase, ¿no?

—Ah, no, está bien.

—¿Después de la reunión del TEAMO? —Me da un golpecito en el hombro de forma juguetona. Unos cuantos segundos de hablar de su pasión por desarrollar sus músculos lo reviven—. Estás listo para entrenar otra vez, ¿verdad? O acaso sigues enfermo de… —baja la voz— ¿…mal de amores?

—¡No…! —Levanto mi libro de Cálculo frente a mi cara y miro a mi alrededor para asegurarme de que Jasper no me esté mirando directamente—. Quiero decir, sí. Que sí, ya estoy bien.

—Genial. Tus estadísticas pronto cumplirán los requisitos para el día del examen. —Sonríe.

—¿Tú crees? —Bajo el libro, pero sigo sin poder devolverle la sonrisa.

Si me salgo del TEAMO en un momento como este, ¿dejará Xavier de entrenarme? ¿Qué pasará con mis calificaciones en Educación Física?

¿Tendré que despedirme de todos?

Quizá debería ir, solo esta vez, para encontrar una forma de dejar el TEAMO sin dañar a nadie.

Xavier choca su puño contra el mío.

—Nos vemos en la reunión.

—Blaze dejó salir a los caballos.

Todos volvemos la mirada hacia Robby. Está de pie sobre una mesa alta en la cripta del TEAMO, con su abultada carpeta organizadora fuertemente sujeta entre los brazos.

Blaze pausa su mano, que dibujaba un símbolo ominoso en sus zapatos.

—¿Qué? —chilla con sus pálidos labios. Normalmente, su aspecto hipotérmico sería motivo de preocupación, pero estoy casi seguro de que su nuevo pasatiempo de niño de doce años es jugar con maquillaje teatral. Se aclara la garganta y baja el tono de voz—. ¿Cómo?

Robby saca una tarjeta coleccionable de un caballo café de su carpeta.

—La academia tiene Hackneys. Son los peores caballos que podrías haber dejado escapar accidentalmente. Son la mejor raza para conducir carruajes, para eventos hípicos y carreras de larga distancia. No paran de correr. —Robby mira con preocupación la tarjeta que tiene en la mano—. Sé que están bien, hay mucho para comer y donde refugiarse, pero no sé cómo los traeremos de vuelta.

—No posees evidencia de que haya sido error mío —grita Blaze.

—La tengo, pero primero... —Robby señala hacia donde estoy yo, en el extremo izquierdo de la cripta, y luego hacia Jasper, en el extremo derecho—. Vamos a empezar la reunión, ¿no?

No me atrevo a mirar a Jasper. Él llegó antes que yo, así que, naturalmente, me coloqué lo más lejos posible.

Xavier y Blaze nos miran nerviosos. La tensión es palpable.

—Sí —dice Jasper finalmente, con un tono más áspero de lo habitual.

Aún así, no lo miro.

—Continúa, Robby.

Antes de empezar, Robby se arregla el cuello de la camisa, que se le ha levantado a pesar de que suele estar muy bien arreglado.

El estrés de tener el segundo puesto y ser miembro del personal administrativo del TEAMO le está pasando factura.

—Blaze entregó las cartas ayer por la tarde. El anuncio se hizo esta mañana. Hasta donde sé, no hubo nadie más allí entre esos dos momentos. Así que él es quien debió haber dejado la puerta del centro ecuestre abierta.

—Las puertas siempre se cierran automáticamente —digo sin estar seguro—, hay un código.

—Las puertas del edificio se cierran —dice Robby—, pero no la reja de los caballos.

El rastrillo que tiré golpeó la reja cuando salimos.

¿Esto es culpa mía?

—Aunque no haya sido Blaze, ahora está en la lista de sospechosos —dice Xavier.

—Quizá lo estemos todos —dice Robby—. Somos los únicos que tenemos fácil acceso a su campus. —Señala el pin dorado con el número dos que lleva en el saco—. Solo tenemos que mostrar esto. Nunca apuntan nuestros nombres. Pero eso también nos beneficia. Blaze, si te preguntan algo, lo niegas, ¿de acuerdo?

Blaze hace un saludo militar.

Mi corazón se encoge aún más mientras me debato entre decir la verdad o no. Fui yo. No fue Blaze.

Pero Blaze tiene doce años. Y es uno de los suyos, de los de verdad. Se le puede perdonar. Si esto es culpa mía, un becario de excelencia del que se espera que destaque en todas las áreas, es imposible que el TEAMO reaccione con la misma indulgencia. Quizá sea mejor así. Cuando llegué, me prometí a mí mismo que no hablaría demasiado con nadie.

Pero todo ha cambiado. Xavier me ayuda con el entrenamiento. He llegado a conocer a otros estudiantes en las tutorías y en las reuniones uno a uno lo suficientemente bien como para que me inviten a juegos de *frisbee.* Antes de esta reunión, pensaba que estaba preparado para dejar el TEAMO. Sin embargo, ahora que me enfrento al destino de esta organización centenaria que descansa en mis manos, me doy cuenta de que no debería irme.

Aún no, no hasta que arregle las cosas.

Xavier suspira con tanta tristeza que todos dirigen su mirada hacia él.

—Solo queda un mes para la fiesta, pero no podemos arriesgarnos a enviar más cartas a partir de ahora, ¿verdad? —Su tristeza se convierte en una risa débil—. Aunque quisiéramos, no podríamos, ya que hemos perdido el contacto con las cinco mejores chicas. Jasper, ¿cuántas cartas para la fiesta se han enviado?

—Ninguna —anuncia Jasper desde su rincón—. La última entrega de Blaze fue de nuestra correspondencia habitual entre parejas.

—¿Qué?

—He estado trabajando en las cartas para la fiesta. Pero prefiero entregarlas todas a la vez para que nadie se sienta excluido. Estaba esperando para dárselas a Blaze.

—En el peor de los casos —digo—, ¿no podría la gente simplemente invitarse a salir en la fiesta sin nuestra ayuda?

—¿No oíste lo que dije? —dice Jasper.

Sigo sin mirarlo. Me muerdo las uñas.

—¿Oír qué?

—Perder nuestra conexión con nuestra contraparte hermana no se trata solo de la fiesta. Se trata de lo que vendrá después. Antes. Entremedio. Las parejas deben permanecer juntas todo el año. Nosotros somos el pegamento que las une.

Me burlo en voz baja.

—Nuestro mayor problema no es ninguno de estos —anuncia Robby desde la mesa de libros en la que se ha subido—. Es que el alumnado nos saque de operaciones.

—¿Qué? —digo al unísono con Xavier.

—¿No escuchaste a todos en los pasillos? Saben que usamos el centro ecuestre. Estas cartas no fueron confiscadas, pero ahora todo el mundo está pensando en lo que pasaría si lo fueran. También se meterían en problemas por comunicarse con la academia hermana.

Escuché muchos murmullos durante las clases, pero nada específico con todo lo que estaba pasando a la vez. ¿Todo eso era por nosotros?

—Todos se pondrían en nuestra contra —continúa Robby—. Podrían delatar las verdaderas intenciones del TEAMO a la academia. Ya tenemos una relación delicada con ellos por ser los que ocupamos los puestos más altos.

Me muerdo el interior de la mejilla. ¿Intentarían expulsarnos?

—Lo sé —dice Jasper, y mis pensamientos son tan confusos que accidentalmente volteo la cabeza hacia él. Su camisa no está por dentro y, por primera vez, sus mangas no están cuidadosamente remangadas, sino que le caen por debajo de las muñecas. Incluso a distancia, sus ojeras resaltan contra el tono rosado de su piel. ¿Durmió en el establo con los caballos en lugar de en la residencia de profesores de su tía?—. Es muy sencillo. Seguiremos adelante con nuestro plan de entregar las cartas para la fiesta. Si lo logramos pese a la vigilancia constante, recuperaremos la confianza de todos.

Xavier inclina la cabeza, pensativo.

Siento cómo la frustración hierve en mi pecho. Yo también podría haber pensado en eso. Robby se esfuerza por bajar de la mesa mientras sostiene su carpeta.

—En teoría está muy bien, pero ¿cómo? Nuestros pines esmaltados ya no nos permiten pasar.

Jasper se soba el cuello para deshacer un nudo.

—Mi contacto de emergencia está ahí —digo demasiado rápido. Quiero decirlo antes de que Jasper vuelva a la vida para demostrar que yo también estoy ayudando—. Mi mejor amiga.

—¿En serio? —pregunta Xavier.

—Sí, está en tercer año.

Xavier se llena de tal esperanza que besa su cuchara de la suerte.

—Llámala. Podemos lanzarle las cartas por encima del muro maltercio para que las recoja. Una vez que sepamos si acepta, nos reuniremos una semana antes de la fiesta para trazar una estrategia.

Unos cuantos más asienten en la sala y Xavier da por terminada la reunión.

—¿Vas a dedicarle tiempo al TEAMO esta semana, Charlie? —pregunta Robby, intentando sin éxito meter su enorme carpeta en la mochila—. No te culparía si cancelaras. Personalmente, temo que no vaya a presentarse nadie. Es posible que todos duden ya en relacionarse con nosotros.

—Pero tendría que seguir dando tutorías, ¿no? —pregunta Xavier—. El momento de la suspensión podría parecer sospechoso a los bibliotecarios.

No es que yo quiera atraer más atención.

—Seguiré con las tutorías.

Xavier me da una palmada en la espalda.

—No me sorprendería que apareciera gente a pesar de todo. Tus tutorías se han vuelto muy populares. Mucho más que cuando P. M. estaba a cargo.

Se me escapa una risa nerviosa.

—Solo soy la cara visible.

—Eres mucho más que eso, amigo. Nadie aquí podría dar tutorías tan bien como tú.

Me invade una sensación reconfortante. Aunque no fuera culpa mía, ¿habría sido capaz de dejar el TEAMO y abandonar al resto de miembros? Al mirar a mi alrededor, esta cripta casi me parece un hogar dentro de un campus en el que me cuesta confiar.

Se escucha un ruido metálico al otro lado de la habitación: Jasper tiró su mochila y los libros y plumas se han esparcido por el suelo. Mira al vacío, con la mirada perdida.

—¿Estás bien? —pregunto instintivamente, y enseguida me arrepiento.

Jasper asiente en silencio.

—Te dije que te quedaras la cama, hermano —refunfuña Xavier, recogiendo sus libros.

—¿Qué? —digo.

Jasper se endereza.

—Nada.

Xavier nos mira a ambos.

—Sí, nada. Charlie, te espero afuera para ir al Pragma. —Se marcha con Blaze y Robby.

En lugar de seguirlos, Jasper se dirige hacia su oficina, más allá de la cortina bordada.

—¿Dormiste en la habitación de Xavier? —le pregunto estando él de espaldas.

Jasper se detiene en seco.

—¿Por qué lo dices?

Si Jasper cree que no comprendo ese intercambio, entonces me subestima más de lo que ya pensaba que lo hacía.

—Jasper.

Jasper voltea, con la libreta bajo el brazo, mientras el broche con la gema azul océano brilla bajo la luz de la lámpara antigua. Suspira.

—Mi habitación en las instalaciones de mi tía ya no está disponible.

—¿Qué, como por arte de magia?

—La convirtió en una oficina a principios de año. También pregunté por mi suite del año pasado, pero la tiene ocupada permanentemente ese estudiante de primer año cuyo padre es senador. Así que sí, dormí en la habitación de Xavier. Bueno, en el suelo.

—¿No puedes dormir en el suelo de la oficina de tu tía?

—Realmente, no hablamos mucho —dice Jasper—. Así que no sé muy bien cómo plantearle el tema de dormir en su piso. Y, técnicamente, ella sigue siendo mi directora, y... —Se masajea la nuca, vacilante.

Me agarro la frente.

—Bueno, no puedes seguir durmiendo en el suelo de Xavier. Me sentiré mal.

Los ojos cansados de Jasper se abren de par en par.

—¿Por mí?

—Por Xavier.

Sus hombros se encogen y no me siento mal por él. En verdad no me conmueve.

—Él pudo haber rechazado mi petición, así que yo me abstendría. —Me estudia—. No esperaba que vinieras a la reunión. Me dijiste que ya no seguirías aquí.

Me froto la nuca.

—También estoy bajo presión. Seguiré ayudando al TEAMO por ahora.

—Entonces deberíamos terminar estas cien cartas juntos lo antes posible. —Jasper señala con la cabeza hacia su oficina—. Puedes usar los libros de cuentos que hay aquí para tu poesía *blackout*.

¿Trabajar juntos? ¿Justo ahora?

—No —digo—. Hablaré con mi amiga y ayudaré con la nueva entrega, pero eso será todo.

Jasper abre ligeramente la boca, como si estuviera decidiendo cómo decir lo que dirá a continuación.

—Lo admito, ya no tengo tiempo suficiente para terminar las cartas yo solo.

—Espera, ¿en serio?

—Me quedan unas setenta. Te necesito, Charlie.

Las palabras me revuelven el estómago de una forma que no deberían. Lo disimulo con el suspiro más profundo que soy capaz de emitir.

—Está bien. Como sea. Pero escribiremos por separado.

Jasper apenas asiente.

—Muy bien.

CAPÍTULO 27

NUESTRO COMÚN AMIGO

MIÉRCOLES 16 DE OCTUBRE

—¿Una emergencia familiar? —repite la señorita Lyney desde detrás del mostrador de la oficina. Su suéter felpudo grita *valentine nam amor traditionalis educationis* a todo pulmón.

—Sí —respondo con una voz mitad de robot, mitad de mayordomo. No puedo controlarla cuando se han acumulado todas las mentiras que he dicho desde que llegué a Valentine, como bloques de Tetris.

—¿Cómo es posible que te hayas enterado de una emergencia familiar sin haber hablado primero con tu contacto de emergencia?

Es una pregunta razonable.

—Eh... —Mi mirada se desvía hacia unos gnomos que me observan con sus ojos pequeños y amenazantes—. Prefiero no hablar de algo tan personal.

Ella descuelga el teléfono.

—¿Llamo a tu madre y le pregunto?

Me inclino hacia delante tan rápido que la señorita Lyney se sobresalta, y me reprendo mentalmente por ser tan obvio. Esta podría ser mi única oportunidad de convencer a Delilah para que ayude al TEAMO. En cuanto mis ojos se posan de nuevo en los gnomos, se me ocurre una estrategia impresionantemente mala, pero es lo único que se me ocurre.

—Mi... mi mamá fue elegida para participar en *Gnomos enamorados* durante las vacaciones de verano.

La señorita Lyney se queda sin aliento. Como si me creyera. ¿Funcionará?

—Esta temporada, los tres gnomos finalistas conocerán a su familia en el último episodio. Acabo de darme cuenta de que mi amiga y yo no le comunicamos al equipo de producción nuestros planes para las vacaciones de invierno. Tengo que preguntarle por los suyos. —Hago una pausa—. Y luego llamar al equipo de producción para avisarles. Es un desastre. Quisiera decir más, pero el acuerdo de confidencialidad...

La señorita Lyney levanta un dedo.

—Prométeme un autógrafo.

Mamá tenía razón. Romper las reglas lleva a romper otras reglas. Es una espiral.

—¡Claro!

Me siento en el vestíbulo y espero a que llamen a Delilah a la oficina de la academia hermana. Tras treinta minutos de pensar cómo salir de esta mentira después de las vacaciones —¿se canceló la temporada? ¿Sacaron a mamá?—, la señorita Lyney me pasa el teléfono. Corro a la sala de fotocopias y le explico todo.

—Entonces —dice Delilah en el teléfono—, ¿la primera conversación real que tengo contigo después de casi dos meses es sobre el TEAMO? ¿Después de que todas tus cartas también fueron sobre el TEAMO?

—¿Recibiste mis cartas?

Se produce una pausa incómoda al otro lado de la línea.

—Más o menos.

Debió haber existido alguna razón por la que me hubiera ignorado, tal vez hubiera sido por la breve irritación que mostró en la orientación, pero, independientemente de ello, un sentimiento de traición irracional se apodera de mí.

—¿No me respondiste ninguna? Espera, ¿por qué no apareciste en el centro ecuestre cuando estaba allí con el TEAMO?

—Ahí está el TEAMO otra vez.

—¿Qué?

—Nada. Es solo que últimamente no hablas de otra cosa que no sea el TEAMO.

¿En serio? Ni siquiera me había dado cuenta.

—¿Qué más quieres saber? —En cuanto pronuncio la pregunta, me muerdo el labio. Responder cualquier otra cuestión sobre mi estancia aquí podría provocar que Delilah prendiera fuego a más cosas con bengalas—. Porque te prometo que estoy bien.

—Bien —Es todo lo que dice.

Otra pausa, igual de incómoda.

—¿Pasa algo? —le pregunto finalmente.

Ella suspira y luego lo suelta todo.

—Bueno, estoy en el lugar veintidós. Si esto sigue así, no podré postularme para el consejo estudiantil y luchar por un cambio real aquí, porque hay que estar entre los quince primeros para ser elegible.

—Oh —digo —. Eso es una pena. Pero sigues ayudando al consejo estudiantil con la fiesta, ¿no? Te vi con unas cajas.

—Solo porque es parte de mis obligaciones como miembro básico. Mira, siento haber ignorado la petición de London de que fuera a hablar contigo aquella noche. No es que no quiera saber nada de ti, es que no me gusta nada el TEAMO.

Frunzo el ceño. Delilah debería apoyar a cualquiera que rompiera las reglas, no odiarle.

—¿Te hicieron algo?

Ella resopla tan fuerte que la comunicación se interrumpe.

—Uno de ellos.

—¿Quién?

—Xavier. Mi ex.

Xavier mencionó alguna vez que colaboraba con el TEAMO para mantenerse en contacto con una novia que había tenido, pero era imposible que esa persona fuera...

—Era demasiado empalagoso —dice Delilah sin entusiasmo—. Me seguía como un perrito. Y siempre llevaba consigo una cuchara.

No importa.

—¿De verdad saliste con Xavier? Eso es algo importante. A ti no te gusta la gente.

—Lo sé. Algo oscuro sucedió dentro de mí.

—¿Por qué no me dijiste nada? —pregunto mientras la sensación de traición dentro de mí se intensifica—. Hablamos durante todas las vacaciones de invierno. Y también en verano.

—Bueno, pasaste por muchas cosas el año pasado.

Una sensación de inquietud se apodera de mí por lo que Delilah está insinuando.

—Es muy amable de tu parte. De verdad. Pero no quiero que renuncies a compartir cosas sobre ti por eso. ¿No podemos contarnos nuestros problemas?

—Para ser justos, te lo habría contado si me hubieras preguntado.

La acusación me desconcierta hasta que busco en mi memoria momentos en los que le hubiera preguntado cómo estaba y no encuentro ninguno. Este campus aislado realmente se ha convertido en todo mi mundo, tanto que he olvidado quién era mi mundo antes.

Pero ella también estaba claramente molesta en la orientación. Quizás esto lleva pasando más tiempo. He estado enfocado en monitorear los sentimientos de Delilah por encima de mi propio bienestar desde el verano en que le dije que era un chico. ¿Sería que no me había dado cuenta de que ella hacía lo mismo desde entonces?

—Lo siento mucho —digo—. Debí haberte preguntado. De verdad que debí haberlo hecho.

Delilah suspira en el altavoz.

—No importa. Estuve a punto de decir algo, pero decidí no hacerlo porque supuse que sería algo temporal. Una vez que ambos estuviéramos viviendo en Valentine, pensé que podría empezar a ser sincera contigo otra vez, ya que habrías terminado con todo eso.

—¿Terminado con qué?

—Con las cosas de chicos.

—Cosas de chicos —repito confundido.

—Me refiero a entenderlo todo. Estás en el campus donde siempre quisiste estar como un chico, ¿no es verdad? Tu vida debería ser más fácil ahora. Pero tus cartas no hacen más que enumerar problemas.

Asiento pacientemente, aunque me siento ofendido.

—Lidiar con todos estos problemas sigue siendo un millón de veces mejor que lidiar con lo que sentía antes de que el mundo me viera como un chico, por si sirve de algo. Ahora soy mucho más feliz. Pero tampoco hice esto necesariamente para que mi vida fuera más fácil. Quizá esa es una idea errónea que tiene la gente.

—Sí. Creo que no lo había entendido.

—A pesar de todo, quiero saber sobre tus problemas. Somos mejores amigos. Siento mucho haberte hecho sentir que no era así.

Delilah finge tener náuseas.

—Te estás poniendo demasiado serio.

—Solo esta vez. ¿Prometes que no habrá reservas entre nosotros?

—Está bien —murmura entre dientes. Si fuera cualquier otra persona, sería grosero, pero es exactamente lo que quiero oír cuando ella está demasiado alterada para admitir sus verdaderos sentimientos—. Lo juro por tu vida. O como sea.

—Por mi vida.

—Eso.

Aún no sé si esto arreglará las cosas entre nosotros. Lo único que quiero es abrazarla y aclarar esto en persona. Quizás no podamos reconciliarnos del todo hasta entonces.

—Si realmente haremos esto, tengo una pregunta para ti —dice Delilah—. ¿Por qué te importa tanto el TEAMO? Parece que te importan sus cartas de amor. Demasiado.

—¿Las cartas? —Casi me echo a reír—. No. Pero... Podrían meterse en problemas, Delilah, y creo que es culpa mía. No puedo abandonarlos ahora. Xavier también me ha estado ayudando a entrenar para Educación Física.

—¿Son amigos de verdad?

¿Lo somos?

—No lo sé. Quizás.

La señorita Lyney asoma la cabeza por la puerta. Levanta un dedo. Un minuto.

—Solo esta vez —dice Delilah.

—¿Nos ayudarás?

—Por ti. —Hace una pausa—. Y para romper algunas reglas.

CAPÍTULO 28

ORGULLO Y PREJUICIO

VIERNES 1° DE NOVIEMBRE

Sentado en la biblioteca como todos los días durante las últimas dos semanas, doy golpecitos con mi marcador en mi carta de amor número cuarenta y ocho escrita con poesía *blackout*. Por algún milagro, a pesar de la reputación en declive del TEAMO, algunos de mis habituales estudiantes se presentaron para la tutoría. Después de ayudar a Zain, Xuan y Jack con sus ensayos de Literatura Inglesa, mi cerebro está frito, pero tengo dos cartas más que terminar para esta noche.

Esta noche nos arriesgaremos a entregar las cartas a nuestra academia hermana.

Mancho la página con el marcador mientras pienso en Jasper. Ahora que se ha instalado en el piso de Xavier, solo lo veo en los pasillos o durante las clases, donde se queda mirando por la ventana, sin prestar atención, pero de alguna manera conserva el primer puesto. Cuando estoy en Dix con Luis, Xavier y Robby, él pasa a nuestro lado sin voltear. Después de nuestra pelea, debería tener motivos de sobra para contarle a su tía quién soy, pero no he tenido noticias de ella. Aún.

Lo que quería era que Jasper me dejara en paz.

Ahora que lo he conseguido, siento que me falta algo.

Mi reloj marca las cinco justo cuando termino mi poema número cincuenta. Suelto el suspiro más profundo de mi vida. Me merezco una medalla. Una corona. Rápidamente, recojo mis cosas y me dirijo a la reunión estratégica del TEAMO.

Cuando jalo el delgado folleto de *Cupido y Psique* para abrir la cripta, a mi izquierda veo una mezcla de suéteres de punto y sacos a cuadros. Todos se amontonan alrededor de una mesa de tomos, donde cuentos de hadas y mitologías se alzan en las paredes. Robby señala una hoja de papel extendida ante ellos, pero el resto me da la espalda.

Xavier mira por encima del hombro.

—¡Justo a tiempo!

Jasper hace lo mismo, pero se queda callado. No es que esperara otra cosa después de dos semanas separados, pero aun así. ¿Nada? ¿Ni siquiera me preguntará si terminé mis cartas para la fiesta sin su ayuda?

Intentando aparentar indiferencia, me acerco e inspecciono el papel: es un mapa del campus marcado con tinta negra.

—Gracias otra vez por pedírselo a tu amiga —dice Xavier—. Por cierto, ¿quién es?

Me doy cuenta de que nunca les he dicho quién es, y mucho menos lo bien que la conoce Xavier, y me siento muy incómodo.

Es Xavier, el grande y fuerte. Puede soportarlo.

—Delilah Miller.

—¿Qué? —El cuerpo entero de Xavier se estremece y su pie tropieza con un libro. Resbala y cae, aterrizando de glúteos en el suelo.

O no. Miro las muecas y los gestos de desconcierto del resto.

—¿Qué pasó entre ustedes dos? —pregunto, aunque no estoy seguro de si debería hacerlo.

Xavier se arregla el fleco oscuro para que vuelva a caer uniformemente a los lados de su frente. Robby lo ayuda a levantarse.

—Supongo que la distancia me ha vuelto inseguro —murmura—. Sobre todo considerando que Delilah es tan independiente.

—¿Incluso con el muro maltercio en medio?

—Usé al TEAMO para estar en contacto constante con ella. Eso no gritaba independencia. Si la hubiera entendido, la habría dejado vivir sin mí a veces.

Aunque el romance sea ilógico, Xavier parece haber aprendido de ello. A diferencia de otra persona que conozco. Casi me impresiona.

—Me alegro de que haya aceptado ayudarnos de todas formas —dice Robby—. Estamos planeando la ruta de entrega. Por ahora, meteremos las cartas en dos bolsas de basura y las tiraremos por encima de la caseta de seguridad para que Delilah las tome.

Yo resoplo.

Los demás parpadean. Como si no fuera una broma.

Estos son, sin duda, los chicos más inteligentes del campus.

—¿Justo delante de los nuevos guardias de seguridad?

—El muro maltercio es demasiado alto —responde Xavier, señalando el lugar donde la pared divide las academias en el mapa del campus—. Su brazo parece aún más musculoso con ese suéter tan ajustado y junto al brazo larguirucho de Robby—. Son nueve metros. ¿Pero la puerta? Solo cuatro y medio.

—No hay cámaras —añade Robby—, pero es más fácil ser visto por los profesores que están afuera que en la intimidad del centro ecuestre, por eso nunca lo hemos hecho así. Por desgracia, ahora no tenemos otra opción. Tendremos que distraer al guardia dividiéndonos en equipos. Yo vigilaré con Xavier. En cuanto a lanzar las bolsas, eso les tocará a ti y a Jasper.

—¿Qué? —decimos Jasper y yo.

Espero ver mi misma expresión de irritación en Jasper, sobre todo después de haber estado esforzándonos tanto por evitar encontrarnos. Sin embargo, él luce más tenso que otra cosa, con los hombros rígidos bajo su camisa abotonada a medias.

Antes de que pueda procesar su reacción, Robby dice:

—Blaze es la pieza clave. Nuestra distracción.

Blaze le muestra el anillo de la oscuridad ancestral a Robby y luego hace el gesto de mariposa que cree que es una llama.

—Solo el magistrado en jefe de la Hermandad de la Oscuridad Ancestral podría derrotar…

—Aquí tienes un mapa. —Por encima del hombro de Blaze, Robby me entrega una versión más pequeña en forma de folleto sobre la mesa—. Tienes razón en que no confío en Blaze. Hay que vigilarlo.

—¡Estoy hablando! —grita Blaze entre nosotros.

Robby nos agarra a Jasper y a mí por los hombros como si él no estuviera allí.

—Esa es su otra tarea, ¿entendido? Vigílenlo. Especialmente teniendo en cuenta la forma en cómo tendrá que distraer a la guardia.

—¿Y cuál será? —pregunto nervioso.

Robby hace una mueca que hace que se me encoja el corazón.

Treinta minutos antes de que se apaguen las luces, los cinco nos escapamos para sortear el muro maltercio.

Cuando llegamos al camino que lleva a la caseta de registro, el sol ya se está poniendo detrás del bosque que nos rodea. Nos agachamos detrás de un arbusto junto a un poste de luz y observamos al supuesto guardia de seguridad que está dentro, haciendo una especie de crucigrama en el escritorio.

—A la cuenta de tres —susurra Robby, cuyo aliento se vuelve visible en el aire frío—. ¿Listos?

Jasper y yo intercambiamos una mirada. Esta noche debemos trabajar en equipo, sin importar lo que sintamos.

—Uno… —comienza Robby.

Blaze se lanza hacia la caseta, levantando polvo con sus tenis en su carrera. Cuando está a punto de llegar, tropieza, cae y se estrella contra el suelo. Tomándose el tobillo, grita hacia las copas de los árboles. Robby, preocupado, estira el brazo, pero Xavier le baja la mano.

Quizás la ejecución de Blaze había sido más extrema de lo planeado, pero era lo que queríamos.

La guardia sale corriendo. A la tenue luz del farol, apenas distingo su rompevientos con la palabra «Seguridad» escrita en la espalda. Lo mismo ocurre con su expresión, ligeramente confundida, pero sobre todo preocupada. No lleva ningún *walkie-talkie* en la cadera. Justo como esperábamos, dado el desprecio de Valentine por la tecnología.

—¿Qué haces aquí afuera?

Blaze vuelve a gritar.

—Mi tobillo está… fragmentado.

—Necesitas asistencia médica. ¿Puedes caminar?

Blaze se levanta sosteniéndose con un brazo tembloroso.

—No… —Cae nuevamente.

La guardia jala a Blaze por la cintura y se dirigen hacia el centro del campus. Robby y Xavier se separan para vigilar. Jasper y yo agarramos nuestras bolsas con las cartas y corremos hacia la reja del muro maltercio, pero la mía se me resbala y cae al suelo. Se caen varias cartas.

Jasper se detiene, se ríe de la forma contagiosa de siempre.

Pongo mis puños contra mis caderas.

—Concéntrate, por favor. ¿Sí?

Se arrodilla para ayudarme a recoger todo, pero no deja de reír disimuladamente. Metemos un montón de cartas al mismo tiempo, nuestros dedos se rozan y mi corazón se acelera.

—¿Estás bien? —pregunta Jasper y sus palabras se convierten en niebla entre nosotros.

Es porque no hemos interactuado en semanas. Eso es todo.

—Sí.

La arruga de preocupación en la frente de Jasper no desaparece. Esta noche lleva un suéter beige con el logo de Valentine sobre su camisa roja, su pin esmaltado con el número uno aún brilla para que todos lo vean en su cuello levantado, y la ausencia de pecho y clavículas visibles hace que, extrañamente, me quede mirándolo. Normalmente, tiene el aspecto que debería tener el poeta más sexi del año, pero con ese suéter hasta el cuello, se ve más encantador y dulce.

Se me seca la garganta.

Un silbido rompe el silencio de la noche.

Abrimos los ojos de par en par. Es la señal de que ya hay moros en la costa. ¿Ya?

Miro a ambos lados, pero no hay ningún lugar donde esconderse. No hay árboles ni edificios.

Jasper deja caer la bolsa con las cartas y me arrebata la mía de las manos. Me agarra del brazo y nos arrastra hacia la caseta.

—¿Qué estás...? —Es todo lo que logro decir antes de quedar frente a la puerta corrediza. Nos empuja al interior y la cierra de un portazo detrás de nosotros. Mientras trato de recuperar el equilibrio, miro las paredes de vidrio que nos rodean como si fuéramos peces en una pecera.

Me paro frente a Jasper, perfectamente en paralelo, cruzando los brazos. Está tan agitado que apoya una mano contra la puerta.

—Oye.

Jasper sigue resoplando.

—Oye —repito—, ¿tengo que sonar más enojado para que me prestes atención?

—No te ofendas, Charlie, pero tú siempre estás enojado conmigo. No sé exactamente cuándo debo prestarte atención.

Mi boca se abre de nuevo, pero me trago las palabras acaloradas que estaban a punto de escapárseme. Me niego a darle la razón.

—¿No ves ningún problema con el escondite que elegiste?

—¿Qué quieres decir?

—Estamos rodeados de vidrio.

—Lo sé, lo sé. Estoy pensando. —La mirada de Jasper se posa en un armario detrás de nosotros, que nos llega a la altura de nuestras caderas. Se dirige hacia él y lo abre. El interior está vacío, salvo por unos papeles esparcidos en el fondo.

Nos apretujamos en el estrecho espacio, y Jasper se golpea la cabeza al entrar. Nuestras piernas quedan retorcidas como *pretzels*, tan encogidas que puedo cerrar la puerta.

Todo se oscurece.

Nuestras respiraciones sincronizadas llenan el silencio mientras estamos sentados hombro con hombro. La fragancia floral de Jasper y el aroma a cedro del armario pican mi nariz, y su mano presiona la mía. Por primera vez, está ardiendo. ¿Tanto miedo tiene?

Se escuchan pasos afuera. La grava cruje. Unas llaves tintinean.

Mi corazón late tan fuerte que estoy seguro de que Jasper puede sentirlo en mi muñeca. La guardia se dio cuenta de que Blaze no tenía el pie roto. O algo peor. Nos vio.

La puerta de la caseta se abre con un chirrido.

—¿Dónde están? —murmura la guardia de seguridad.

Aprieto los ojos con fuerza. Nos han descubierto. Seguramente nos expulsarán.

Se oyen ruidos en el escritorio, como si estuvieran abriendo un cajón. La puerta de la caseta se abre de nuevo y escuchamos más pasos que se alejan.

Frunzo el ceño y me muevo sobre las rodillas para asomarme fuera del armario.

Jasper me toma del hombro.

—¿Qué estás haciendo?

—Asegurándome de que se haya ido. —Salgo gateando y me ajusto los lentes para mirar a través del vidrio. Más adelante, se ve la silueta de la guardia, iluminada por detrás. Le ofrece una linterna a Blaze, que está apoyado contra el tronco de un árbol en una postura débil.

Eso era todo lo que buscaba.

Suspirando, vuelvo a caer en el armario junto a Jasper, nuestros hombros vuelven a chocar. Él tiene las piernas encogidas contra el pecho y mira fijamente sus rodillas, como si estuviera cada vez más asustado.

—¿Estás así de nervioso de que nos descubran? —le pregunto—. Ella solo vino por una linterna. No hay necesidad de ponerse tan tenso.

—No es por eso por lo que estoy tenso. —Jasper me mira directamente a los ojos y su tono suave y vacilante acelera aún más mi corazón—. Sé que me dijiste que te dejara solo. He intentado respetar eso. Pero también te dejé claro que quería explicarte mi versión de lo que pasó en el campamento.

—Espera, ¿qué?

—¿Puedo? ¿Por favor?

—¿Ahora?

—Si acaso.

El pánico se apodera de mí. Incluso con la tenue iluminación, me siento demasiado expuesto mientras nos miramos fijamente. Durante las últimas semanas, por mucho que mi lógica me gritara que no lo hiciera, no podía dejar de pensar en Jasper. ¿Pero hablar ahora, precisamente ahora?

—Quizás cuando no estemos infringiendo la regla número uno aquí. Tenemos que tirar las cartas. —Empiezo a salir del armario.

—Fue culpa mía —dice Jasper. Se queda donde está.

Le lanzo una mirada furiosa y volteo la cabeza hacia él. Supongo que su pregunta de si podía empezar a explicarse era hipotética.

—Sí, Jasper, creo que eso estuvo claro desde el principio.

—Pero no me di cuenta de que alguien en el campamento pensara que estábamos juntos. Y mucho menos tú.

—Tú me besaste.

—En realidad, tú me besaste a mí. Y eso me sorprendió.

Me arden las mejillas. ¿Lo hice?

Retiro la cara. Prefiero morir antes que dejar que Jasper vea cómo me sonrojo.

—Muy bien. Bueno. ¿Cómo pudo tomarte por sorpresa eso? Habíamos pasado mucho tiempo juntos después del taller. Coqueteabas conmigo cada vez que tenías oportunidad. Me decías que era bonita y siempre te sentabas muy cerca de mí, y...

—¡Hago eso con todo el mundo, Charlie! —dice Jasper, levantando las manos.

Las palabras me dejan atónito. Resoplo y salgo de la caseta.

Me llama, pero no volteo. La rabia que siento es demasiado intensa. «Hago eso con todo el mundo». Increíble. Sigo caminando hasta llegar a la puerta. Las bolsas con las cartas siguen donde las dejamos. Por suerte, la guardia no se ha dado cuenta. ¿Cuándo volverá?

Recojo una bolsa.

—Date prisa.

—Eso salió peor de lo que esperaba. —Jasper no recoge su bolsa—. Sí, me he comportado de forma demasiado romántica con otras personas sin darme cuenta de que me toman demasiado en serio. Eso es un problema. Pero, cuando acabó el verano, solo podía pensar en ti. En ti y en nadie más.

Lo ignoro.

—No nos vimos en la playa el último día del campamento —continúa—, así que no tenía tu número y no pude encontrarte en redes sociales. Por eso publiqué mis poemas en Internet. Esperaba que algún día vieras mi nombre.

Aprieto los dientes, levanto la bolsa por encima de la cabeza y apunto hacia los arbustos que hay a un lado.

—Borré la mayoría de mis fotos después de ese verano.

—¿Eso es todo?

—Sí, Jasper, ¿qué quieres que te diga?

Por fin recoge su bolsa, pero no la avienta.

—En aquel entonces solo era un poeta, ¿sí? Tenía una personalidad demasiado emocional.

Lo miro con los ojos entrecerrados.

—Bien, de acuerdo, soy una persona muy emocional —dice—. Ni siquiera consideré que las cartas que envié a esas otras chicas fueran cartas de amor. Pensé que estábamos practicando poesía juntos. ¡Era un campamento de Shakespeare! ¿No? Por lo tanto, te pido disculpas, Charlie. De verdad. Pero aprendí la lección.

Lanzo la bolsa por encima de la reja con toda la fuerza de la que soy capaz.

—Me alegra haber sido tu tutor del amor, Jasper, aunque no me haya ofrecido voluntariamente para ello.

—Pero yo…

De lo más profundo de mi ser se escapa un gemido. Le arrebato la bolsa de las manos para lanzarla yo mismo. El anillo de graduación de mamá se atora en ella y se enreda con su pulsera, atrapándonos a ambos. Intento liberarme. No se mueve nada. Jalo una y otra y otra vez.

—Si querías esposarme, solo tenías que pedírmelo —murmura Jasper.

Siento cómo mi cara empieza a arder.

—Cállate. —Reuniendo todas mis fuerzas, levanto nuestros brazos unidos con un movimiento rápido y lanzo la bolsa al aire.

Nuestro anillo y pulsera se tensan al engancharse con algo, y la pulsera de Jasper se rompe a la mitad. Se oye el crujir de las hojas al otro lado de la reja cuando la bolsa cae al suelo, con lo que damos por terminada nuestra misión.

Nos alejamos tambaleándonos, extendiendo los brazos para mantener el equilibrio.

Jasper parpadea hacia mí. Con solo la luz de la luna y la luz lejana del farol, sus iris azules brillan de forma mágica. No me había dado cuenta hasta ahora.

—¿Cómo lo hicimos?

—No lo sé.

—Espero que haya caído sin problema.

Vuelvo a recorrer con la mirada el camino en busca de alguna figura en la distancia.

—Tenemos que irnos.

Jasper da un paso adelante.

—¿Me perdonas?

—¿Qué? No, Jasper. ¿De qué estás hablando?

—¿Por qué más podría pedirte perdón? Dime qué puedo hacer para arreglar esto.

—Nada.

—Entonces, ¿por qué no me perdo...?

—¡Porque no quiero perdonarte! —Las palabras brotan con tanta fuerza que mi voz resuena en la noche. He superado tanto mi límite que no me importa si la guardia nos oye. Ni ella ni nadie.

El rostro de Jasper se queda sin expresión.

Me invade un arrepentimiento innegable. Las palabras que tuve que decir para que se callara quedan flotando en el aire, pero no reflejan lo que siento.

Porque ahora, lógicamente, existía la posibilidad de que hubiera desconcertado a Jasper con un beso y de que él no se hubiera dado cuenta de que éramos algo más; de que, lógicamente, entonces él hubiera desarrollado sentimientos después de aquel verano, y de que, lógicamente, no hubiera estado con nadie más desde entonces.

No sé qué hacer al respecto.

Así que, sin nada más que decir, regreso al campus, dejando atrás a Jasper. Xavier y Robby se topan conmigo en el camino. Chocan sus manos con la mía.

—¿Dónde está Jasper? —pregunta Xavier—. No lo atraparon después de nuestra señal, ¿verdad?

—No, está... —me ajusto los lentes—, en camino. Está bien. Ambos estamos bien.

—Genial. Y con seis minutos de sobra antes de que se apaguen las luces.

Robby sonríe.

—Entonces, esta noche ha sido un éxito rotundo.

CAPÍTULO 29

LA EDAD DE LA INOCENCIA

SÁBADO 2 DE NOVIEMBRE

No tengo ni idea de por qué Luis y otros cuatro compañeros de su clase de física me han arrastrado a uno de los kioscos del campus de Valentine, el kiosco del Piano Aguilar, durante la hora del TEAMO, pero al menos me ayudan a no pensar en Jasper.

Después de la entrega de anoche, me fui directamente a la cama. Ahora que es fin de semana, no tendré que preocuparme por verlo en las clases durante dos días más. Al principio, la distancia suena bien. Necesito tiempo para pensar. Pero el recuerdo de haberle dicho a Jasper que nunca lo perdonaré se repite una y otra vez, obligándome a verlo en mi mente a pesar de todo.

Un viento helado sopla desde el lago Au Sable Forks. Me subo la bufanda hasta la cara, haciendo a un lado la culpa que me invade.

—Espera, ¿acabas de decir «huevos»?

En cuclillas en el pasto, Luis abre su mochila llena de huevos crudos envueltos en un saco a cuadros. Los demás vinieron vestidos para estar al aire libre, pero Luis llevó las cosas al siguiente nivel: un abrigo acolchado que le llega hasta las botas, orejeras rosas afelpadas y guantes a juego. He llegado a la conclusión definitiva de que Luis es popular, pero por una razón especial: dice y viste lo que quiere, y eso se traduce en una confianza que atrae a la gente. Ojalá supiera cómo hacerlo.

—Trece huevos, hermano.

—¿De Dix?

—Sí. Se los pedí a un chef. Ayer lanzamos huevos en clase de Física y todos lo hicimos terriblemente mal.

—Los dejamos caer —lo corrige Michael, dándole un golpecito a Luis con el zapato.

Un simple roce del pie de Michael hace que Luis se ponga rojo como un tomate. Sin duda, es su crush.

—La fuerza es igual a la masa multiplicada por la aceleración —dice Emilio—. Tenemos que evitar que un huevo crudo se rompa al dejarlo caer desde «alturas cada vez mayores». La señorita Andrew nos ofreció bolsas de plástico y otras cosas, pero ni siquiera pude superar la primera ronda, que era como a sesenta centímetros.

—Creo que yo sé cómo hacerlo —digo, volviendo a la vida—. David Donoghue lanzó un huevo desde un helicóptero a un campo de golf en el Reino Unido desde doscientos metros de altura. Eso fue considerado un lanzamiento de huevo.

—¿Cómo sabes eso? —pregunta Luis.

—Lo acabo de recordar.

—Dios, eres listo.

Mi corazón se reconforta, pero no solo por el cumplido. Más bien porque sé que podré ayudarles. Tomo un huevo de la mochila de Luis.

—Piensen en…

Luis señala hacia el techo del kiosco.

—Desde aquí no. Desde allá arriba. Si puedo hacer que un huevo crudo sobreviva a eso, puedo con cualquier cosa.

—Yo no subiré —dice Jackson, sacudiendo la cabeza.

—De acuerdo —dice Michael.

Agarro a Luis del brazo.

—Yo iré con Luis. El resto, divídanse en parejas y vean qué se les ocurre. Una pista: piensen en sus bolsas de plástico.

Mientras los demás se adentran en el bosque, Luis y yo subimos al kiosco, lo cual no es tan difícil como esperábamos, ya que las enredaderas sirven de escalera. En poco tiempo, estoy sentado en el techo, contemplando todo lo que hace que nunca quiera irme de Valentine, a pesar de sus defectos: la fuente de mármol con cupidos y los edificios académicos muy cercanos entre sí a mi derecha, el lago a mi izquierda y el bosque que se extiende por kilómetros.

—Estos son los únicos materiales que tenemos —dice Luis, sentándose a mi lado. Saca la bolsa de plástico, la cuerda, las tijeras y un huevo crudo, y luego me pasa un brazo por encima del hombro.

—Mmm... ¿Qué se puede hacer con una bolsa de plástico y una cuerda?

—Otra bolsa.

—No. ¿Qué se puede meter dentro de esa bolsa?

—¿Aire?

—Sí. Teniendo en cuenta que la fuerza es igual a la masa por la aceleración, ¿qué hay que hacer con la aceleración, concretamente, mientras cae el huevo?

Eso es todo lo que tengo que decir antes de que Luis ate los cabos. Me quita el brazo de encima para cortar cuatro trozos de hilo. Los pasa por la bolsa y luego se pone de pie, con el huevo colgando de su improvisado paracaídas sobre el tejado.

—Más vale que funcione.

Yo también me levanto.

—Funcionará.

Mi zapato izquierdo se atora en la correa de la mochila de Luis, pierdo el equilibrio, mi cuerpo se inclina y resbalo del tejado con un grito.

Luis me agarra del brazo y me jala hacia atrás, contra su pecho.

—¡Hermano, tú no eres un huevo!

Mi corazón late a toda velocidad mientras me sujeto con más fuerza del abrigo de Luis.

—¡No es que quiera serlo!

Se escucha un ruido metálico a nuestros pies. Son los doce huevos que ruedan fuera de la mochila de Luis y caen al suelo del kiosco.

Luego se rompen.

—¡¿Auguh...?!

Frunciendo el ceño, miro por encima del techo. Los huevos rotos no están en el pasto, ni en los escalones del kiosco, sino en una cabeza rubia y en una bolsa cruzada con el emblema JFG.

Justo cuando pensaba que mi corazón no podía latir más rápido.

—¿Jasper?

Jasper extiende las mangas de su abrigo empapadas de una sustancia viscosa y translúcida. Tiene los dedos tensos y arqueados, y la boca retorcida por el asco.

—¿Qué es lo que tengo encima?

—¿Qué haces aquí afuera?

Se pasa una mano por el fleco empapado.

—¿Huevos?

—Se te ven bien —dice Luis.

Le doy un codazo a Luis y él hace una mueca de dolor.

—Voy a bajar.

Según la teoría de la relatividad, volver a bajar por la enredadera del kiosco debería llevar el mismo tiempo que subir, pero el trayecto me parece interminable mientras mis infinitos pensamientos luchan por captar mi atención. ¿Qué está haciendo Jasper aquí? ¿Cómo voy a mirarlo a los ojos después de negarme a perdonarlo anoche? Debe estar más enojado conmigo que por lo de los huevos.

Mis pies tocan el pasto. Le agarro la mano pegajosa y lo llevo hacia el lago mientras nuestros zapatos de vestir se hunden torpemente en la arena. Una vez que llegamos a la orilla, desenrollo mi bufanda y la mojo en el agua.

—Usa esto.

—N-no, se ensuciará.

¿Tartamudeó? ¿Jasper tartamudeó?

Quizás estaba balbuceando. Su delgado abrigo con el logo de Valentine no puede protegerlo del frío cuando es evidente que solo lleva una camisa debajo.

—¿Qué usarás entonces? ¿Tu abrigo cubierto de más huevo?

—Quizás.

Pongo los ojos en blanco.

—Vamos, Jasper.

Él resopla y cierra los ojos.

—Gracias.

Me acerco más y su cuerpo se tensa demasiado como para que sea solo por el frío. Es como si lo estuviera poniendo nervioso.

Me contagia su nerviosismo mientras el sonido de las olas llena el incómodo silencio. Le limpio la frente y su rostro se contorsiona por el agua casi helada. Al observarlo tan de cerca, solo puedo pensar en la cara abatida que vi después de que se disculpara por no darse cuenta de cómo me sentía. Cómo, al final, se dio cuenta de lo que sentía él. Cómo ha estado durmiendo en el suelo de Xavier desde entonces.

Me muerdo el interior de la mejilla.

—Lo siento.

Los ojos de Jasper se abren de nuevo, azules y brillantes.

—Por lo que dije anoche —digo.

—¿Qué… exactamente? —Su voz suena más entrecortada, aturdida, como si no pudiera creerlo. ¿Nuestro pasado significaba tanto para él?—. Dijiste muchas cosas.

Titubeo. Odio hacerlo. Estoy en secundaria, soy becario de excelencia, ¿y aún así no sé cómo expresar lo que siento?

—En concreto, que no quería perdonarte nunca.

—¿Qué querías decir?

—Que creo que necesito tiempo. Creí que me habías dejado atrás a propósito durante todo este tiempo. Y, si soy sincero, ese verano marcó en gran medida quién soy hoy. Así que…

En su rostro se dibuja una expresión de dolor.

—¿Como tu forma de ver el romance?

—Supongo.

—Claro.

La vulnerabilidad se vuelve demasiado intensa y la necesidad de encoger los hombros y evitar que se me escape cualquier otra palabra me consume.

—El amor es una estafa, independientemente de lo que pasara aquel verano. Pero, ya sabes.

—Por supuesto. —Es obvio que Jasper está conteniendo una sonrisa, pero prefiero eso a cómo se veía antes—. Yo también seré sincero contigo. Sobre por qué vine aquí.

—Sí, ¿por qué estabas en el kiosco del piano? ¿Tocas el piano?

—No, solo pasaba por allí. Te vi resbalar del tejado, así que corrí hacia allá. Pero supongo que antes te vi a ti y a Luis.

—¿Nos estabas espiando?

—Parecían estar solos, juntos, muy unidos, y pensé que quizá… —Niega con la cabeza, mete las manos en su abrigo y mira fijamente a la arena.

—¿Qué? —Mi lógica despierta—. Ah.

—Lo cual está bien.

—No es eso. Creo que le gusta otra persona. —Pero a Jasper no debería importarle.

Jasper sonríe.

—Ya veo.

No es como si yo siguiera siendo su amor perdido. Eso es imposible. Ya no soy quien solía ser.

Mi cerebro estalla en confusión mientras me inclino para limpiar el huevo crudo de mi saco y luego continúo con sus mejillas sonrosadas. La curva de su barbilla.

—Perdón por el frío. Y por los huevos.

—No pasa nada. Probablemente necesitaba una lección de humildad después de lo de anoche.

Mi risa se convierte en un resoplido humillante. Me cubro la cara, lo que me recuerda que probablemente debí haberme quedado más lejos. Jasper ha sido capaz de desentrañar los intrincados detalles de mi rostro todo este tiempo. ¿Cómo no me di cuenta?

El labio superior de Jasper se contrae.

—¿Te parezco tan gracioso?

—No. Por favor, no te creas tan importante.

Jasper se ríe. Se inclina hacia delante. Acorta la distancia.

Mi cuerpo se paraliza cuando su mano se eleva hacia mi cara. Su pulgar recorre mi frente.

—Lo siento —murmura—. Te llené de huevo.

Mi cara se calienta tanto que me mareo.

Ya no le gusto. Ya no me gusta él. Sin embargo, pensé que estaba haciendo otra cosa. Algo que nunca volverá a hacer.

Entonces, ¿por qué no me moví?

¿Por qué me siento tan extrañamente vacío ahora que ya no me está tocando?

—*¡No problemo!* —Doy un paso atrás, luego otro adelante para darle mi bufanda y tropiezo con mi propio pie. Mi palma golpea su pecho—. ¡Ah, lo siento!

—No te preocupes, Charlie —dice, sujetándome el antebrazo. Sonriendo.

Eso hace que mi cabeza dé vueltas. Me obliga a sentir todas las emociones contradictorias de la enfermedad incurable que creía curada.

Me alejo tan rápido como puedo, pero una voz molesta en mi cabeza me dice que espere, que le haga un favor a Xavier y le diga a Jasper que deje su piso

—¡Oh, y Charlie! —dice Jasper.

Me doy la vuelta.

—¿Sí?

—Mi tía volvió a convertir su oficina en mi habitación. No te preocupes. Oficialmente, ya no somos *roomies*.

CAPÍTULO 30

UNA HABITACIÓN PROPIA

SÁBADO 2 DE NOVIEMBRE

La colección de velas de canela que tiene Jasper en el alféizar de la ventana invade mi nariz en cuanto entro en la habitación 503.

Pensé que Jasper habría venido a llevarse sus cosas ahora que había recuperado la habitación de su tía. Todavía falta la colcha de retazos con flores de ambrosía que se llevó cuando se quedó con Xavier, pero los once cojines de su cama están intactos. Al igual que sus maletas antiguas, que aún asoman por debajo. Y las velas. Todas las velas siguen aquí.

La puerta se cierra detrás de mí.

Todo está en silencio.

Eso es bueno. Solo quedan diez días para los exámenes finales.

Mientras me dirijo hacia mi escritorio para comenzar mi sesión diaria de ocho horas de estudio, el aroma de las velas de Jasper no deja de distraerme. Para librarme de ese olor, podría tirarlas a la basura. Como mínimo, podría ahogarlas en una de sus maletas.

En lugar de eso, me acerco y recojo un trozo del pisapapeles roto con forma de corazón que hay junto a ellas. El que Jasper rompió al verme el primer día. Lo sostengo frente a la luz del farol que se ve a través de la ventana y suspiro al mirar las grietas. Pude haberlo ayudado a pegarlo.

Desde la esquina de la habitación, Jasper me observa.

Me estremezco y entonces me doy cuenta de que es de cartón y que lleva colgando del cuello unos collares del Mardi Gras. No es Jasper. Sin embargo, la humillación de haber sido descubierto aún es muy profunda, lo que hace que me apresure a dejar el pisapapeles y retirarme a mi escritorio. Empiezo con el paquete que contiene todos los términos de química que hemos aprendido este año. Tengo que memorizarlos todos.

Abro el paquete y empiezo por el primero.

«Enlace covalente: se forma cuando los átomos comparten electrones; típicamente entre dos no metales».

No se oye el zumbido de la lámpara de la mesita de noche.

«Enlace covalente: se forma cuando los átomos comparten electrones; típicamente entre dos no metales».

No se oye el ruido de páginas al pasar.

No se oye el roce de las almohadas.

«Enlace covalente: se forma cuando los átomos comparten electrones; típicamente entre dos no metales».

Parpadeo al mirar la hoja. ¿Cuántas veces he leído eso?

Vuelvo a mirar hacia Jasper. Me levanto, enciendo su lámpara y retomo el trabajo.

CAPÍTULO 31

CRIMEN Y CASTIGO

LUNES 4 DE NOVIEMBRE

ATENCIÓN

Por motivos de seguridad, queda prohibido el acceso a la academia hermana hasta nuevo aviso. Se suspende toda comunicación, ya sea verbal, escrita o de cualquier otro tipo. El incumplimiento de estas normas dará lugar a una suspensión y, en casos reiterados, a la expulsión.

Aprieto con fuerza la correa de mi mochila mientras sigo releyendo el cartel pegado en la puerta de la residencia Philautia. La academia acaba de empezar a colocar estos carteles. No tiene nada que ver con nuestra entrega del viernes pasado.

Ajá.

Pero cuando voy a Dix, veo el mismo cartel pegado en la ventana. Luego, junto al tablón de anuncios con las calificaciones y los volantes. En las puertas del centro recreativo. Incluso frente al escritorio del maestro Stern, en la clase de Literatura Inglesa.

Robby, Jasper y yo intercambiamos señales no verbales para hablar después de la clase.

—Como todos saben —dice el maestro Stern al terminar la clase—, los exámenes finales son el lunes y martes próximos. Sin embargo, debo dar clase el miércoles. ¿Por qué? Porque Valentine siempre ha hecho las cosas así. —Su tono sarcástico me toma por sorpresa—. Así que voy a traer a un ponente invitado muy divertido. No intenten fingir que están enfermos en los servicios de salud para librarse de venir, ¿de acuerdo?

Suena el timbre y todos nos dirigimos hacia el pasillo.

—¡Señor V!

A medio camino hacia la puerta, me doy la vuelta. El maestro Stern me hace señas para que me detenga. Al menos, eso creo. Me distrae su traje con estampado de leopardo.

Jasper se detiene a mi lado, con el ceño fruncido. Es evidente que está pensando lo mismo que yo. ¿Se tratará de nuestra última entrega? Hace un gesto con la cabeza hacia el pasillo y sigue con Robby, dejándome a mi suerte.

Mientras vuelvo al aula, el maestro Stern se inclina hacia un lado para arrastrar una silla hacia él, lo que debe de ser todo un reto con esos pantalones tan ajustados. Me siento y cruzo las manos sobre el regazo. El cartel de «Atención» de su escritorio vuelve a gritarme.

Sudo más.

—¿Sí?

—Actúa como si estuviera en problemas.

—¿Estoy en problemas?

El maestro Stern esboza una sonrisa tan amplia que sus ojos se entrecierran detrás de sus lentes. De su maletín, que está en el suelo, saca un montón de papeles. Arriba está mi ensayo de análisis de personajes sobre «Un día perfecto para el pez banana», de Salinger.

—Todo lo contrario. Como siempre, he disfrutado mucho su último trabajo. ¿Puedo compartirlo con el departamento de Inglés como ejemplo para esta unidad? Su perspectiva sobre Seymour es mejor que la que se nos ocurrió a nosotros.

A mí.

Aunque el número uno está en esta clase, me ha elegido a mí.

—Parece sorprendido —dice el maestro Stern al ver que no respondo.

—Es que ahora mismo ocupo un puesto bajo —digo—. Hay otros aquí que están por encima de mí.

—Por suerte, esos puestos no reflejan la inteligencia real. Algunos de los mejores narradores y escritores son los menos cultos de todos. En cualquier caso, usted es inteligente, señor V.

—Pero soy becario de excelencia. Tengo que estar entre los cinco mejores.

Él me estudia.

—He oído a muchos de mis alumnos hablar de lo buen tutor que es. De lo mucho que lo admiran.

—¿De verdad?

—Sus calificaciones también han mejorado mucho. No solo es uno de los mejores alumnos que he tenido, sino que creo que es el mejor becario de excelencia que hemos tenido. Independientemente de si termina entre los cinco mejores, creo que su lugar está en Valentine.

«Su lugar está en Valentine».

El cumplido hace que mi cabeza dé vueltas, sobre todo cuando por estos pasillos ha pasado alguien como P. M. Pero las palabras del maestro Stern no cambian la realidad. Si no consigo quedar entre los cinco primeros en poco más de una semana, tendré que irme.

—Gracias —digo de todos modos.

—Solo espero que la Academia Valentine también le esté retribuyendo. ¿Es así?

—¿Perdón?

El maestro Stern se reclina en su silla y su saco con estampado de leopardo se mueve sobre sus hombros.

—¿Está aprovechando las instalaciones?, ¿los laboratorios de investigación? ¿Se reúne con otros profesores después de clases? No puede dar y dar sin obtener nada a cambio.

—Eh... más o menos.

—¿Qué obtiene a cambio entonces?

De pronto, esto parece un examen.

—El programa de Tutorías para Estudiantes, Apoyo Multidisciplinario Opcional me mantiene ocupado, sobre todo porque tengo que estudiar mucho entre clases, así que no tanto como me gustaría, la verdad. Pero me encanta el kiosco para escribir junto al lago. Y la biblioteca. ¡Oh! —Levanto las manos—. Quiero leer todos los libros de esas estanterías antes de graduarme. Son infinitos. Es como un bosque.

—Tenemos la mejor colección del país.

—Ya lo creo. En mi escuela secundaria nunca hubo nada ni remotamente comparable. Ni en mi escuela en línea, obviamente. Todo en Valentine es increíble.

—Me alegra saber que disfrutará estos próximos años —dice sonriendo.

Yo le devuelvo la sonrisa, a pesar de la amenaza de perder mi beca que se cierne sobre mí. Tengo que seguir aprobando Educación Física, mejorar mi puesto y superar cualquier otro obstáculo que se interponga en mi camino. Tengo que quedarme.

—Muy bien, señor V, puede retirarse —dice el maestro Stern.

—De acuerdo. —Me levanto de la silla.

—Oh, señor V.

—¿Sí?

—He notado un cambio en su escritura en comparación con su ensayo original para la beca de excelencia. Me parece que explora más la condición humana. Las emociones. Siga por ese camino.

Me froto la nuca. Por supuesto que *él* sale a colación de una forma u otra.

—Probablemente sea por Jasper. Él me ha estado enseñado un poco sobre eso.

—Parece que mis dos mejores alumnos son amigos.

Levanto una mano a la defensiva.

—Solo estamos juntos en el TEAMO. Y somos *roomies*.

Entonces lo recuerdo. Ya no.

Mejor así. Porque me gusta Jasper. Ya no puedo negarlo. Compartir habitación con la única persona por la que he sentido algo así, y que nunca sentirá lo mismo, sería una tortura. Además, ya no confío en que Jasper nunca le cuente a su tía lo que le estoy ocultando. Mi cerebro sabe que las cosas pueden cambiar.

Aun así, sigo sintiendo una punzada en el pecho. Con un último gesto de despedida, salgo del aula. Al doblar la esquina, me estrello contra algo duro.

Es el hombro de Jasper. Él sonríe.

—¿Hablabas de mí?

Me arde la cara.

—¿Estabas fisgoneando?

—Te hice una señal con la cabeza para indicarte que te esperaría. —Empieza a caminar por el pasillo—. Robby ya está esperando cerca de la biblioteca. Dijo que iría a buscar a Blaze.

Aprieto el puño a mi costado como si eso fuera a exprimir toda mi vergüenza, y luego sigo a Jasper a través del centro académico hasta llegar al Halo.

—¡Jasper! ¡Charlie!

Robby y Blaze están sentados en los escalones de la biblioteca y vamos con ellos

—Supongo que todos pensamos que el momento en que se colocaron esos letreros no fue muy buena señal —dice Robby, apretando su carpeta como si fuera una pelota antiestrés.

—¿Creen que alguien nos vio esa noche? —pregunta Jasper.

—Xavier y yo hicimos guardia a ambos lados de la caseta para vigilar. No había nadie por allí tan cerca de la hora del apagado de las luces.

—Lamento mi participación —dice Blaze con voz oscura y profunda, mordiéndose las uñas—. Mis gritos provocaron el tercer despertar de la batalla de la maldición de los arácnidos.

—No creo que hayas sido tú, Blaze —dice Robby—. Quizá las bolsas de basura llamaban la atención incluso desde lejos y alguien las vio.

Miro hacia el campanario y la academia de junto que se divisan más allá.

—Bueno, si no nos descubrieron a nosotros, entonces a ellas sí.

Jasper voltea hacia mí.

—Llama a Delilah. Ahora.

CAPÍTULO 32

PROMESA

LUNES 4 DE NOVIEMBRE

La señorita Lyney salta de su silla y su listón rojo vuela sobre su cabeza.

—¿Todo bien con tu mamá?

Hago mi mejor cara de cachorro junto a la puerta de la oficina, pensando en la forma más rápida de llamar a Delilah. Esta visita es vital, pero me está quitando tiempo de mi sesión diaria de ocho horas de estudio para los exámenes finales y ya tengo que quedarme despierto al menos una hora más para recuperarlo.

—En realidad, no. Tengo que volver a llamar a Delilah para programar un rato libre para… ya sabe. La final de… Eh…

—*Gnomos enamorados.*

—*Gnomos enamorados*. Sí. —Mi atención se desvía hacia el mostrador, donde un folleto anuncia la fiesta de invierno con letras naranjas y moradas, rodeadas de imágenes de fantasmas. Al parecer, el tema es Halloween en noviembre.

El maestro Stern sale repentinamente de la oficina de atrás. Señala una estantería llena de gnomos.

—Señorita Lyney, ¿no es ese su *reality show* favorito?

La señorita Lyney gira para quedar frente a él.

—Sí, lo es.

Él niega con la cabeza, pero se le escapa una sonrisa burlona.

—Amor fabricado. Una vergüenza para nuestros antepasados contadores de historias.

—No es «fabricado». Trata de una joven que conoce a un grupo de hombres vestidos de gnomos para ver de cuál se enamora.

—No se puede meter a dos personas en una habitación y esperar que se enamoren.

Levanto la mano.

—¿Puedo hablar con mi amiga ahora?

Solo pasan diez minutos antes de que me den un teléfono. Una vez en la oficina de atrás, el maestro Stern se ha ido y puedo acurrucarme en un rincón.

—Qué rápido —digo.

—Ya estaba en la oficina —susurra Delilah al otro lado de la línea—. Me descubrieron.

Se me hiela la sangre.

—No puede ser —murmuro—. ¿Cómo te descubrieron?

—Una de las bolsas estaba rota. Probablemente lo haya hecho algún animal. Me quedé arrodillada más tiempo del debido para recoger. Un colaborador residencial me vio.

«Rota». ¿Fue eso lo que pasó cuando Jasper y yo lanzamos juntos la última bolsa? ¿Su pulsera y mi anillo la rompieron? ¿Cuántas veces puedo arruinarlo todo?

—Lo siento, Charlie. —El agotamiento en la voz de Delilah solo hace que mi corazón se encoja más—. La fiesta es ahora un completo fiasco.

—¿A quién le importa la fiesta? —digo con demasiada brusquedad, consumido por la culpa, pero intento calmarme para que ella no se sienta mal por mí también. Dado que nuestra amistad atraviesa un momento incómodo últimamente, lo último que necesitamos es otro problema—. ¿Estás bien?

—Hablé con le subdirectore. Le dije que yo había escrito las cartas y que solo quería enviarle a Xavier un montón de basura empalagosa. Se lo creyó.

—¿En serio? ¿Entonces no te van a expulsar?

—Por ahora, estaré detenida una semana. No querían tocar esas cartas ni con un palo de dos metros, así que, por suerte, las tiraron antes de leerlas.

Esto debería ser un alivio, pero solo me siento más derrotado. Técnicamente, logré justo lo que quería: una habitación para mí solo. Sin embargo, ahora el TEAMO va a perder todo lo que le importa.

Y Jasper también. Nuestros últimos meses juntos no sirvieron de nada. Todas las tutorías. Todas las discusiones. Todas las noches sin dormir.

Todas nuestras cartas acabaron en la basura.

Estamos de vuelta en el punto de partida.

—¡Esos malditos arácnidos! —grita Blaze, de pie sobre el borde de la fuente del Halo.

Robby jala a Blaze hacia abajo y le tapa la boca con la mano. Ahora que es noviembre, han vaciado el agua de la fuente y la fea estatua de Cupido que hay en el centro ha dejado de lanzar el chorro constante de su arco y flecha.

Junto a ellos, Jasper y Xavier tienen los ojos muy abiertos, tan sorprendidos que no pueden hablar.

Meto las manos en los bolsillos del abrigo y me quedo de pie frente a ellos, sin saber qué más decir después de comunicarles las malas noticias sobre Delilah y las cartas al otro lado de un muro que no podemos cruzar. Un cartel junto a nosotros anuncia la fiesta de Halloween en noviembre, recordándonos cruelmente que solo faltan diez días para que llegue.

—¿Cuál será el castigo de Delilah? —pregunta Xavier con su voz grave de chico deportista en su estado más frágil hasta el momento. Incluso sus músculos parecen desinflados bajo su suéter de punto.

—Una detención —digo mientras la vergüenza de nuestra llamada aún me carcome por dentro.

—Milady necesitaba tu cuchara de la suerte —dice Blaze, dando una palmadita a Xavier en el pecho.

Xavier se cubre la cara con las manos.

—Soy el exnovio del infierno.

Contemplo los rostros abatidos que he provocado. Ojalá no hubiera averiado la reja del centro ecuestre y arruinado el método de entrega segura del TEAMO. Ojalá no me hubiera peleado con Jasper y roto las bolsas. Se espera que un becario de excelencia sea perfecto, pero yo soy todo lo contrario.

Tengo que arreglar esto, por ellos.

—Qué conveniente, están todos reunidos —grita una voz áspera en nuestra dirección. Cody «Medio Metro» camina junto al tímido y callado Eli y otros cinco chicos que recuerdo vagamente de encuentros anteriores. Ver a personas tan opuestas en la cadena alimenticia social pasando el rato juntas me pone los nervios de punta.

Solo hay una razón por la que se acercarían a nosotros así.

Descubrieron lo que pasó con las cartas.

¿Cómo? ¿Tan rápido?

—¿En qué podemos ayudarles, clientes? —dice Jasper, levantándose del borde de la fuente. Su voz denota una cautela inusual. Llegó a la misma conclusión.

Cody sonríe burlonamente. A diferencia del resto, solo lleva una camisa delgada, a pesar de que hoy hace más frío que ningún otro día de este otoño, probablemente para demostrar algo.

—Ya pueden dejar de llamarnos clientes. Sobre todo después de lo que provocaron.

—No poseen evidencia de que haya sido error nuestro... —grita Blaze en lo que parece ser su monólogo habitual, pero eso es todo lo que logra decir antes de que Robby le tape la boca de nuevo.

—Pero lo fue —dice Eli, frotándose las manos enguantadas—. Nuestro colaborador residencial se enteró de que alguien de la academia hermana fue sorprendida con toneladas de cartas. Las academias ahora pueden leerlas, ¿no? Y pueden ver nuestros nombres.

—Te equivocas, Eli —responde Jasper mientras sonríe. No se le marca el hoyuelo—. Ustedes están a salvo.

—¿Cómo lo sabes?

—La estudiante que recogió sus cartas se echó la culpa. Qué generosa, ¿no creen? Dice que la academia hermana tampoco leyó sus cartas.

—¿Y se supone que debemos creerte? —dice Eli—. Hemos sido muy comprensivos después de que obviamente mintieras sobre que solo tú escribes esas cartas. —Me lanza una mirada fría—. Es obvio que Charlie te está ayudando.

Jasper abre la boca mientras mira al resto de los miembros del TEAMO, pero no encuentra ninguna refutación. Solo le queda guardar silencio.

Cody sonríe con demasiada alegría.

—Mi amigo tiene razón. ¿Qué nos impediría visitar a tu tía ahora mismo y contarle el verdadero propósito del TEAMO?

Norma tácita n.º 16: Jasper tenía razón. Los compañeros de clase quieren ser amigos de los cinco mejores y, al mismo tiempo, quieren deshacerse de ellos, e incluso los más tímidos y malvados se alían para que eso suceda.

Debe haber alguna forma de convencerlos de que no delaten al TEAMO y todo lo que aporta a un entorno académico ya de por sí estresante.

—Entonces, ¿no quieren llevar a sus parejas a la fiesta? —pregunto a la multitud, explorando una idea. Me acerco al poste de anuncios y señalo el cartel de la fiesta, recatado de dibujitos de Halloween horrendos.

Eli cruza los brazos.

—Por supuesto que sí.

—Pues haré algo para compensarlos. Reescribiré sus cartas y las volveré a entregar.

Jasper emite un sonido ahogado de sorpresa.

Los demás me miran perplejos. No puedo culparlos. Esta promesa podría ser imposible. Pero me niego a dejar que expulsen al resto de los miembros por mi culpa.

—La fiesta es la semana que viene —dice Eli—. Además, el trato era que Jasper las escribiría, no tú.

—Bueno, lo sé, pero… —titubeo.

—Entonces yo mismo las reescribiré —interviene Jasper. Está nervioso y alisa las arrugas de su saco mientras me mira—. Y Charlie me ayudará a entregarlas.

Una ligera sensación de ternura invade mi corazón.

—¿Cómo vas a volver a entregarlas? —pregunta Eli.

—En la fiesta —respondo.

—¿Y eso es seguro? Casi todos los profesores estarán allí como chaperones. ¿Y si ven las cartas y se dan cuenta de que nosotros estuvimos detrás de su último intento fallido de entrega? Podrían descubrir lo que ha estado ocurriendo desde hace más de cien años.

Técnicamente, esto sigue siendo peligroso. La administración podría conectarnos con Delilah si nos descubren. Pero esperaba que pasaran por alto eso a cambio de un nuevo y prometedor método de ataque.

—Tenemos un plan. —La mentira me sabe mal, pero tengo que decirla. Necesitamos esta última oportunidad—. Esperemos que sea una oferta lo suficientemente buena. De lo contrario, la tradición de todos, y la única forma, de comunicarnos con la academia hermana desaparecerá para siempre, ¿no? Si fallamos, nos pueden acusar.

Eli frunce los labios.

—Hasta la fiesta.

Cuando el grupo se marcha, Jasper se gira hacia nosotros.

—Perdón por no haberles contado que Charlie estaba involucrado en lo de las cartas de amor. Quería que esto permaneciera en secreto para nuestros clientes.

—Yo ya lo sabía —dice Xavier.

—Asimismo un servidor —dice Blaze.

Robby señala a Blaze con el pulgar.

—Blaze me lo dijo ayer.

Jasper arquea las cejas. Lentamente, su atención se desvía hacia mí.

—Lo siento —digo con una mueca de dolor—. Se me salió sin querer.

—¿De verdad crees que puedes reescribir cientos de cartas desde cero? —le pregunta Robby a Jasper.

—¿Durante los exámenes finales? —añade Xavier, igualmente escéptico.

—No —dice Jasper—, por eso Charlie seguirá ayudándome a escribir.

Intercambio miradas confundidas con todos.

—Pero ellos no quieren mis cartas.

—Ellos creen que no quieren tus cartas —dice Jasper—. Sin embargo, yo sé que eres más que capaz. Y deseas ayudar. Por lo tanto, lo harás.

Yo sí quiero ayudar, sobre todo cuando Jasper dice que tengo talento. Pero, conociéndolo, podrían ser simplemente palabras bonitas que no siente y en las que no debería confiar. Además, tan solo el día de hoy he perdido varias horas de estudio para los exámenes finales por culpa del TEAMO. Para ponerme al corriente, tendré que pasar toda la noche en vela. Si añado las cartas de amor a mi agenda, nunca volveré a dormir si quiero conseguir un buen puesto. Ni siquiera sé si eso sería suficiente.

—Incluso entre dos personas, no estoy seguro de que podamos terminar a tiempo —murmura Robby.

—La última vez tardamos tanto porque Jasper tuvo que enseñarme primero —digo, pero no sé si intento convencerlos a ellos o a mí mismo—. Podemos hacerlo. Solo tendremos que... pasar mucho tiempo juntos. —Miro a Jasper.

Él asiente, pero su mirada está perdida. Inquieta. ¿Por qué? ¿Cree que no podemos hacerlo?

El campanario da las doce. Es hora de comer.

Después de despedirse, Robby, Xavier y Blaze se dirigen hacia Dix. Jasper se queda en la fuente y me jala de la manga del abrigo.

—Lo siento, Charlie. Por todo esto. Por eso me siento especialmente mal por pedirte algo más.

—¿Qué es? —digo, sintiendo un cosquilleo en el pecho.

—Te dije que pensaba volver a vivir con mi tía, pero me temo que se dará cuenta de lo que estamos haciendo. Puede que vea mi diario. Las cartas.

—¿No puedes escribir en la cripta después de clases?

—Tenemos poco tiempo. Tendré que trabajar por las noches y mi tía se dará cuenta si me quedo fuera después del toque de queda. ¿No tendrías que trabajar así tú también?

—Supongo —digo, sin seguir la lógica, pero estoy demasiado abrumado por lo que he prometido como para pensar más—. ¿Entonces volverás a la habitación de Xavier?

Los ojos azules de Jasper rebotan en los arces del Halo.

—Estar más cerca de ti durante los próximos diez días podría ayudarnos a terminar a tiempo.

Me está pidiendo que volvamos a ser compañeros de cuarto.

—Oh —digo.

—Sé que es mucho pedir volver a la habitación —dice Jasper con una cadencia más rápida—, pero nuestro futuro en Valentine depende de ello, ¿no? No seré una distracción, lo prometo.

Mi sonrisa se convierte más bien en una mueca porque solo hace unos meses habría hecho cualquier cosa por tener una habitación privada, especialmente durante la semana previa a los exámenes finales.

Pero desde que Jasper se mudó, lo único que me ha distraído es su ausencia. No hay más ruidos de páginas al pasar, ni de lámparas zumbando, ni de once almohadas moviéndose durante la noche. Todos los ruidos que antes detestaba son ahora lo único que quiero oír.

—Puedo sobrevivir hasta la fiesta. —Mi corazón me obliga a decirlo, y nunca he deseado tanto poder cavar un agujero en mi pecho. No hay forma de que pueda sobrevivir compartiendo habitación con la única persona que nunca ha correspondido mis sentimientos—. Pero prométeme que te irás en cuanto terminemos.

La boca de Jasper se contrae de una forma que no logro descifrar.

—Lo prometo.

CAPÍTULO 33

LOS TRES MOSQUETEROS

MIÉRCOLES 6 DE NOVIEMBRE

—¡Charlie! —Xavier se abalanza sobre la barra de la máquina que se me resbala de los dedos, y yo me sobresalto. La agarra y la vuelve a colocar en su sitio sobre mi cabeza con un golpe seco—. ¿Dónde estabas, amigo? No parabas de hacer repeticiones más allá de las que debías hacer.

¿En serio?

Me incorporo de la máquina y echo un vistazo al gimnasio. Lo único que recuerdo es que estaba pensando en todas las guías de estudio que tenía que terminar después de esto.

—Lo siento. Me distraje.

—El mes pasado no podías hacer ni una sola repetición sin desmayarte, así que has hecho un buen trabajo, pero exagerar puede tensar los músculos. No queremos que eso ocurra una semana antes del examen.

Como si pudiera olvidarlo.

—¡Camaradas! —resuena desde las puertas del gimnasio.

Volteo hacia allá. Robby nos saluda con la mano, vestido con un pants. Blaze posa detrás de él, agitando las manos como una mariposa. Se abren paso entre las filas de máquinas hacia nuestro lado.

Antes de que pueda preguntar por qué, Xavier dice:

—Les dije que estaríamos aquí hoy. Ellos dijeron que tal vez nos acompañarían.

Blaze muestra otra pose innovadora: una pistola con los dedos. El anillo de oscuridad ancestral de su pulgar brilla, no por magia, sino por las luces fluorescentes.

—No es sino mi maldición llevar mi cuerpo a su punto de quiebre.

—Espero que no los estemos incomodando —dice Robby, ajustándose el cuello de la sudadera.

—Para nada —respondo, pero mi pulso se acelera por la mentira. Con Xavier comparándonos a los tres, uno al lado del otro, pareceré más débil de lo que soy. Seguimos a Xavier hacia tres barras de dominadas. Robby y Blaze toman la primera y la tercera, dejando solo la segunda disponible. Genial. Xavier nos comparará, literalmente, uno al lado del otro.

Xavier levanta su cronómetro.

—Un minuto. Hagan todas las dominadas que puedan.

Pongo los pies firmemente en el suelo. Será una dura competencia contra Robby y Blaze, tal vez imposible, pero tengo que darlo todo. No puedo defraudar a Xavier.

—¡Ya!

Flexionando los músculos, todos nos impulsamos hacia arriba. Al instante, Blaze cae al suelo.

Me quedo paralizado a mitad del camino a la barra, mirando sus extremidades enredadas.

—No me derrotarán esos octópodos —murmura Blaze mirando hacia abajo, levantando el anillo ancestral de la oscuridad en su pulgar.

Xavier agita el cronómetro.

—¡Continúen!

A mi izquierda, Robby vuelve a subir. Va rápido. Demasiado rápido.

Me concentro en canalizar la cantidad correcta de fuerza. Xavier me enseñó a conservarla. Cuando llego a las tres, los brazos de Robby tiemblan y tiene la frente empapada en sudor.

—¡Deténganse!

Bajo de un salto. Blaze sigue jadeando en el suelo. Robby tampoco tiene buen aspecto por la forma en que se seca la cara mojada con la camiseta. Yo solo siento calor.

Xavier señala a Robby y Blaze, y luego a las repisas con mancuernas junto al espejo largo.

—Recuperen el aliento allí. Comenzaremos con algo más fácil.

Robby ayuda a Blaze a levantarse del suelo y luego se alejan cabizbajos.

Xavier choca su mano contra la mía.

—Sabía que los aplastarías.

En efecto, los había aplastado.

—Estoy sorprendido.

—¿Por qué? Llevas meses entrenando.

Quiero emocionarme, pero…

—Pensé que ellos también llegarían fácilmente a tres.

—Robby ha estado esforzándose mucho para sacar un diez en Educación Física. Y Blaze casi nunca va a clase, pero es un Dixon. Su familia es dueña de la mitad de los edificios del campus. Por eso la maestra Nallos se asegura de que saque diez.

Todo este tiempo había pensado que los demás eran más fuertes y que yo tenía que entrenar cada hora de cada día para ponerme a su nivel.

—¿Te pasa algo, amigo? —pregunta Xavier. Debe de haber notado mi torbellino interior.

Desde que comenzamos a entrenar, Xavier nunca me había preguntado por qué estaba tan obsesionado con mi calificación en Educación Física. Se lo agradecía. Pero ahora nos conocíamos mejor. Delilah incluso había llegado a decir que éramos amigos.

—Nunca te lo pregunté —digo, decepcionado conmigo mismo por no haberlo hecho antes—. ¿Por qué entrenas tanto?

—Siempre lo he hecho, supongo. En la escuela secundaria, era capitán del equipo de *lacrosse.*

—¿Por qué viniste a Valentine si no hay deportes?

Xavier se inclina para tomar su bebida deportiva del suelo. Parece una distracción.

—Mi padre es embajador de la ONU. Tuvo que mudarse a los Emiratos Árabes Unidos durante los próximos cuatro años. Podía ir con él o matricularme en un internado. Este es el único de Nueva York que mis padres «aprueban».

—¿Tenías que quedarte aquí?

—No, pero así puedo tomar un tren a la ciudad para ver a mi antiguo equipo. Lo haré durante las vacaciones de invierno. Los extraño mucho.

—Qué bueno.

—Sí. Ya no sé mucho de mis padres. Pero a veces hay que elegir. —Agita su bebida y observa cómo el líquido anaranjado se arremolina en el vaso.

Aunque mamá a veces sea desorganizada y un manojo de nervios, al menos ella nunca haría eso. Súbitamente, el hecho de que no enviara el cheque para pagar mi habitación individual no me parece tan grave como hace un mes.

—Lo siento.

—Está bien. Hablé con la maestra Nallos sobre formar un equipo aquí. Al menos se ha mostrado dispuesta. Ojalá pudiera ser mixto, pero las normas son demasiado estrictas para permitirlo. El hecho de que haya que separar a todos es ridículo. Digo, ¿en qué año estamos?

Así que Xavier también se rebela contra las normas. La primera vez que lo vi, lo único que pude apreciar fue lo alto, fuerte y gigante que era. Supuse que era como el resto de los estudiantes, que encarnaban la definición de la tradición y que nunca podrían relacionarse con alguien como yo.

Si incluso él se siente así, ¿lo harán otros?

—¿Quieres unirte al equipo? —añade Xavier con una sonrisa juguetona—. Sé que solo estás aquí por tu calificación en Educación Física, pero tienes potencial para mucho más.

Es un cumplido que nunca pensé que recibiría de nadie, y mucho menos de otro chico.

Y eso me motiva lo suficiente como para querer arriesgarme.

—Para ser sincero, no he estado entrenando solo para mejorar mi calificación —digo—. Quiero estar a la altura de los demás chicos. Me da un poco de miedo que en la academia descubran quién era antes.

—¿Quién eras antes?

Mi lógica me dice que dé media vuelta, pero no lo hago.

—Antes de la cirugía tenía otro nombre. Y otras hormonas.

Xavier asiente lentamente.

No sé cómo interpretarlo.

—Si la administración se enterara, podrían hacerme abandonar el campus y a todos ustedes, ¿sabes?

—No.

—¿No?

La expresión de Xavier es seria.

—No me malinterpretes, entiendo que estés preocupado. Espero que no lo hagan, amigo. Pero si lo hacen, te juro que les daré un puñetazo en la garganta.

—Oh.

—El resto del TEAMO haría lo mismo. Iríamos directamente contra el consejo de administración.

Siento cómo se me reconforta el pecho. El TEAMO me apoyaría. Últimamente, eso era innegable. ¿Pero también lo harían todos los demás en esta academia?

¿Incluso Jasper?

Me invade un dolor amargo: no puedo creer que, incluso ahora, a pesar de todo, haya una parte de mí que se pregunte si podría confiar en él.

—Gracias.

Xavier señala a Blaze y Robby, que están hurgando en una cubeta llena de bandas elásticas de látex. Blaze se ata una alrededor de la cabeza, la estira demasiado y lo golpea en los ojos.

—Ve a ayudar a esos perdedores. Necesitan a un experto como tú.

CAPÍTULO 34

Y NO QUEDÓ NINGUNO

MIÉRCOLES 6 DE NOVIEMBRE

No llega nadie a la hora del TEAMO.

Trabajo en una guía de cálculo en mi escritorio, esperando a que alguien, quien sea, necesite ayuda durante la última semana antes de los exámenes finales. Aunque lo último que quiero es que me interrumpan mientras estudio. Cuanto más tiempo pasa, más evidente se torna la realidad y me invade una tristeza abrumadora. Robby tenía razón. Después de que arruináramos lo de las cartas de amor, nadie se arriesgaría a relacionarse con el TEAMO. Y sin clientes a quienes atender, la tradición centenaria dejaría de existir.

Me viene a la mente el primer día como cara visible del TEAMO, cuando me senté aquí solo entre mesas abarrotadas y bulliciosas. Esa misma soledad me invade ahora.

Durante toda la tarde, tecleo una y otra vez en mi calculadora gráfica hasta que me detiene en seco una pregunta. En la pantalla aparece el número 47.22, una opción que no figura entre las opciones de respuesta. Lo intento de nuevo. 47.22.

¿Y si esto fuera el examen del próximo lunes?

El campanario da las diez.

Echo un vistazo a los escritorios vacíos de alrededor y luego miro mi reloj. Son diez para las diez. Me ha tomado cuatro horas responder una guía de estudio.

Me invade la vergüenza mientras guardo el cartel del TEAMO en mi mochila y regreso a la residencia Philautia. El aire frío me golpea la cara y me ajusto el abrigo, deseando que Jasper no se hubiera quedado con mi bufanda, aunque en realidad me alegro de que al menos él esté abrigado esta noche. Después del entrenamiento con Xavier esta mañana, no tuve oportunidad de bañarme antes de la primera clase. Ahora, el brillo del sudor que no me molestaba hacía doce horas me obstruye todos los poros, y la camisa se me pega incómodamente a la piel. A pesar de haber conseguido el cuerpo perfecto para Educación Física, tal vez sea mi cerebro el que me falle la próxima semana. Tal vez no logre obtener entrar al cuadro de honor.

Tal vez debería empezar a empacar.

Cuando llego a la habitación 503, ya han pasado diez incriminatorios minutos desde el apagado de las luces. Toco una vez. Grimes. No hay respuesta. No está aquí. Jasper dijo que volvería a mudarse, pero quizá decidió quedarse en la residencia de profesores de su tía después de todo.

Me duele el pecho, aunque no tiene sentido. Él no puede ser mi *roomie*.

Antes de que la puerta se cierre detrás de mí, me arranco el suéter y la camisa por la cabeza y los aviento sobre la cómoda. Cuando me dispongo a quitarme los pantalones, escucho el ruido que hace una página al pasar al otro lado de la habitación. Es Jasper, todavía con el uniforme pero con el pelo recogido con una liga, que trabaja en su escritorio.

Está aquí.

¿Está aquí?

—¡¿Estás aquí?! —se me escapa de la boca.

Jasper gira en su silla. Sus ojos se fijan en el último lugar donde querría que lo hicieran.

Una camisa. Necesito una camisa. Ahora.

Corro hacia mi cómoda y vuelvo a tomar el suéter para cubrir mis cicatrices.

—¡No dijiste nada!

Por el rostro de Jasper cruzan demasiadas emociones como para que yo pueda entenderlas. Sean cuales sean, hacen que sus ojos y su boca se contraigan. Tarda tres segundos más en taparse los ojos con las palmas de las manos.

—¡¿Qué se supone que debía decir?!

—Entra. ¡Es nuestra señal!

—Solo cuando tocas una vez.

—Sí toqué.

Jasper baja las manos.

—¿Lo hiciste? Lo siento.

Presa del pánico, le lanzo mi suéter.

—¡No mires!

La suave tela pasa volando por encima de su cabeza y choca contra los frascos de perfume de cristal que hay sobre la cómoda, provocando un efecto dominó de tintineos y estrépitos. Dos frascos caen al suelo.

Al menos Jasper ya no me está mirando. En lugar de ello, observa los frascos que he tirado.

Debería disculparme por mi arrebato poco ceremonioso, y una parte de mí desea hacerlo, pero él me ha visto. Me ha visto de verdad. Ahora soy aún más real para él. Esto podría cambiarlo todo.

Mi irracionalidad se apodera de mi cuerpo y me convence de tomar una pijama de mi cómoda, correr al baño y encerrarme con un portazo. Me quedo allí, con la espalda pegada a la puerta, jadeando. No es la primera vez. Y casi seguramente no será la última.

Al menos, hasta que mi reflejo llama mi atención en el espejo. Mi clavícula sobresale más y mis brazos tienen un poco más de masa. Con la ligera definición de mi pecho, mis cicatrices están casi ocultas también. No del todo, pero tampoco destacan. No puede ser el mismo reflejo de cuando empezaron las clases, pero dos meses de entrenamiento tampoco pueden haber hecho tanto.

Quizás sea el mismo reflejo. Quizás siempre me he visto así, pero no me daba cuenta.

Me acerco al espejo. No suelo mirarme. Es algo inconsciente. Mi cara, rara vez. El resto, nunca. Si Jasper no estaba mirando mis cicatrices, ¿qué estaba viendo?

¿Grité sin motivo? ¿Me imaginé su mirada?

No, sí me estaba mirando. Fijamente.

No quiero volver a esa habitación, ni siquiera puedo imaginar lo incómodo que será, pero tengo que terminar las guías de estudio y hacer los exámenes de práctica. Cuando salgo de bañarme y regreso en pijama, Jasper está sentado, con la espalda apoyada contra la cabecera de la cama. Su colcha de flores de ambrosía ha vuelto de la habitación de Xavier y se la ha subido hasta la cintura, y sus frascos de fragancias han regresado a su posición perfectamente alineada en su escritorio. Está trabajando en las cartas para la fiesta, con la libreta en su regazo y el pin con el número uno en el cuello de su pijama, porque, claro, no podía faltar.

Espero a que diga algo, pero sigue trabajando en silencio.

Tratando de ignorar la vergüenza que me invade, me siento en mi cama y tomo mi libreta para acompañarlo. Detrás está mi guía de Literatura Inglesa. Hay seis posibles temas para el examen final, pero solo se elegirá uno. No he hecho ninguno. Lo tomo y paso las páginas vacías. Le prometí al TEAMO que podría encargarme de las cartas y de los exámenes finales.

Quizás no pueda.

—Trabaja en eso —dice Jasper desde su cama.

Me sobresalto.

—¿Qué?

—En tu guía. Eres inteligente, así que la terminarás rápido. Luego me ayudas a escribir las cartas.

La propuesta me hace sentir aliviado y fracasado a la vez.

Voy a la primera pregunta.

«1. El ritmo trepidante de «El cuervo» creado por Poe, tiene un sonido hipnótico característico y una atmósfera inquietante. ¿Qué técnicas literarias utiliza Poe para lograrlo? Presta especial atención al cuidadoso uso de la rima y la métrica».

El pecho se me contrae al leer la pregunta sobre poesía desde el inicio. Chupando el extremo del lápiz, saco mi copia impresa de «El cuervo» de mi carpeta de Inglés y estudio los versos.

Jasper podría ayudarme.

Lo miro. Aunque acabo de aventarle un suéter. Dudo que quiera acercarse a mí.

—¿Jasper?

Levanta la cara de su cuaderno. Su mirada se dirige hacia la punta del lápiz que descansa sobre mi labio inferior y luego vuelve a mis ojos.

—¿Puedes ayudarme? —le pregunto.

Jasper sale de la cama con su libreta y se acerca a mí, y su inesperada disposición me confunde. Mientras se para frente a mí, sigue con el dedo el texto, moviéndose hacia adelante y hacia atrás a un ritmo pausado, rozándome con la manga de su pijama.

Me concentro en la página.

—No se me da bien la poesía.

—Has mejorado.

—No con preguntas como esta. ¿Cómo pueden crear emociones diferentes ritmos diferentes?

Jasper se sienta a mi lado en la cama. Su pierna roza la mía y se estremece.

—Lo siento.

—Todo bien —murmuro.

Debe estar tan nervioso porque le grité. La necesidad de disculparme me atrapa con sus garras, pero tampoco me muero por sacar a relucir el tema de mi pecho desnudo.

Jasper señala mi copia de «El cuervo» en mi muslo, y su aroma floral me envuelve.

—¿Qué destacarías de este ritmo ABCBBB?

—¿Que la B se repite mucho más?

La sonrisa de Jasper se ilumina. Le encanta esto.

—¿Y en qué se parecen estas rimas B?

—*¿Lenore? ¿Door? ¿Nevermore?*

—Mmm...

Esto no puede ser correcto.

—¿*Oo* suena espeluznante? ¿Como, *oo*, de fantasma?

—¡Sí!

—¿En serio?

Jasper se rasca la sien.

—Técnicamente, la mayoría de los versos utilizan el octámetro trocaico: dieciséis sílabas que siguen un patrón de tónica y átona. Pero los esquemas en B son catalécticos y omiten la última sílaba átona. —Su pasión crece junto con sus gestos—. Además, la repetición insistente del estribillo del cuervo, «nunca más», recuerda al lector el dolor que está sufriendo. Es un efecto inquietante. Sin embargo, el maestro Stern es más de emociones que de técnica. «*Oo*, de fantasma», debería bastar.

La poesía de Jasper tal vez apele al gusto de las redes sociales por el contenido *normie*, pero él podría saber más incluso que el maestro Stern. Quizás para destacar algo básico entre millones de otros poetas, necesitaba hacerlo. No puedo negar lo impresionante que es.

Anoto «*Oo*, de fantasma», para no olvidarlo.

—Gracias. No habría podido responder esto sin ti.

Normalmente, Jasper habría exprimido la situación, pero se limita a levantarse de la cama.

—No te molestaré más. A menos de que tengas más preguntas que hacerme.

Sigue pensando que me molesta.

Se me oprime el corazón. Supongo que continúo exigiéndole que se vaya. Constantemente.

—No me molestas —digo, volviendo a la guía de estudio. La siguiente pregunta no es sobre Poe. Robert Frost. Dos caminos que se bifurcan en el mismo bosque maldito y poético—. Puede que aún te necesite.

Jasper arruga la frente, sorprendido.

—Dime cuando necesites ayuda. —Se sienta de nuevo, haciendo girar la pluma fuente rota entre dos de sus dedos ágiles, manchándose la piel de tinta roja.

—¿Cuánto tiempo llevas...? —¿Qué estoy haciendo?

Jasper levanta la cabeza y su fleco rubio cae sobre sus ojos. Espera.

—No importa —digo—. Bueno, no. Iba a preguntarte cuánto tiempo llevas con esa pluma, ya que está rota. Debe de ser vieja.

—Me la regaló mi tía. —Me muestra la pluma, pero no se acerca para enseñarme los detalles, aunque me gustaría que lo hiciera. El número 89 grabado en el cuerpo brilla a la luz de la lámpara de mi mesa de noche—. Fue un regalo cuando publiqué mi poemario.

—Qué detalle de su parte.

—Sí, no somos muy cercanos, pero apoya mi trabajo. Entiende que Valentine puede limitarlo. La verdad es que me alegra que comprenda este lugar y lo solitario que puede ser.

Una vez, acusé a Jasper de no saber lo que era eso. Pero, a pesar de lo encantador y talentoso que es, tampoco tiene a mucha gente en Valentine en quien confiar o con quien identificarse. Lo he comprobado una y otra vez, especialmente ahora que el TEAMO amenaza con desaparecer.

—Tu madre estudió aquí, ¿verdad? —pregunta Jasper.

—¿Te lo conté en el campamento?

—Sí. —Jasper deja a un lado su diario—. También recuerdo que tu comida favorita son los palitos de pan porque es lo único que comías. Y, bueno, es raro.

Me sonrojo.

—No puedes decir nada. La tuya son los arándanos.

—También te acuerdas de la mía —dice, con una mueca en el labio superior que desaparece rápidamente. Incluso se aclara la garganta—. ¿Alguna pregunta? Y no te sientas mal. No me distraes. Voy adelantado con mis cartas.

Por supuesto que va adelantado.

La vergüenza se apodera de mí, sobre todo al ver de nuevo el brillante pin con el número uno que tantas veces he soñado que podría ser mío.

—Para ser sincero, no sé cuánto tiempo me llevará esta guía.

—No hay proble…

—Ni las otras cuatro que hay en mi mochila. Se acerca la publicación de las calificaciones finales y las mías deben ser perfectas, así que estoy un poco agobiado…

—Charlie, es…

—… o me quitarán la beca. Entonces no importará que haya ocultado que soy transgénero, porque me expulsarán por mis malas calificaciones, o si toda la clase le cuenta a la academia sobre el TEAMO, entonces me expulsarán por eso y mamá quedará destrozada. Pase lo que pase, todos se arrepentirán de haber creído en mí como becario de excelencia. Pensarán que debería seguir aquí alguien como P. M., así que probablemente debería estar haciendo mis maletas en lugar de hablando contigo.

Jasper me mira fijamente.

Solo entonces me doy cuenta de todo lo que he descargado y del tiempo que llevaba reprimiéndolo. ¿Por qué tenía que estallar precisamente con Jasper?

Ojalá pudiera meterme debajo de las sábanas y no estar «nunca más».

—Olvida lo que he dicho.

Él sigue frunciendo el ceño.

—Cancela la hora del TEAMO de esta semana.

—¿Qué? Imposible.

—De todos modos, ya casi nadie va.

Siento una punzada.

—Necesitamos el TEAMO para no levantar sospechas. Puedo hacerlo todo.

La mano de Jasper se mueve y se levanta de su rodilla, pero luego vuelve a posarse sobre ella.

—El hecho de que puedas hacerlo todo no significa que debas hacerlo, Charlie.

Miro fijamente su mano inmóvil, abrumado por la decepción de que no se haya movido más. Cada día, esta enfermedad incurable empeora.

—¿Charlie?

—Sí —digo sobresaltado—. Hola.

—Hola. ¿Me escuchaste, Charlie? No pasa nada si te tomas un descanso.

Mi agotamiento me tienta, pero no puedo tomarle la palabra a Jasper y echarlo todo por la borda.

—Aunque no sé por qué malgasto mi aliento —añade Jasper con un suspiro—. Ahora mismo estás pensando que nunca harás caso de los consejos que te doy.

—¿Cómo lo…? —Me detengo.

Pero es demasiado tarde, en sus labios se dibuja otra sonrisa mientras vuelve a su libreta, como si pensara que me conoce mejor que nadie.

Jasper es el único con quien he compartido habitación. El único con quien he pasado un verano fuera de casa, aparte de mamá y Delilah. El único al que he besado. ¿Será que de verdad me conoce mejor que nadie?

¿Puedo confiar en Jasper?

—¿Jasper? —digo, mirando hacia mi regazo.

—¿Sí, Charlie?

—Me refería a las cicatrices de la operación. Antes, cuando te dije que no miraras.

—Lo sé. Me lo imaginé.

Aún no le he pedido una disculpa. Tengo que hacerlo. Levanto la cabeza. Lo miro.

—Siento mucho haberte gritado. Y haberte aventado el suéter. Y siento haber tirado tus frascos. Sé que te gusta que estén bien acomodados.

—No te preocupes —responde Jasper, sonriendo mientras mira su libreta.

Mi corazón late con fuerza al ver lo compasivo que parece. Incluso comprensivo. Aún así, titubeo antes de volver a hablar.

—Se lo dije a Xavier.

Deja de mover la pluma.

—Xavier no se lo dirá a nadie. Pero sé que no confías ni en mí, así que no espero que me creas…

—Quiero creerte. —Las palabras salen de mi boca antes de que me vuelva plenamente consciente de lo que estoy diciendo y, por un instante, me arrepiento de haberme mostrado tan abierto y vulnerable. Pero eso es también lo que me confirma que lo que dije es verdad.

Jasper me devuelve la mirada.

—Espero que algún día puedas hacerlo.

CAPÍTULO 35

FIESTA

JUEVES 7 DE NOVIEMBRE

Cuando el campanario maldice al campus con siete campanadas, tengo la cara hundida en un libro de poesía *blackout*. Rezongo mientras me incorporo en la silla de mi escritorio, tratando de recordar lo que pasó la noche anterior. Después de que Jasper me ayudara con mi guía de literatura, me vine para acá a trabajar en las cartas para la fiesta. Terminé cuatro.

Solo me faltan treinta.

Echo un vistazo a la habitación. Jasper no está. Sin embargo, hay indicios de que llevó a cabo su rutina matutina, por la forma en que las prendas de su uniforme están esparcidas por su escritorio y su cama.

Algo se desliza por mi hombro. Miro hacia abajo.

Es una colcha de retazos, decorada con flores de ambrosía.

CAPÍTULO 36

DESAYUNO DE CAMPEONES

LUNES 11 DE NOVIEMBRE

—¡No te mueras, V.H.!

Me incorporo de un salto y me agarro a lo que tengo a mi alrededor. Tengo la cara mojada. Debajo de mí, sobre la mesa, está mi tazón con Cheerios.

Una servilleta de papel se interpone en mi campo de visión.

Frente a mí está Luis, cuya boca se retuerce como un gusano en señal de repugnancia ante mi cara llena de leche.

—Hermano, ¿te quedaste dormido en tu cereal?

Tomo la servilleta y me limpio la nariz, luego el resto de mi cara empapada. Es más difícil de lo que esperaba. Mis extremidades están flácidas como fideos y mi cerebro está en llamas por el dolor de cabeza.

—¿Qué decías?, ¿algo sobre mi aval?

En lugar de responder, Luis me quita un Cheerio remojado de la mejilla y lo tira al suelo de Dix.

—¿Cuánto dormiste anoche?

Esta última semana ha sido una vorágine entre el entrenamiento, el estudio y la redacción de cartas con Jasper, y ya llegamos a los exámenes finales de las horas una a tres de mi horario. ¿He tocado la almohada siquiera una vez?

—No —digo bostezando— lo recuerdo.

—Entonces no dormiste.

—No dije eso.

—¿Has descansado últimamente?, ¿aunque sea un poco?

—Hay mucho en juego —digo, pensando en la inminente clasificación final que se basa prácticamente en las calificaciones al terminar las clases.

Y justo después vendrá la fiesta. Con la intensidad de los exámenes, el TEAMO ni siquiera ha comenzado a discutir el plan de entrega de las cartas.

—Tenemos que lograr hacer todo perfecto esta semana —continúo.

Luis toma el tenedor y, nervioso, enrosca sus rizos como si fueran espaguetis. Su mirada se nubla por el miedo.

—Sí, hoy tengo mi examen más importante de Cálculo. —Miro fijamente el tenedor—. ¿Estás listo?

—No lo sé. Estoy cruzando los dedos a la espera de que tus tutorías me hayan servido de algo. Al menos, anoche pude cerrar los ojos—. La mirada de Luis vuelve a posarse en mi rostro—. A diferencia de ti. Tus ojeras tienen ojeras. Me preocupas.

Intento comer unos Cheerios, pero al instante se me revuelve el estómago.

—Estoy bien.

Luis ahora gira el tenedor entre su cabello más rápido.

—¿No tienes Educación Física a primera hora? Tu examen de aptitud física es como en media hora.

—No te preocupes, puedo con eso.

Mis brazos no se mueven.

Me jalo nuevamente hacia arriba en la barra de dominadas. Una vez más. Nada.

—Cuarenta y cinco segundos —dice la maestra Nallos mientras mira alternadamente hacia mí y hacia el cronómetro que tiene en su portapapeles. Puedo sentir las miradas de la fila de estudiantes en el centro recreativo Pragma detrás de ella.

El pánico se apodera de mí. La semana pasada logré hacer tres dominadas fácilmente con Xavier.

—¡Quince segundos!

No reprobaré este examen físico. No puedo hacerlo. Flexiono los brazos con tanta fuerza que me arden y me muerdo los labios para no gritar. Lucho contra el dolor hasta que mi barbilla toca la barra.

Mis brazos no pueden más.

—¡Tiempo!

Mis tenis tocan el suelo. Todo mi cuerpo tiembla. Una dominada. Todo ese entrenamiento para nada.

—Siguiente —dice la maestra Nallos, señalando al próximo estudiante de la fila para que ocupe mi lugar mientras sus alegres trenzas con lunares bailan sobre sus hombros ante mi derrota.

Antes de que ella pueda reiniciar el cronómetro, mi desesperación hace que me le acerque. Tiene que haber algo que pueda hacer. Cualquier cosa.

Piensa.

—Maestra Nallos, ¿puedo volver a intentarlo después de clase? Por favor.

—No es necesario —dice la maestra Nallos, haciendo un gesto para que me vaya.

—Se lo juro, puedo hacer tres. He entrenado…

—Aprobaste.

—Puedo demostrar… ¿Perdón?

—Te he visto entrenar con Xavier durante semanas a través de estas ventanas. —Señala hacia las puertas por donde se accede al gimnasio, situado en el centro del edificio—. En mi opinión, eso merece un cambio en tus calificaciones.

Siento cómo la esperanza revolotea dentro de mí, pero no creo que haya entendido bien.

—¿A cuánto?

—Lo verás en la próxima boleta de calificaciones.

—¿Pero puedo saberlo ahora?

Lanza una mirada alrededor de la pista.

—Vamos a decir que a un diez. Por favor, no se lo digas a nadie, Charlie.

Hago cálculos mentales en mi cabeza.

—Hasta ahora nos han calificado diez veces y mi promedio en octubre fue de siete, así que como mucho debería tener un nueve. Y las reglas sobre Educación Física…

—Has trabajado mucho. Apaga ese cerebro y camina unas vueltas. —La maestra Nallos vuelve a enfocar su atención en el siguiente alumno.

Mientras me dirijo hacia la pista cubierta, apenas puedo pensar con claridad, son demasiadas las emociones que me invaden. Un diez. Otros ya han terminado la prueba y también están caminando, entre ellos Xavier y su pandilla de cortes militares. Al menos sus amigos se habían mantenido a su lado mientras el TEAMO se desmoronaba.

Me uno a ellos.

—Hola.

—¿Cuánto sacaste, amigo? —me grita Xavier a la cara.

Corte militar número uno me lanza una mirada. Xuan. Luego, el otro. Zach, creo. Él se acerca para darme un apretón de manos, un movimiento básico que he empezado a aprender y que significa «no tengo ni idea de quién seas, pero pareces simpático».

No tengo que pensar mucho en cómo mover la mano para devolverle el apretón.

—Aprobé —digo con voz distante. Estoy muy conmocionado. Xavier me levanta del suelo y me aprieta tan fuerte que casi me rompe.

—¡Aleluya!

Cuando mis pies vuelven a tocar el piso, pierdo el equilibrio. Tropiezo hacia la izquierda.

—Pero solo logré hacer una dominada. La maestra Nallos me dio crédito de todos modos porque tú y yo hemos estado entrenando muy duro juntos. Así que gracias.

—¿En serio? Vaya. De nada. Pero... —La frente de Xavier se arruga mientras se inclina hacia mi cara. No retrocedo—. No te ofendas, pero te ves fatal.

—Estoy bien. Solo pasé la noche en vela.

—¿Antes de *esta prueba?*

—Tengo que estudiar para el resto de los exámenes.

El entusiasmo que Xavier había mostrado antes había desaparecido por completo, sustituido por la preocupación. Busca en su bolsillo y saca una barra de proteínas.

—Te traje esto por si acaso. —Me la lanza.

Mi cerebro no procesa a tiempo y la barra me golpea en la sien. Me sobresalto.

Xavier hace una mueca al ver la barra de proteína en el suelo.

—Pensé que la atraparías. Parece que no has comido nada. Métetela en la boca.

Recojo la barra y sigo sus órdenes, preguntándome si eso significa que he perdido peso. No es que haya tenido tiempo de mirarme al espejo.

Xavier me da una palmada en la espalda para animarme.

—Vamos, el miércoles estarás en los primeros puestos. Has trabajado demasiado como para no lograrlo.

Le devuelvo la sonrisa, intentando creerlo de una vez. Pero no tengo ni idea de si debería hacerlo.

CAPÍTULO 37
EL EXTRAÑO

MIÉRCOLES 13 DE NOVIEMBRE

El resto de los exámenes finales pasaron en lo que se sintió como un estado de pánico confuso y metafísico. El tema del ensayo final de Literatura Inglesa fue, afortunadamente,«*oo* de fantasmas». Entregué con anticipación los de Química, Historia Universal y Educación Cívica de primer año. En cambio, el de Cálculo lo terminé justo cuando se acababa el tiempo. Entonces, por fin pude respirar.

Ya han comenzado las clases del miércoles, el día en que los profesores se esfuerzan por entretenernos después del trauma que hemos sufrido antes de la fiesta y las vacaciones de invierno. La maestra Nallos nos deja practicar cualquier deporte que queramos, y yo paso el tiempo caminando ansiosamente por la pista, arrastrando las piernas como si fueran cien por ciento de uranio, el elemento más pesado de la naturaleza y la pregunta número once del examen final de Química. ¿Habré respondido bien?

Después de esto y de una hora de Literatura Inglesa, se actualizará la tabla de calificaciones para terminar el semestre. Todos, incluidos los padres, sabrán en qué puesto quedó cada quien. Delilah descubrirá si sus calificaciones son lo suficientemente altas como para postularse al consejo estudiantil. Yo, finalmente sabré si me quedo o me voy.

Momentos después, estoy en clase de Literatura Inglesa y el maestro Stern abre la puerta de una patada, haciendo que el dobladillo de su memorable saco con estampado de leopardo se agite tras él.

—¡Se acabaron los exámenes! ¿Cómo se sienten?

La lámpara del techo zumba. Se escucha una tos al fondo.

El maestro Stern deja su maletín sobre el escritorio.

—Espero que puedan despertar para recibir a nuestro orador invitado de hoy. Algunos de ustedes lo recordarán como un antiguo alumno de esta escuela.

Alguien que parece de mi edad entra al salón detrás del maestro Stern.

Su cabello lacio y oscuro, medio recogido y medio suelto, cae sobre su barbilla y le enmarca los pómulos. Lleva un suéter de cuello alto de color café claro y un saco azul marino que combina con sus ojos cafés y su piel bronceada: es la viva imagen de un poeta.

Hay muchos antiguos alumnos de los que podría tratarse. Pero cuando miro a Jasper, sentado a mi izquierda, veo que se ha puesto pálido, como si hubiera visto aparecer un fantasma de su pasado que creía que se había ido para siempre. En cierto modo, supongo que es así.

Pierre-Marie Laframboise se dirige hacia el escritorio. Es casi tan alto como el maestro Stern, no es precisamente un pastelito de fresa. Cuando sonríe, lo hace con calma, en lugar de con arrogancia, como yo esperaba.

—Hola —dice en voz tan baja que apenas logro escucharlo.

Su nombre resuena en todos los rincones del aula. Gritado. Susurrado. Adorado. Excepto a mi izquierda.

Yo también guardo silencio. Estoy demasiado impactado al estar sentado frente al anterior becario de excelencia. Busco mi lápiz y mi cuaderno para tomar notas y recopilar todo lo que pueda sobre él. En cierto modo, es mi competencia.

—Este es P. M., si es que necesita presentación —dice el maestro Stern con una sonrisa, y esto no me hace sentir celoso. Nop—. Que ya tiene una próspera carrera literaria a su edad. Ojalá pudiera decir que su éxito se debe a mi orientación, pero su club de fans comenzó justo antes de entrar a Valentine.

A mi lado, Jasper sube los pies a su escritorio con brusquedad, haciendo un espectáculo mientras mira por la ventana.

La atención de P. M. se desvía brevemente hacia él, en la primera fila. No noto ningún cambio en su expresión profesional.

—El maestro Stern es muy amable. Valentine me ayudó. Y lo más importante es que me dio experiencia de vida. Si no tienes eso, ¿sobre qué vas a escribir? —Su acento apenas se nota. No suena completamente francés ni tagalo, sino como una mezcla sutil.

—La siguiente unidad se centrará más en practicar escribir los géneros que estamos estudiando —dice el maestro Stern—, así que él hablará de su propio proceso creativo.

P. M. empieza a escribir en el pizarrón. En cursivas, por supuesto.

—De hecho, me gustaría empezar la clase mostrando algo que aprendí de una persona que está en esta misma aula.

A continuación, escribe unas reglas que ya he visto antes, que ya he estudiado.

Solo dedica cinco minutos a explicar cómo se debe elegir un entorno que no influya en los sentimientos. Sin embargo, dedica mucho tiempo a explicar que las emociones no tienen por qué tener sentido, por lo que tampoco las palabras. Luego ofrece ejemplos. Concluye la lección explicando que siempre hay que crear para uno mismo.

No necesito tomar notas porque ya las tengo en mi cuaderno. Finalmente, pasa a explicar cómo estas reglas se han transformado con el tiempo en su propio código, y que los consejos sobre el oficio se enriquecen cuando se añaden los gustos subjetivos.

Apenas lo escucho, ya que estoy debatiendo en mi cabeza sobre lo talentoso que es este exbecario de excelencia en comparación conmigo, con todo Valentine, y lo que Jasper pensaría realmente de él si fuera sincero.

—¿Alguna pregunta? —dice el maestro Stern desde un costado del aula al terminar la clase.

P. M. observa a la clase con otra sonrisa.

Jasper levanta la mano, con los pies todavía sobre su escritorio.

El rostro de P. M. se tensa ligeramente, mostrando cierta inquietud. Solo yo puedo notarlo desde mi lugar en la primera fila.

—¿Sí?

—¿Decidiste venir a enseñarnos porque crees que eres mejor que nosotros?

Mi boca se abre de par en par y le doy un golpe en el brazo a Jasper.

Se escuchan susurros por toda el aula.

—Otra pregunta, por favor —dice el maestro Stern, con tono firme por primera vez.

Súbitamente, siento como si estuviera en clase de Cálculo porque P. M. me trata como si fuera una ecuación que intenta resolver. Me mira los zapatos, luego las manos y, por último, la cara. No sé muy bien por qué. En todo caso, eso debería hacerlo yo. Voltea hacia Jasper.

—Está bien. ¿No les dije que Valentine me había dado una valiosa experiencia de vida?

—Y una vez que terminaste de utilizarnos para eso, nos abandonaste, ¿no?

—Jasper —dice el maestro Stern. Oírle referirse a un alumno por su nombre de pila hace que incluso a mí se me erice la piel. El maestro Stern solo utiliza apellidos—. Sal al pasillo.

Jasper resopla como si simplemente le hubieran dicho que se calmara. Toma su mochila y desaparece por la puerta. El maestro

Stern le susurra algo al oído a P. M., probablemente que vigile la clase, y sigue a Jasper al pasillo. La puerta se cierra.

P. M. se aclara la garganta.

—¿Más preguntas?

Cuando suena el timbre, casi la mitad de los alumnos se agolpan alrededor de P. M. en lugar de irse a la siguiente clase. Incluso Robby, que está tan emocionado como todos los demás de verlo. Entre el entusiasmo de Robby y la información neutral que Xavier nos había compartido anteriormente, la pelea entre Jasper y P. M. no debía haber afectado al resto de los miembros del TEAMO. Eso era difícil de creer, teniendo en cuenta lo que Jasper decía: que P. M. los había abandonado a todos.

Al principio no me muevo, solo miro alternando entre el alboroto y la puerta, donde seguramente seguían hablando con Jasper. O enviándolo a la oficina.

Finalmente, me acerco a Robby en medio de la multitud que rodea a P. M. Según Jasper, P. M. debía estar presumiendo de los lugares que había visitado y los seguidores que había conseguido. Sin embargo, son los demás quienes hablan, intercambiando hipótesis sobre el protagonista mismo mientras él permanece callado en el centro, con los hombros encogidos de un modo que lo hace parecer menos intimidante, pese a medir casi metro ochenta. De vez en cuando, su atención se desplaza por el aula —a la vieja lámpara del techo, a nuestros proyectos sobre Edgar Allan Poe que cubren la pared del fondo, a los pupitres— como si estuviera intentando empaparse de Valentine antes de marcharse. Como si le importara.

—¿Eres amigo de Jasper? —La voz de P. M. proviene de cerca. Al buscar a quién se dirige, veo que me mira fijamente. Se ha acercado, retirándose del bullicio.

Mis ojos se agrandan.

—¿Qué?

—Te sientas a su lado.

—Bueno, estoy en el TEAMO. Escribo cartas con él.

Inclina la cabeza de una forma difícil de interpretar.

—¿Ah, sí?

—Son *roomies* —dice Robby, uniéndose a la conversación. Me mira de forma extraña. ¿Estaré sudando tanto como creo? —Y Charlie es el nuevo becario de excelencia.

P. M. sonríe de forma tan genuina que me deja atónito. De cerca, se parece mucho a Jasper: con sus dedos delgados, sus hombros estrechos y su cabello lacio que le enmarca el rostro. Debe ser un requisito para ser poeta. Pero mientras la personalidad arrolladora de Jasper distrae la atención de sus rasgos delicados, la timidez de P. M. los realza.

—¿Te ha hablado Jasper de su resentimiento hacia mí?

¿Son así de directos todos los poetas?

—Eh... —digo lentamente—. Solo me platicó que te fuiste de Valentine.

—Ya veo. Confío en que no albergues los mismos sentimientos hacia mí. Marcharme fue lo mejor; te lo juro de todo corazón.

—¿A qué te refieres?

—Charlie. —Robby se inclina hacia mí—. Lo que pasó es que la combinación entre su libro de poesía y su trabajo como influencer lo ha vuelto rico.

P. M. ríe tímidamente.

—No rico. Pero la beca de excelencia merecía ir a alguien nuevo que —su mirada se posa en mí— necesitara más ayuda que yo.

—Qué altruista —murmura alguien al otro lado del círculo.

Si hay otros entrometidos, no los escucho. Según esta historia, estoy en deuda con P. M. Pero algo sigue sin encajar.

—Podrías haberte quedado.

—Bueno, siempre pensé en venir de visita —dice P. M. —. Si son *roomies*, debes saber cómo es Jasper. Un poco dramático.

Dramático.

Porque P. M. se había ido de Valentine sin preguntar cómo se sentía nadie. Porque un día había estado allí y al siguiente se había ido. Porque no era la primera vez que Jasper veía huir a alguien de su lado cuando, a sus ojos, yo había hecho lo mismo.

—No fue por dramático —digo mientras una oleada de mi propia y complicada culpa agudiza cada palabra—. Fue porque le importabas.

Las cejas de P. M. y de Robby se levantan al mismo tiempo.

Por la ventana cerrada se escuchan voces tan fuertes que interrumpen nuestra conversación. Cuerpos vestidos de rojo y negro se agolpan alrededor de la tabla de clasificación.

Robby me da un golpecito en el hombro.

—¿Listo para ir a ver?

CAPÍTULO 38

SU ÚLTIMA REVERENCIA

MIÉRCOLES 13 DE NOVIEMBRE

LISTA DE SEGUNDO AÑO

♥ 1. Jasper Grimes (100/100) ♥
♥ 2. Robert Walker (99.92) ♥
♥ 3. Bingo A. Dixon (99.73) ♥
♥ 4.Nicolas Burton (99.08) ♥
♥ 5. Kamari Barrera (98.99) ♥
♥ 6. Charlie von Hevringprinz (98.90) ♥

Mis rodillas ceden y me derrumbo frente al pizarrón. Alguien lanza un grito de sorpresa. Alguien intenta sujetarme del brazo. Robby, tal vez.

Sexto.

Me iré de Valentine.

—¿Charlie?

P. M. se arrodilla a mi lado en el pavimento, con el ceño fruncido de una manera que desentona con su rostro suave. Me tiende una mano.

—Déjame ayudarte a levantarte.

No acepto su ayuda.

—¿Qué se supone que debo hacer? —La voz se me quiebra, pero apenas lo noto. No he dormido nada. He estado estudiando sin parar. He entrenado con Xavier.

Para nada.

—Lo siento —digo, levantándome los lentes para frotarme la cara—. Ni siquiera te conozco.

—Pero sé que es injusto. Yo también pasé por eso.

—¿Nunca estuviste entre los primeros puestos?

P. M. me toma de la mano para que pueda levantarme, y yo estoy tan desorientado que lo dejo hacerlo. Sin embargo, él no me mira a los ojos, como si se arrepintiera de haber revelado lo que acababa de decir.

—Me fui antes de descubrirlo. Pero sabía que no lo lograría.

—Entonces, ¿por eso te fuiste?

Él suspira hondo.

—Supongo que hubo muchas circunstancias que influyeron y todas se combinaron de una manera desafortunada. —Mira la parte superior de la lista en un intento por desviar la atención, indicando que no dirá nada más—. El sexto puesto sigue siendo impresionante, Charlie.

—Gracias —me obligo a decir.

Porque las palabras de P. M. deberían ayudar. Luché más que él y estuve más cerca de lo que él jamás creyó posible. Pero el sexto puesto no es suficiente para que me quede en Valentine, y ahora solo puedo pensar en que la única persona con la que quiero hablar no está aquí.

Volteo hacia la izquierda, hacia donde las torres góticas de la biblioteca se elevan hacia el cielo nublado. Ayer, Jasper y yo acordamos pasar la noche en vela para terminar las cartas para la fiesta para mañana, empezar en la biblioteca y luego seguir en nuestra habitación. Tal vez lo estén regañando en la oficina después de su arrebato en clase, pero como es el sobrino de la directora, es poco probable.

Me dirijo a la biblioteca y a mi escritorio habitual, para la hora del TEAMO. No hay nadie. Como ya terminaron los exámenes finales, los escritorios cercanos también están vacíos. Jasper no está.

—Charlie, te necesito más que a nada en el mundo.

El estómago se me revuelve. Me doy vuelta sobre mis talones.

Luis está frente a mí, sosteniendo un paquete engrapado a cierta distancia, como si fuera venenoso. Sus rizos están más encrespados que nunca, señal de que lleva horas jalándolos.

—Hermano, es mi calificación. El examen final de Cálculo. Ayúdame.

¿Por qué pensé que era él? ¿En qué mundo?

—¿Cuánto sacaste?

—¿Crees que voy a ver? Necesito que me digas qué tan mal me fue.

—Sabes que ya publicaron la lista, ¿cierto? Puedes ir a ver en qué puesto quedaste.

—Trabajamos juntos en Cálculo, V. H. Esto es Historia.

Intento dejar de lado la forma en que mis propios problemas que me corroen por dentro. Luis ha confiado en mí durante demasiado tiempo como para no hacerlo.

En cuanto tomo el paquete, Luis se tapa los ojos, que ya había entrecerrado. Aunque el examen no es mío, mi corazón se acelera. En nuestra primera sesión de tutoría, los padres de Luis exigieron que sacara un diez. Para ello, necesitaba obtener una calificación de al menos 9.5. Reviso lentamente el papel.

En la parte superior, encirculado con tinta negra, hay un 9.7.

Luis se asoma entre los dedos.

—¿Qué tan malo es?

Le devuelvo el papel con una sonrisa.

Él desvía la mirada y agita la mano en el aire.

—¡No puedo ver!

—¡Sí puedes!

—¡No!

—¡Pero sacaste un 9.7!

Luis toma el papel y lo mira sorprendido.

No puedo evitar sonreír ante esa reacción que he visto tantas veces, incluso antes de empezar con el TEAMO, allá en Queens. Es la reacción que me hace pensar constantemente que podría dedicarme a esto el resto de mi vida.

—Parece que tu esfuerzo ha valido la pena.

Luis me pasa un brazo por los hombros y me jala tan fuerte que casi me estrangula.

—Nuestro trabajo ha valido la pena. Todo el alumnado se ha salvado gracias a ti.

De repente, siento un peso en las piernas que se acumula detrás de mis ojos y me abruma aún más.

¿Qué fue lo que dijo Luis?

Claro.

—Yo no diría eso —respondo con incertidumbre, tratando decontenerme mientras parpadeo unas cuantas veces—. La gente ya no viene a mis tutorías.

—Volverán. ¿Quién podría resistirse a ti? Oh, ¿adivina quién tiene una cita para la fiesta?

Mmm, yo no.

—¿Tú?

—Sí. Michael me invitó. ¿Sabes? Solía odiar esta fiesta porque mis amigos siempre me abandonaban para ir con sus citas, pero ahora me toca abandonarlos a ellos. Mi corbata de moño naranja va a triunfar este año con el tema de las calabazas, Halloween y todo eso. ¿Puedes creerlo?

La verdad es que no, considerando el campus en el que estamos. Y menos aún, lo feliz que me hace la vida amorosa de Luis. Una vez más, ¿qué tan cansado estoy?

—Te lo mereces.

Alguien a nuestro lado se aclara la garganta.

Es Jasper, que juega con su pulsera de plata reparada en lugar de mirarme a los ojos. De su bandolera asoma la bufanda tejida que le regalé, como si se hubiera convertido en parte de su lista diaria de cosas que llevar consigo. Supongo que, cuando me vaya de Valentine, será lo único que le quedará de mí.

—Siento interrumpir. El TEAMO tendrá una reunión en este momento, pero puedo…

El resto es una nebulosa. La pesadez de antes se apodera de mi cuerpo y el mundo se vuelve blanco.

Siento una presión en la parte baja de la espalda que me arrastra de nuevo a la vida.

Parpadeo y miro el rostro de Jasper, que se cierne sobre el mío. Su mano sigue empujándome, manteniéndome erguido.

—¿Charlie? Charlie.

—¿Qué?

—Te estabas quedando dormido.

—Oh.

—¿Oh? ¿Eso es todo lo que tienes que decir? —Jasper es una mezcla de notas agudas y entrecortadas, y sus ojos azules recorren rápidamente mi rostro—. Dormiste anoche después de que me acosté, ¿verdad?

—Estoy bien —digo en un tono más agresivo del que debería usar. Me enderezo para prescindir de su ayuda. Luis se ha ido. ¿Habré estado inconsciente más de unos cuantos segundos?—. ¿Por qué llegaste tarde? ¿Te metiste en problemas?

Jasper aprieta la mandíbula. Deja la bandolera sobre el escritorio, me da la espalda y saca su libreta con tanta fuerza que parece que fuera a matar cucarachas con ella.

Bueno.

Mientras abro mi mochila, recuerdo todo lo que sucedió justo antes de desmayarme. No más TEAMO para mí. No más maestro Stern. No más Dix. No más Valentine. No más intentar arreglar esta incomodidad entre Delilah y yo... Estaré tan lejos de ella que incluso podría perderla como mi mejor amiga para siempre. El próximo trimestre, se necesitará una nueva cara para el TEAMO. Debí haberles avisado, debí haber hecho las maletas, nunca debí haber pensado otra cosa.

—No quedé en el cuadro de honor —murmuro.

Jasper se detiene, pero no se da la vuelta para mirarme. Probablemente sea mejor así. Prefiero no ver la lástima en su rostro.

—Lo siento —añado, mirando los libros de texto de mi mochila que ya no voy a necesitar—. Necesitarán una cara nueva. Pero aún puedo ayudarte con la fiesta.

—Nuestros planes de escritura se cancelan por hoy —dice Jasper con un tono tan extrañamente áspero que me pongo rígido. Cuando finalmente voltea, no veo la lástima que esperaba, solo una expresión tan tensa que se le marca una vena en la frente.

¿Estará enojado? ¿Conmigo? ¿Por lo que dije?

Lo miro fijamente, desconcertado.

—Pero solo queda un día para la fiesta.

—Yo me encargaré de las diez cartas que te faltan.

—¡Pero tienes que escribir veinte más! Es imposible...

—Charlie —dice Jasper con severidad. Con frialdad. Me doy cuenta de cuánta admiración solía transmitir cuando pronunciaba mi nombre ahora que ya no es así—. Vuelve a nuestra habitación. Ahora.

CAPÍTULO 39

GUERRA Y PAZ

MIÉRCOLES 13 DE NOVIEMBRE

Charlie von Hevringprinz, tu madre ha llamado once veces a la oficina preguntando por tus calificaciones finales, que fueron enviadas por correo electrónico a todos los padres esta tarde. Por favor, acércate a la oficina cuanto antes.

—Maverick, Comisión de Colaboradores Residenciales

Arranco la nota de mi puerta y la hago bola con el puño.

No voy a la oficina ni devuelvo la llamada de mamá. No empaco mis uniformes. En cuanto abro la puerta, lanzo la nota hecha bola con todas mis fuerzas contra el recorte de cartón de Jasper, me tiro en la cama sin siquiera quitarme el uniforme y me duermo.

Cuando vuelvo a despertar, mi reloj marca las dos de la mañana. Miro a mi alrededor, y la luz de la lámpara de la mesita de noche de Jasper me da en los ojos. Él está sentado en su escritorio, hojeando su cuaderno. Lleva una cinta en la cabeza que le recoge el fleco rubio en todas direcciones, como si estuviera listo para ponerse pepinos en los ojos y una mascarilla relajante. Está completamente tranquilo.

Como si nunca hubiéramos discutido.

La rabia me despierta de golpe. Bajo las piernas de la cama y lo miro fijamente.

—¿Qué te pasa?

Jasper grita y lanza su pluma fuente, que sale volando por la habitación. Gira en su silla y sus mangas enrolladas se deslizan por sus antebrazos.

—Duérmete.

—¿Cómo esperas que duerma después de que prácticamente te volviste loco y me prohibiste ayudarte a terminar las cartas mientras te quedas despierto toda la noche?

—¿Perdón?

—Está bien. Hazte el tonto. —Me dirijo al baño. Necesito lavarme la cara, cepillarme los dientes y quitarme de encima el peor día de mi vida—. Que no te importe que me vaya de Valentine.

Jasper no responde. Por supuesto que no le importa. Pongo pasta de dientes en el cepillo y me lo meto en la boca. Increíble. Desde la otra habitación, se oye el chirrido de la silla de Jasper.

—Esa fue la última carta, Charlie.

—¿Po-or qué? —le respondo.

—Ya están terminadas. Las cartas. No son una carga. —Hay una pausa—. En la biblioteca, me enojé porque vi los puestos. No por ti.

Frunzo el ceño. Escupo la pasta de dientes y vuelvo a la habitación. Jasper está de pie en el centro, con los puños cerrados a los costados. Una parte menos obstinada de mí me dice que lo deje, que olvide esta pelea y celebre que Jasper haya terminado de reescribir las cartas para la fiesta, que lo hemos logrado a pesar de que dudábamos que pudiéramos hacerlo.

—¿Estás enojado? ¡Eres el número uno!

—Sí. Porque esta academia me ha quitado a P. M. y ahora

está intentando llevarte a ti. Porque hay lagunas en nuestro sistema que no deberían existir. Aunque mis calificaciones son impecables, preferiría que no se tomara en cuenta mi exención de Educación Física. No es justo para... —Su mirada se posa en mí—. Me aseguraré de que te quedes. Te doy mi palabra.

Sus palabras me dejan sin habla. Jasper tiene poderes como sobrino de la directora. Pero, ¿podría realmente prometer algo tan aparentemente imposible como mantenerme en Valentine?

—¿Por qué harías eso por mí? —murmuro finalmente.

—Porque te he visto —dice Jasper—. Y cuando te exiges tanto que te desmayas en la biblioteca, probablemente piensas que solo te estás haciendo daño a ti mismo, o tal vez ni siquiera te das cuenta de cuánto lo haces. Pero ¿sabes a quién más estás lastimando?

Me burlo.

—¿A nadie?

—No, Charlie. A todos los que te rodean. Lo admito, hasta hace poco no entendía lo injusto que era todo esto, y eso era —aprieta los puños con fuerza— muy, muy ignorante de mi parte. Sin embargo, para ser sincero, también me estás lastimando a mí.

—¿A ti?

—¡Me importas! —Su voz se quiebra—. ¿No te das cuenta?

Mi corazón se acelera. Cuando dice que le importo, se refiere a como *roomie*. Como amigo.

Pero ese temblor en su voz no lo hacía parecer así.

—Lo siento —digo, y lo pienso de verdad—, pero no puedo dejar de intentar ocuparme de todo. Es mi único trabajo.

—¿Quién lo dice? Porque no puedo imaginar que seas tú. ¿Es eso lo que quieres?

Pienso en mamá, en la abuela y el abuelo, que estaban tan decepcionados de ella y de su tienda, y en Valentine en general, pero nadie lo ha dicho nunca en voz alta. De cualquier manera, mientras estoy aquí de pie, agotado, sé la respuesta a la pregunta de Jasper. No es lo que quiero.

Las palabras se me atascan en la garganta.

—Tienes que decirme lo que piensas —dice Jasper mientras sus ojos azules se endurecen desde el otro lado de la habitación—. Puede que sea un genio, pero no leo la mente.

—Lo sé —refunfuño.

—¿De verdad? Porque cada vez que intento leer tu mente, te enojas conmigo porque siempre me equivoco. Así que, por favor. El reflector es todo tuyo.

¿En qué estoy pensando?

Estoy pensando en cómo Jasper está intentando ayudarme, a pesar de que se supone que es un poeta egocéntrico con pósters de sí mismo en el techo. En cómo es la persona más odiosa que he conocido, pero también una de las mentes más inspiradoras que existen.

Estoy pensando en Jasper. Siempre. Y eso está mal.

Me agarro la frente.

—No sé en qué estoy pensando.

Jasper deja escapar un gemido. Cruza la habitación y se detiene frente a mí, con el fleco levantado por la cinta que le sujeta el pelo cayéndole dramáticamente alrededor de la frente.

—Con todo respeto, yo tampoco sé qué pienso de ti.

Mi pecho se encoge. Me inclino hacia atrás.

—¿Jasper?

—Tenía muchas expectativas para mi segundo año en Valentine: ganar el premio al poeta juvenil más destacado, modelar para el poeta más sexi del año del Poetic Fortune Digest, conservar el primer puesto… Sin embargo, sentirme atraído por mi *roomie* en una academia solo para varones no era una de ellas.

El aire se escapa de mis pulmones.

Intento encontrar una forma lógica de interpretar que él se refiere a ser amigos otra vez. Esta vez hay demasiados obstáculos.

—¿Eso es lo que estás pensando?

Las mejillas de Jasper se tiñen de un rosa más intenso del que ya son.

—No lo sé. Acabo de decir que no sé lo que estoy pensando.

—Dijiste que te atraigo.

—Supongo que sí lo dije.

—De acuerdo.

Nos miramos fijamente.

Jasper comienza a caminar por nuestra habitación y levanta los brazos.

—Es decir, claro que lo dije. Sí. Te he estado buscando todos estos años porque me enamoré de ti. ¡Esos sentimientos no desaparecen así como así! —hace manos de jazz—, ¡no se esfuman!

Sigo cuidadosamente sus movimientos con la mirada. Mi cara debe estar tan roja como la suya, dado lo caliente que la siento.

—Eso no significa que te atraiga ahora.

—¿Cómo podría no hacerlo? —Su voz alcanza un tono agudo que nunca le había oído antes.

Me reajusto los lentes.

—Estás entrando en pánico.

—No es así. Siempre mantengo la compostura.

—Jasper.

—Todo empezó cuando traje ese horrible librero a nuestra habitación. ¿Por qué demonios grabé nuestros nombres así? ¿Te has dado cuenta de que parece una invitación de boda?

—Espera. ¿Entonces? Eso fue antes de que supieras siquiera quién era yo.

—¡Por eso estaba pasando por una crisis! —grita Jasper, entrando en territorio de basiliscos sibilantes, y sus ojos se abren de par en par—. Pensé que me estaba enamorando ¡del hermano del amor de mi vida! ¡Estaba a punto de prenderme fuego.

—Jasper.

—Y desde entonces he intentado con todas mis fuerzas ser muy, muy normal, pero no puedo. ¿Por qué, san Valentín, nos pusiste juntos en una habitación? —Se golpea contra el poste de mi cama y se resbala lento hacia el suelo como un cadáver.

Antes de que caiga por completo, me acerco, lo agarro por el cuello y poso mis labios sobre los suyos.

Solo quiero que se calle, que me escuche. Sus labios están cálidos a pesar de que el resto de su cuerpo está helado, y es tan extrañamente embriagador que casi lo dejo seguir besándome.

Solo que no es él quien me besa. Soy yo quien lo besa.

Como hace dos años.

Retrocedo de manera abrupta. ¿Es que nunca aprendo de mis errores?

—Lo siento. Yo… debí haber preguntado. Pero… ¿al menos ya sabes lo que estás pensando ahora?

Jasper no parece horrorizado, aunque yo espero que salga corriendo, atravesando la pared con tanta fuerza que solo quede su silueta. En cambio, recorre mi cuerpo con la mirada de una forma que hace que mi corazón bombee y explote al mismo tiempo. Entonces me agarra por el cuello de la camisa y me empuja suavemente contra el poste de la cama. Jasper me toma el mentón y me besa con la pasión de alguien que lleva semanas sin comer. Dos años. Todas las dudas que he tenido sobre Jasper se desvanecen de mi mente mientras sus manos hacen que sienta una descarga eléctrica en todo mi ser. Esto no se parece en nada a nuestro primer beso hace años. Es más. Es demasiado.

Un sonido ahogado sale de mi boca cuando pongo las manos sobre su pecho.

—Jasper…

Su mano recorre desde mi mandíbula hasta mis caderas, acercando nuestros cuerpos. No parece alterado, solo se le han escapado unos cuantos cabellos de su corta cola de caballo, pero mis labios ya están hinchados y mi uniforme es un desastre.

—Por favor, Charlie, ¿puedes dejar de discutir conmigo solo por esta vez?

Mi cuerpo me grita que por fin lo escuche.

Intento recuperar el equilibrio contra el poste de la cama, pero mis piernas están a punto de fallarme.

—En otro sitio.

Jasper tiene la misericordia de acceder, pero apenas tengo tiempo de recuperar el aliento antes de que me rodee la cintura con el brazo y me empuje contra la estantería, inmovilizándome con un brazo sobre la cabeza. Las hojas sueltas caen sobre la alfombra. Shakespeare, la poesía de Jasper… Eso es todo lo que alcanzo a ver antes de que sus labios vuelvan a posarse sobre los míos.

—Esto no es mucho mejor —logro decir entre jadeos.

—Nunca me ha gustado mucho la poesía —dice él—. Los poetas son unos esnobs.

—Tú eres un poeta.

Se echa hacia atrás con una risa suave y baja. Sus ojos azules buscan mi rostro, igual que cuando leo mis escritos en voz alta. Esa mirada que constantemente inunda mi cabeza con tanto calor que no puedo pensar con claridad.

—¿Qué estás haciendo? —Me cubro con una mano, pero él la baja con delicadeza.

—¿Por qué siempre escondes tu rostro? —dice Jasper—. Me gusta tu rostro.

—¿Qué?

—Dije que me gusta tu rostro. Es lo que más me gusta de ti.

Le tapo la boca con la mano.

—Te escuché.

—¿Por qué no quieres que siga diciéndotelo? —pregunta con la voz amortiguada entre mis dedos.

—Porque, bueno, estás muy cerca y me siento inseguro. —Mi mano se aleja poco a poco de su boca tras admitir la verdad que nunca había dicho en voz alta.

—Pero no tienes por qué sentirte inseguro.

—Gracias —digo en voz baja—. Ya no me siento inseguro.

—Lo digo en serio —dice Jasper—. No sé qué ves cuando te miras al espejo, Charlie, pero tengo la hipótesis de que no es lo que ven los demás.

Llevo años intentando convencerme de ello, pero nunca he podido creerlo. Por alguna razón, ahora mismo siento que una parte de mí empieza a hacerlo.

Mis labios vuelven a los suyos en cuestión de segundos. Rodamos hacia su lado de la habitación hasta caer sobre su cama. Finalmente, le arranco la ridícula cinta del pelo, paso mis manos por su cabello y él hace lo mismo con mis rizos. Nuestros dientes chocan y mis lentes se deslizan por mi cara.

Me separo para respirar y él me permite hacerlo. Está escuchando. Yo también estoy escuchando. Lo que siempre he querido.

Bien. Solo necesito sacarme esto —a él— de mi sistema. Y él solo tiene que quedarse callado. De eso se trata esto.

Pero ¿y si no es así?

—Espera —logro decir.

Jasper se detiene.

—¿Qué pasa?

—¿Esto… esto significa que quieres que estemos juntos?

Su pecho sube y baja mientras me observa. Al principio, creo que he vuelto a hacerlo entrar en pánico, pero entonces aparece su hoyuelo ladeado.

—¿No es obvio?

Lo es. Pero si lo que dice Jasper es cierto, que encontrará una manera de mantenerme en Valentine, con nosotros juntos, en un lugar como este, el centro de atención sería enorme. Para los estudiantes. Para los profesores. Para su tía.

Toda esa atención sobre mí.

El miedo me invade y mi corazón late con fuerza.

Retiro la mirada de Jasper, pero él vuelve a acercar mi barbilla con su dedo índice.

—Oye —dice—. Sí. Quiero que estemos juntos. —Su sonrisa se suaviza, es casi tímida ahora—. Y, si me lo permites, sería un honor para mí llevarte a la fiesta. Como mi pareja.

Nos imagino a ambos caminando de la mano hacia la fiesta de mañana. Con todas las miradas sobre nosotros. Lentamente, asiento.

Su cara cambia gradualmente, con expresión vacía.

—No quieres hacerlo.

No es una pregunta. Las palabras salen de su boca sin control.

Miro fijamente sus ojos afligidos. Mis manos se mueren por jalarlo hacia mí. Mi corazón me dice que olvide mis miedos y diga que sí.

Pero mi cerebro no me lo permite esta vez.

CAPÍTULO 40

EL INVIERNO DE NUESTRO DESCONTENTO

JUEVES 14 DE NOVIEMBRE

Xavier me da una palmada en la espalda tan fuerte que salgo disparado como una bola de *pinball*. Su impecable traje negro está claramente hecho a medida para realzar sus bíceps, pero su corbata de moño amenaza con romperse en cualquier momento y caer de su grueso cuello.

—Deja de jugar con los puños de la camisa.

—Muy bien —respondo mientras nos abrimos paso entre la multitud de trajes negros que se dirigen temprano al baile, solo para empezar a jugar con mi corbata y el cuello de mi camisa. Al parecer, los profesores habían llevado a las alumnas de la academia de al lado en filas indias justo antes. Porque, si no lo hubieran hecho, todos habríamos salido corriendo hacia el bosque para besarnos.

Aunque aún no he visto a ninguna chica, mis ojos buscan a Delilah. Tiene que venir esta noche. Tengo que verla. Tengo que saber que está bien.

—¡Detente! —dice Robby a mi izquierda, quitándome las manos de los puños de mi traje. El suyo, por supuesto, está tan impecable como el de una celebridad—. Te ves bien.

Xavier y Robby lucen inquebrantables. Debería creerles.

Hace unos meses, el último lugar en el que hubiera imaginado ponerme por primera vez mi traje de emergencia era en una fiesta llena de hormonas, y mucho menos en una para la que había escrito cartas de amor. Y lo que era peor, mamá no me había dejado comprar uno negro normal. «¿Qué tal uno azul marino brillante? ¡Es un clásico!».

Norma tácita n.º 17: Todo el mundo tiene un traje negro, mamá.

Todavía no le he devuelto la llamada. Lo último que necesito ahora mismo es que me griten.

—¿Seguros que está bien? —les pregunto a Xavier y Robby.

—Sí, es chic o algo así —dice Xavier—. Como el del maestro Stern.

No importa.

—Gracias —digo bostezando. Noticia de última hora: es imposible conciliar el sueño después de besar a tu *roomie*. Nos fuimos a nuestras camas en silencio. Al final, se marchó a las siete en punto, como de costumbre. Ahora que habíamos terminado las cartas, aún no me había dicho si se mudaría de nuevo a la habitación de su tía. Quizá la respuesta debería ser obvia.

La noche anterior me prometió que impediría que me enviaran a casa, pero ahora es imposible que lo haga. No después de todo lo que le dije, o mejor dicho, de lo que no le dije.

Esta noche es mi última noche en Valentine. Tengo que aprovecharla.

Xavier y Robby se detienen en el camino. Sigo sus miradas.

Caballos. Al menos quince caballos con arneses naranjas y negros, para ir acorde con la temática de Halloween en noviembre de la fiesta, rodean los escalones de piedra del salón de baile, que se eleva parcialmente sobre el lago Au Sable Forks como una casa sobre pilotes. Entre las estatuas de mármol de san Valentín a ambos lados y la arquitectura gótica que me transporta dos siglos atrás, esperaba que se escuchara música clásica, pero lo único que oigo es «Monster Mash».

—Los encontraron —murmura Xavier.

El sentimiento de culpa que tenía por haber soltado accidentalmente a los caballos finalmente se alivia.

—Me alegro de que estén bien…

Robby grita, interrumpiéndome, y trata de correr hacia el salón de baile.

Xavier lo jala hacia atrás del cuello.

—Contrólate.

—Xavier tiene razón —dice Jasper a nuestra izquierda—. Tenemos cartas que entregar.

Volteo y mis ojos se abren como platos.

El traje de Jasper no es negro. Ni azul marino. Es blanco brillante, como el papel prístino de su diario. Lo mismo ocurre con su chaleco, su corbata de moño y su pañuelo doblado en el bolsillo de su abrigo. Lleva el pelo rubio suelto, algo poco habitual en él. Esta noche está más guapo que en ningún póster o recorte de cartón de él mismo. Mira a todos a los ojos, excepto a mí.

Me escuece, aunque soy yo quien lo ha provocado. Lleva colgada al hombro una bandolera en la que debe llevar las cartas, como si fuera a clases.

—Perdón por llegar tarde. Blaze y yo estábamos discutiendo un posible plan.

Blaze sale de detrás de Jasper, haciendo su pose de mariposa. Es tan pequeño que ni siquiera me había dado cuenta de que estaba ahí. En lugar de un traje, lleva un uniforme de ropa deportiva.

—Primero lo primero —anuncia Jasper—. ¿Está la señorita Delilah por aquí?

—Se metió en problemas por nuestra culpa, idiota —gruñe Xavier, cruzando los brazos y tensando las mangas de su traje—. Es imposible que quiera volver a involucrarse con nosotros.

Una mano golpea a Xavier en la cabeza. Él grita.

—Te equivocas, como siempre —dice una voz aguda y familiar detrás de él.

Es Delilah.

Solo oír su voz me anima. En cuanto se aleja de Xavier, la jalo para darle un abrazo y acuno su cabeza bajo mi barbilla.

—¿Sigues a salvo?

—¿Me conoces? —dice, estrechándome con fuerza.

Contemplo su elegante vestido negro, que resalta su cabello rubio y sus ojos azules, ambos un tono más oscuros que los de Jasper. Luego, sus tacones de aguja de siete centímetros que podrían perforarme los ojos. Amenazantes, pero igualmente hermosos.

—¿Cómo va todo lo demás? ¿Y el consejo estudiantil?

Ella hace el signo de la paz, pero su expresión conserva su frialdad habitual.

—Tu amiga obtuvo un puesto lo suficientemente alto como para postularse para vicepresidenta del consejo estudiantil después de las vacaciones.

—¿En serio? —La estrecho de nuevo y se siente igual que la vez que nos abrazamos y nos despedimos al final del campamento hace tantos años. Como si fuéramos los mismos mejores amigos. Pero ahora somos mayores. Ha habido muchos cambios. Incluso nuestra amistad ha pasado de ser a distancia a una relación en la vida real.

Quizás, con todos estos cambios, en realidad necesitemos olvidar quiénes solíamos ser. En lugar de eso, debemos esforzarnos más por descubrir quiénes somos ahora.

—¿Y tú? —pregunta Delilah con una sonrisa, como si esperara buenas noticias.

Mi corazón da un vuelco cuando me separo, sabiendo lo que tengo que decirle a continuación. Que la abandonaré junto con el TEAMO.

—Quedé en el sexto puesto, no en el quinto.

Delilah arquea las cejas.

—¿Qué?

—Pero no pasa nada.

—No, no es así. Eso es básicamente parte del maldito top cinco. ¿No pueden darte algún crédito extra en secreto?

El hecho de que Delilah esté dispuesta a escuchar otro problema mío me hace sentir un poco de calidez en el pecho, incluso ante una conversación tan miserable como esta.

—Lo dudo, pero…

Jasper nos interrumpe con un saludo incómodo. Es entonces cuando veo a London y a otra chica de la academia hermana junto a Delilah. Solo tiene ojos para las chicas.

—Disculpen la interrupción, señoritas, ¿podemos pedirles un último favor?

Delilah frunce el ceño y me lanza una mirada firme que indica que continuaremos la conversación cuando estemos a solas.

—¿Quién demonios es este tipo?

Él extiende la mano para saludarla antes de que yo pueda responder.

—Jasper Grimes, señorita.

Ella me mira. A Jasper. A mí otra vez.

—¿Es este…?

—El sobrino de la directora Grimes —intervengo—. Debes haber oído hablar de él.

Delilah hace una mueca como si hubiera bebido cloro. Aunque en el campamento solo le dije el nombre de pila de Jasper, ahora que él estaba a mi lado, era imposible que no atara cabos y dedujera que el sobrino de la directora había sido el culpable todo el tiempo.

—¿Dónde está el resto de las del cuadro de honor? —pregunta Jasper—. ¿Sophia?, ¿Mary?

London, la antítesis de Delilah esta noche con su minivestido rosa chillón, frunce el ceño ante la pregunta.

—Están demasiado asustadas como para ayudarnos más.

El silencio se apodera del círculo.

Volteo a ver a Delilah.

—¿Estás dispuesta a ayudarnos otra vez?

Delilah chasquea la lengua.

—Lo que empiezo, lo termino. Y las reglas de Valentine me están sacando de quicio.

Entonces, Jasper se coloca frente a todos y se dirige a todo el mundo menos a mí. El sentimiento de culpa me impide prestar atención. Conociendo a Jasper, si me odiara me trataría como a Cody Medio Metro. No tendría ningún problema en mirarme directamente a los ojos, insultarme con el vocabulario más pretencioso y sonreírme fingidamente. ¿Qué otra cosa podría estar causando esto?

Me arde el pecho al considerar la única otra posibilidad. ¿Sería que no podía soportar mirarme porque le dolía demasiado?

Sé que le gusto. Me lo dijo. ¿Pero tanto?

—La fiesta dura tres horas —Jasper está en mitad de la explicación cuando vuelvo a prestar atención—. Hay que entregar cien cartas, preferiblemente en las primeras dos horas. Blaze las repartirá, ya que es el más rápido y el más pequeño. —Su rostro se endurece—. Recuerden, ningún profesor puede ver estas cartas. Son los educadores más inteligentes del país. Si las ven, seguramente las relacionarán con la bolsa de cartas de Delilah.

—Entonces Blaze tendrá que entregar cincuenta por hora —dice Robby—. Casi una por minuto.

—¿No puede Blaze sentarse en algún sitio y que la gente se acerque a él? —pregunta Xavier.

—Eso podría atraer a una multitud, Xavier —responde Robby.

—¿Y eso no es mejor a que Blaze ande corriendo como un pollo sin cabeza? Si algún profesor ve alguna de las cartas, estamos perdidos.

—He pensado en eso —dice Jasper, buscando más en su bandolera. Saca una sábana blanca y se la tiende a Blaze sobre la cabeza. Por un agujero en uno de los costados, Blaze saca la mano y saluda. Dos agujeros deshilachados más apenas dejan ver sus ojos.

Todos miran a Blaze, el fantasma.

A continuación, Jasper saca una calabaza para pedir dulces y se la coloca a Blaze en el brazo.

—Tenemos veinte minutos antes de que empiece la fiesta. Vamos a dedicar ese tiempo a meter las cartas en las envolturas de dulces que encontré en la cocina de mi tía y a escribir el nombre de cada destinatario en ellas. Luego las pondremos en esta calabaza.

—Sabes que podemos ver este fantasma, ¿verdad? —pregunta Xavier.

—Está bien. Porque Delilah, nuestra encantadora miembro del consejo estudiantil, le pidió a Blaze que repartiera dulces por el salón de baile.

—¿Yo hice eso? —pregunta Delilah.

Jasper le guiña un ojo.

—Esa es la historia que tú contarás.

—¿Y si se acerca algún profesor y nos pide dulces? —pregunta Robby con incertidumbre.

Jasper saca unos caramelos de menta del bolsillo y se los lanza a Blaze, que tiene la cabeza cubierta con la sábana. Blaze rezonga.

—Tiene reservas.

—Y yo siempre vengo preparada para crear una distracción —dice Delilah, acariciando la cadena de un bolso que lleva colgado al hombro. Es un enigma lo que quiere decir con eso, quizá se refiera a las bengalas con las que accidentalmente incendió unos robles en un campamento de verano, o incluso a veneno casero.

—Señoritas —dice Jasper, dirigiéndose a las tres—, ustedes son las únicas que pueden relacionar los nombres de las alumnas de la academia hermana con sus caras. ¿Podrían dirigir a Blaze en la dirección correcta, por favor?

—Eso es sencillo —dice London. Las otras dos asienten.

—Lo que sea para que todos vuelvan a confiar en nosotros —dice Xavier—. No quiero que el TEAMO muera. Tampoco quiero que nos expulsen, pero ya saben cómo es.

Las palabras resuenan en mi interior, recordándome cuánto de todo esto es culpa mía. La reja derribada, la bolsa rota. Quizás tenga que irme de Valentine, pero si el resto sufriera el mismo destino, nunca me lo perdonaría. Y ellos tampoco lo harían.

Últimamente, estoy perdiendo demasiado. No puedo perderlos también a ellos. Esta noche, arreglaré esto de una vez por todas. Lo haré.

—Lucharemos hasta el final —dice Jasper a todos menos a mí—. ¿Listos?

CAPÍTULO 41

PAPÁ PIERNAS LARGAS

JUEVES 14 DE NOVIEMBRE

El salón de baile está lleno de arañas.

Hay anillos con arañas de plástico apilados en todas las mesas de centro, rodeando velas cónicas que arden en candeleros que sirven de centro de mesa. Los manteles tienen estampados de arañas de dibujos animados. Hay telas de araña de poliéster tendidas a lo largo del techo. Incluso hay una enorme escultura de una araña hecha con vasos de plástico que cuelga del techo con dos cuerdas, como una marioneta.

Nos quedamos paralizados en la puerta.

Blaze se estrella contra mi espalda. Empieza a recolocar su sábana de fantasma para ver a través de los agujeros de los ojos.

—¿Por qué dejamos de caminar?

—¡NO! —grita Xavier, y Robby se abalanza para tapar los ojos de Blaze.

Me acerco al oído de Delilah.

—No dejes que Blaze vea las arañas.

Delilah asiente a pesar de su confusión.

La decoración del salón de baile no puede competir con el extraño comportamiento de nuestros compañeros de clase. Se amontonan a ambos lados, los chicos a uno y las chicas al otro, evitando deliberadamente y con irritación el contacto visual. Es una escena dramática hasta que recuerdo que la academia para varones nunca recibió respuesta a sus cartas y que la academia para mujeres cree que nunca fueron invitadas. En la mejor noche del año, todos se sienten rechazados.

Peor aún, por culpa del TEAMO.

Sin el apoyo del alumnado que se encuentra ante nosotros, esta tradición centenaria dejará de existir. Así, sin más. Está sucediendo ante nuestros ojos.

Tenemos que arreglar esto esta noche.

Xavier frunce el ceño.

—No saben qué hacer después de haber dependido de nosotros durante tanto tiempo, ¿eh?

—Ambos bandos deben estar enojados y confundidos —concluye Robby, igual que yo, mientras observa el salón de baile—. Xavier, distrae a la maestra Nallos, a la izquierda. P. M. también tiene a algunos ocupados.

—¿Está aquí? —Jasper lo busca con la mirada por todas partes.

Yo también lo hago. Es fácil de ver, incluso entre la multitud de profesores que ríen con él. Su traje es negro, pero el diseño de líneas delgadas y la corbata rosa claro son casi tan llamativos como el traje de Jasper.

—Jasper debería ir a hablar con su tía —dice Robby—. Ya ha reunido a un montón de profesores. Charlie y yo nos encargaremos del maestro Stern…

Volteamos para mirarlo; está de pie junto a una de las mesas de centro que se alinean contra las paredes. Le entrega un gnomo de peluche a la señorita Lyney, cuyo rostro es del mismo color que su vestido rojo. En el vientre del gnomo está grabado «William Stern».

Robby se pellizca el puente de la nariz.

—No importa. Ya se fueron. Haremos guardia en la parte de atrás para vigilar cualquier actividad sospechosa.

Todos se dispersan.

Mientras Robby y yo nos sentamos en una mesa junto a la araña de vasos de plástico y las bocinas para vigilar la operación, retumba el bajo de «Thriller». Observo a Delilah y London a lo lejos mientras le susurran instrucciones a Blaze. Él sale disparado y choca contra otras tres chicas, luego le entrega a una de ellas una carta forrada en una envoltura de caramelo. Cuando ella la abre, sus ojos se iluminan. Busca a su pareja por el salón de baile.

Quizás esto realmente funcione.

—¿Cómo vas? —dice Robby en voz alta para que se le escuche por sobre la guitarra eléctrica y los sintetizadores. Está sacando dulces de calabaza y de maíz triangulares de un tazón y los esparce sobre la mesa.

—Esta noche tenemos la tarea más fácil —digo, metiéndome unos cuantos dulces de maíz en la boca—. Así que no estoy muy nervioso.

—Me refería a que sigues siendo *roomie* de Jasper. ¿No fue él quien provocó tu enfermedad incurable?

—¿Qué…? —Me atraganto con el caramelo y lo escupo sobre la mesa.

Robby mira fijamente la masa naranja y amarilla.

—No quiero entrometerme. Solo quería saber cómo estabas. Como amigo.

En un intento desesperado por mantener la calma y la compostura, le ayudo a Robby a repartir los dulces.

—¿A-alguien dijo eso? ¿Quién lo dijo?

—Nadie.

—Entonces, ¿cómo lo supiste…? Eh… —Que me maten.

—Siempre pasa algo nuevo con ustedes dos. Odio ardiente, obsesión total, indiferencia absoluta. Cualquiera con dos dedos de frente se da cuenta de que algo pasa. Por desgracia para ustedes, como los del cuadro de honor, nosotros los tenemos.

—¿Nosotros?

—Xavier y yo.

La vergüenza me golpea fuertemente.

—Aún estoy sorprendido de que lo hayas descubierto. Pensé que Jasper era heterosexual.

Robby suelta una risita y se asoma por encima de los caramelos de maíz. Cuando se da cuenta de que no estoy riendo, aprieta los labios con fuerza.

—¿No era una broma?

—¿No? Jasper lo descubrió hace solo unas semanas.

Arquea las cejas con incredulidad.

—¿El poeta de pelo largo, que usa joyería y es más dramático que un poni llorón?

—Bueno, un chico heterosexual también podría comportarse así, ¿no crees?

—Técnicamente, pero también creo que las probabilidades estaban a tu favor.

Busco a Jasper entre la multitud del salón de baile. Está junto a su tía, tal y como le ordenó Robby, gesticulando y parloteando de una forma que casi parece acalorada, como si estuvieran teniendo una intensa conversación íntima. Sin embargo, conociéndolo, seguramente solo estará hablando con pasión sobre la falta de versificación silábico-tónica en la poesía sumeria antigua para distraerla. Él dice que no son muy cercanos.

Aun así, la directora Grimes asiente como si le prestara atención. Como si le importara.

Eso me hace plantearme una pregunta.

—¿Sabes si Jasper tiene los mismos… —hago una pausa, sin saber cómo expresarlo— …valores que su tía?

—¿A qué te refieres? —pregunta Robby.

—Es la directora. De esta academia.

—Ah. Bueno, hace dos años sustituyó al director anterior.

—¿La tía de Jasper es nueva?

—Sip. Antes estaba en una escuela privada de Los Ángeles.

Probablemente, el nombre de la directora Grimes no habría surgido en el campamento, pero ahora tenía aún más sentido que nunca hubiera oído hablar de ella.

—¿No es tan estricta?

—En realidad, nada ha cambiado desde que ella llegó aquí. Dudo que ella haya creado e implementado las reglas que tenemos, pero también parece que es cómplice del *statu quo.*

—Oh —digo.

—¿Es demasiado severa?

—No, tienes razón. —Pero es bueno saber que no soy el único que piensa así. Echo otro vistazo al salón de baile. Algunas chicas y chicos han empezado a socializar en lugar de evitar el contacto a toda costa desde los muros opuestos. Matt St. Paul, en particular, está de pie a una mesa de distancia de una chica que sostiene una envoltura de caramelo a rayas y torcida en la que recuerdo haber metido uno de mis poemas *blackout*, sonriendo con la cara roja como un tomate.

Está funcionando.

Un grito agudo y estridente atraviesa el salón de baile. Es Blaze, que está desplomado frente a la araña gigante de vasos de plástico que cuelga del techo. Las cartas en envolturas de dulce yacen esparcidas por el suelo.

—Hoy es el día —murmura debajo de la sábana blanca.

Algunos chaperones se asoman, aunque la enorme espalda de Xavier les obstruye la vista.

—¿Necesitas ayuda? —pregunta la maestra Nallos. Ya se está acercando. Si recogiera tan solo un caramelo, le parecería demasiado ligero.

Mi corazón se acelera. Busco a Delilah y la veo; tiene los ojos tan abiertos como los míos. Poco a poco, mete la mano en su bolsa y saca tres palitos. Son tres bengalas.

Inclinándose hacia la vela más cercana sobre una mesa, enciende las puntas con la llama y luego las lanza hacia el lado opuesto del salón de baile. Se deslizan por el suelo mientras saltan chispas rojas y doradas, que llaman la atención de todos.

Robby y yo aprovechamos la distracción para correr hacia Blaze. Mientras Robby se apresura a meter los dulces en la cubeta de Halloween, yo sacudo los hombros de Blaze.

—¿Es el armamento de los arácnidos? —dice Blaze, mirando frenéticamente las bengalas y la araña detrás de mí.

—Blaze —le digo con tono severo, frente a sus ojos. Apenas retiro la mirada de la araña—. Blaze, dame la cubeta de Halloween.

—Pero debo socorrer al TEAMO.

—Hicimos una promesa: tú me ayudaste con mis cartas de amor, así que yo te ayudaré en el día señalado. ¿De acuerdo? Puedo encargarme de esta araña. —Miro por encima del hombro de Blaze. La maestra Nallos bordea el círculo de los chaperones que inspecciona las bengalas, confundida, y a Robby aún le queda por recoger al menos la mitad de las cartas.

Se nos acaba el tiempo. Necesitaremos más.

—¿Sabes lo que puedes hacer para ayudar al TEAMO, Blaze? —le pregunto.

—¿Qué cosa?

—¿Tienes tu resortera contigo?

—En todo momento.

—Saca la resortera y derriba a esa araña.

Meto la mano debajo de la sábana blanca de Blaze y la introduzco en el bolsillo de su sudadera. Una vez que encuentro la resortera y la canica, las saco y las pongo en sus pequeñas manos de niño de doce años.

Su mirada se enciende. Agarrándome del hombro, se pone de pie con dificultad y apunta a uno de los dos cables. Dispara y la canica sale volando.

La araña se sacude, se ladea y se estrella contra el suelo. Los vasos de plástico explotan, golpeando las mesas de centro y las cabezas de los compañeros de clase.

Todos los profesores se apresuran a recoger los vasos, gritando para preguntar si todos están bien. Robby y yo corremos para meter los caramelos que quedan en la cubeta.

—¿Señor Charlie?

Me pongo de pie de un salto y doy media vuelta, escondiendo la cubeta a mi espalda. La directora Grimes está delante de mí en todo su esplendor. Con su habitual traje de pantalón de alta calidad y su cabello rubio recogido, debió haber salido de su oficina justo antes de que comenzara la fiesta.

—H-hola, directora Grimes —digo.

Alguien jala la cubeta que tengo a la espalda. Es Robby.

—Seguiré repartiendo los dulces… —dice, alejándose con ella.

La directora Grimes sonríe.

—¿Todo bien por aquí?

—¡Sip! Claro. Genial.

Ella observa el alboroto que se está formando en la pista de baile.

—Estas fiestas siempre son un caos impredecible. Aunque no puedo negar que me divierten bastante.

Esas son las últimas palabras que esperaba escucharla decir. No respondo.

—Siento interrumpir tu noche tan genial —continúa—, pero quería hablar contigo.

Porque no conseguí entrar en el cuadro de honor.

—Claro —digo, con el corazón acelerado—. Sé cuáles son los requisitos para ser becario de excelencia…

—Acabo de recibir la noticia de que ya no aplicaremos el sistema de clasificación como métrica. Bueno, al menos como requisito para nuestros becarios de excelencia al principio. Hay que ir poco a poco con el consejo de administración.

Intento hablar. Moverme. Estoy demasiado aturdido.

—¿Qué cambió? —digo con voz apenas audible.

—¿Jasper no te lo dijo?

—¿Decirme qué?

La directora Grimes suspira de una manera que suena entre divertida y exhausta.

—Digamos que consiguió el apoyo de otros estudiantes cuyos padres son fundamentales para la estabilidad financiera de nuestra escuela, y escribieron a cierto consejo de administración amenazando con publicar un artículo de opinión sobre las... —hace una pausa— anticuadas costumbres de Valentine.

Mi mente se apresura a pensar a quién habrá convencido de unirse: ¿A Xavier? ¿A Blaze? ¿Lo habían sabido todo este tiempo? ¿Era esto de lo que Jasper le estaba hablando a la directora en el salón de baile?

¿Incluso después de lo que le dije anoche?

—No tenía idea —digo.

—Él vino a verme personalmente después de que se publicaran los puestos, pero le dije que eso dependía del consejo. Aunque la verdad es que nunca he sido muy partidaria de ese sistema.

—¿En serio?

—Sí, pero últimamente mi carga de trabajo me ha hecho dejar de lado mis prioridades para intentar complacer al consejo. Debo admitir que estoy orgullosa de mi sobrino por haber causado tanto revuelo. Debería conocerlo un poco mejor ahora que estamos tan cerca. —Se lleva un dedo a los labios—. Pero bueno, no le he dado la noticia de que tus requisitos han cambiado. Quería que lo supieras tú primero.

Jasper realmente lo hizo.

Él es la razón por la que me quedaré.

Mi pecho estalla con una alegría que no sentía desde que recibí mi carta de aceptación a Valentine. Ni siquiera me importa que mis ojos se llenen de lágrimas frente a ella.

—Gracias a los dos.

Tengo que contárselo al TEAMO.

No. A mamá. Tengo que devolverle la llamada.

—¿Cómo va todo lo demás? —pregunta la directora Grimes. La última vez que la vi, destilaba estrés, pero esta noche parece mucho más tranquila. Quizá también haya sentido la presión de la tradición. En cualquier caso, parece que el hecho de que Jasper tomara cartas en el asunto había surtido efecto. —Espero que, por lo demás, tu estancia aquí esté siendo satisfactoria.

Podría darle la misma respuesta de siempre: Ajetreada, dedicada al estudio.

Pero todo parece estar cambiando. Se siente como si todo el mundo aqui estuviera empezando a ponerse de mi lado.

—Directora Grimes, ¿cuál es la postura de Valentine respecto a los estudiantes transgénero?

El cambio de tema la desconcierta al principio, pero luego hace una expresión con más calma de lo que esperaba.

—Solo llevo aquí poco tiempo, pero creo que había un estudiante... Nos enteramos mucho después, tras la graduación. Nadie nos lo ha comunicado durante los cursos, así que supongo que nunca lo hemos abordado como tal.

Me preparo para decir una vez más lo que juré que nunca diría. Mis amigos no dejarán que me vaya a casa. Jasper tampoco. Ahora lo sé.

Y no quiero esconderme. Puedo hacerme valer.

—En un principio solicité una habitación individual, pero hubo un error. Por eso la solicité. Por privacidad.

Nos miramos fijamente. Empieza a sonar «Thriller». Otra vez.

Entonces, la directora Grimes asiente, aunque con una rapidez poco natural.

—Entonces tenemos que corregir esa parte del reglamento.

¿Eso es algo bueno o malo?

—¿Corregir?

—Lo plantearé en la próxima reunión con el consejo de administración. ¡Dios mío, debe haber sido todo un shock que te asignaran a Jasper como *roomie*! ¿Qué es eso de un error? Si te hace sentir mejor, recientemente recuperó una habitación en la residencia de profesores, por si no lo sabías. Pronto tendrás un espacio para ti solo, Charlie.

Con la rapidez con la que Jasper y su tía conversan, me lleva un segundo procesar la información.

¿Estaré soñando?

—Gracias. De nuevo —digo con el corazón rebosante—. He oído otras ideas interesantes de otros compañeros. Quizá merezca la pena mencionarlas en la reunión.

—¿Ah, sí?

Recorro con la mirada el salón de baile hasta que veo a Xavier, que baila lentamente con Delilah, que parece totalmente inocente a pesar de sus recientes delitos con las bengalas. Xavier, sin embargo, parece estar a punto de derrumbarse mientras la sostiene, con los hombros tensos y pegados a las orejas.

—Como un equipo mixto de *lacrosse*.

La directora Grimes sonríe.

—Este mes podemos reservar un espacio para preguntas.

Mientras se aleja despidiéndose cortésmente, sigo buscando entre la multitud. Robby le está pasando una carta a otra compañera. Luis está de pie junto a una mesa con Michael, vestido con su traje negro y su corbata de moño naranja, un tanto cerca como para que sea solo un gesto de amistad. London también debe haber recibido una carta, porque ha dejado de repartirlas para hablar tímidamente con Griffin Li. Ahora hay muchas más parejas. Hablando. Riendo. Por fin juntos, en lugar de sumidos en la tristeza y la desesperación con la que llegamos.

El plan realmente funcionó.

Luego está Jasper, con su traje blanco, el pelo suelto y los ojos brillantes. Está dando palmaditas en la espalda de Blaze, seguramente por haber luchado con tanta valentía en la guerra contra los arácnidos. De pronto, Jasper dirige la cabeza hacia mí. Es la primera vez que me mira en toda la noche.

A través del mar de cuerpos que bailan y se abrazan durante el evento más romántico del año, él sonríe. A pesar de que lo alejé.

Cometí un error. Uno enorme.

CAPÍTULO 42

LA IMPORTANCIA DE LLAMARSE ERNESTO

JUEVES 14 DE NOVIEMBRE

Norma tácita n.º 18: No te sientes en la fuente en invierno o se te congelarán los glúteos.

Todavía no ha nevado en Au Sable Forks, pero puedo ver mi aliento salir de mis labios mientras espero aquí afuera. Aún así, prefiero esto a estar rodeado de los novios empalagosos de ese salón de baile, que me recuerdan que Jasper y yo no estamos disfrutando de la noche que nos merecemos.

La fiesta terminará en cualquier momento. Jasper saldrá del salón de baile entre la multitud. Tengo que decirle que cometí un error.

¿Pero me escuchará?

Las puertas dobles se abren y la luz del candelabro ilumina la noche. Un grupo baja las escaleras, gritando sobre la araña de plástico que se cayó. Más personas los siguen y se dirigen hacia las residencias. Pasan unos diez minutos y casi no queda nadie.

Un trozo de tela me golpea la cara.

Emito un sonido muy poco sensual y lo agarro con la mano.

—Tienes frío —dice una voz por encima de mí.

Bajando la tela, del saco de su traje blanco, Jasper está de pie con su chaleco blanco y su camisa de vestir, con las manos metidas en los bolsillos de sus pantalones.

—No tengo frío —respondo entre dientes.

Jasper arquea una ceja.

Resoplo y me envuelvo su saco.

—No tenías por qué hacerlo.

—¿Qué haces aquí afuera?

Aprieto el puño sobre mi regazo.

—Te estaba esperando.

Jasper abre mucho los ojos y una ligera brisa le revuelve el pelo que le cae sobre la frente. Sus mejillas sonrosadas se están volviendo aún más brillantes.

—P. M. quería hablar conmigo. Más bien, disculparse por errores que no sabía que había cometido. Y me explicó algunos otros.

—¿Como cuáles?

—Bueno, creía que yo escribía mejores cartas de amor para el TEAMO que él. Mejor poesía que él, sobre todo tras la popularidad que alcancé después de que publicara mis textos en línea. Y yo ocupaba el primer puesto, y él sabía que nunca podría alcanzarme. —La risa de Jasper es amarga, como si sintiera arrepentimiento.

Al principio no sé qué decir.

—Nada de eso es culpa tuya.

—Todo este tiempo pensé que P. M. me eclipsaba, pero él sentía lo contrario. Tanto que necesitó dejar Valentine para escapar de mí.

—Jasper, eso no es cierto.

Él se limita a encogerse de hombros y aspirar el aire frío.

—Bueno, yo no me iré de Valentine —digo.

—¿Perdón?

—El consejo de administración decidió eliminar los requisitos relacionados con los puestos para los becarios de excelencia. Al parecer, reuniste a un grupo de personas para convencerlos. Gracias.

El rostro de Jasper se ilumina con una expresión increíblemente cálida y sincera, todo lo que he llegado a conocer de él en los últimos meses. Años.

—Charlie. Charlie, lo… —Da un paso hacia mí, levantando los brazos casi para abrazarme, pero luego retrocede como si se sintiera perdido.

—¿Por qué hiciste eso por mí? —le pregunto.

Jasper no responde.

Abro la boca. La cierro.

—¿Podemos hablar?

Sigue sin decir nada.

—¿Jasper?

—Lo siento, pero no.

Mi corazón cae hasta mis pies. Después de cómo reaccioné anoche, quizá debí haber esperado esa respuesta, pero, sinceramente, no lo hice.

—Entonces, ¿por qué me sonreíste en el salón de baile?

—Porque yo… —Desvía la mirada—. No estoy seguro de por qué lo hice.

—¿Ya no eres sincero conmigo?

Se me hace un nudo en la garganta.

Porque ahora hay un brillo en los ojos azules de Jasper, y no es el reflejo de los faroles ni de la luna creciente.

—No quiero hablar contigo, Charlie, porque me aterra que lo que vayas a decir me vuelva a romper el corazón, y no estoy… —Respira entrecortadamente y cae la primera lágrima—. No estoy seguro de poder sobrevivir a eso otra vez. No cuando te quiero tanto como lo hago.

Esas palabras me destrozan.

—¿Me quieres?

—Nunca dejé de hacerlo.

Me invaden un montón de pensamientos, pero uno brilla con más intensidad que el resto. Si las miradas se posaran sobre

Jasper y sobre mí por estar juntos aquí, él se aseguraría de que nunca me hicieran daño, lo superaríamos juntos.

¿Cómo podría seguir pensando lo contrario?

—No quiero romperte el corazón —digo, levantándome de la fuente y acercándome cauteloso a él—. Cometí un error. Por eso estaba esperando aquí para decírtelo. Me gustas.

Esas palabras solo hacen que Jasper sonría con amargura. Arrastra el zapato de vestir por el pavimento, pateando un trozo de grava.

—Sé que te gusto, Charlie.

—Entonces, ¿por qué crees que voy a...?

—Porque todavía no te gusto lo suficiente como para correr el riesgo.

Las palabras me hieren en lo más profundo, pero aun así tomo su mano con delicadeza y lo llevo hasta el borde de la fuente para que se siente también.

—Sinceramente, tengo un poco de miedo. Pero no quiero tenerlo. Te quiero. No sé qué hacer.

Él asiente varias veces, pero su expresión no cambia.

Algo blanco cae entre nosotros y levanto la mirada. En el cielo oscuro revolotean copos de nieve. La luz que entra por las puertas del salón hace que todos brillen.

Cuando vuelvo a bajar la cara, Jasper ha soltado mi mano. Se acerca hacia mí y me limpia la nariz.

—Les gusta tu cara.

A él le gusta mi cara. Me lo ha dicho.

Ansío inclinarme hacia adelante, tocarlo y besarlo hasta que ambos ardamos en la nieve, y hacerlo mío. Jasper siempre dice que escribir le ayuda a liberar su amor y sus miedos. Las cosas no pueden ser tan sencillas. Pero Jasper lo cree así.

—Supongo que esta noche te quedarás en la habitación de tu tía —murmuro—. Pero mañana... ¿quieres escribir conmigo?

Jasper me mira fijamente. Está tan cerca que puedo distinguir cada una de sus pestañas.

—¿Escribir?

—Como solíamos hacer. ¿En el campamento? Ven conmigo al lago. ¿Al mediodía?

Él respira con dificultad otra vez. Se prepara para decir que no.

—Bueno —digo a pesar del vacío cada vez más profundo en mi estómago—. Entien…

—Está bien —dice Jasper.

La sorpresa me golpea como un puñetazo. Se convierte en emoción, que me invade.

—¿En serio?

Él asiente de nuevo. Poco a poco.

Lo aceptaré. Aceptaré cualquier cosa.

—Está bien. ¡Está bien! Nos vemos entonces.

—¡Camarada!, ¡¿estás ahí?!

Miramos hacia el salón de baile, donde Blaze baja corriendo las escaleras y tropieza cuando la sábana blanca se enreda entre sus pies. Se cae y aterriza en el pavimento frente a nosotros.

Xavier y Delilah observan la escena desde la puerta, haciendo muecas de dolor.

London no está con ellos, debe seguir con Griffin, disfrutando de la noche que ella y el resto merecen.

—Lo siento —nos dice Delilah—. No los encontrábamos, así que pensamos que… Ya saben.

Que nos habían descubierto.

Mientras se unen a nosotros junto a la fuente, Jasper saca una pluma del bolsillo del pecho —por supuesto que la trajo— y agita la punta en su dirección.

—Bueno, atrajiste bastante la atención hacia nosotros gritando eso en plena noche, muchas gracias.

Xavier saca su cuchara de la suerte. Ambos comienzan la

batalla. Blaze debe haber vuelto a la vida en algún momento, porque ahora también se arrastra sobre la espalda de Xavier, añadiendo su resortera a la mezcla.

Delilah se sienta a mi lado en la fuente y me da un codazo en el hombro.

—Por cierto, misión cumplida. Parece que volverán a confiar en el TEAMO.

Jasper deja de golpear la cuchara de Xavier y noto cómo se le iluminan los ojos.

—¿En serio?

Lo logramos.

—No puedo creer que no nos hayan descubierto —digo con incredulidad.

Lo cual significa que ya no debería sentirme culpable. Pero la idea de ocultarle mis errores al TEAMO durante el resto de mi estancia en Valentine hace que se el vacío en mi estómago se vuelva más profundo.

—Por supuesto que no —dice Xavier—. Podemos resolver cualquier cosa. Somos los chicos más inteligentes del campus. Y la chica.

—Gracias —dice Delilah, levantando la nariz.

Respiro profundamente. Muy profundamente.

—Chicos.

Todos me miran. Esperando.

—Fui al centro ecuestre con Blaze y, sin querer, dejé escapar a los caballos. —Me encojo aún más—. Creo que las bolsas de basura rotas también fueron culpa mía. Fue mi anillo que se enganchó en Jasper. Todo fue culpa mía. Lo siento…

—¿A quién le importa? —interrumpe Xavier. Aprovechando que están distraídos, tira la resortera de Blaze y la pluma de Jasper a la fuente. Blaze chilla y va a recogerlas. Delilah pone los ojos en blanco.

Como si a ninguno de ellos les importara realmente.

—Debería importarles —digo, frunciendo el ceño ante el alboroto de buceo tras la pluma—. Casi los expulsan. El legado del TEAMO también habría terminado…

—El TEAMO es una unidad, hermano —dice Xavier—. Tus metidas de pata son nuestras metidas de pata. Somos una potencia de metidas de pata.

Miro a Delilah, dejando de ver a Xavier.

—Tus castigos son culpa mía. Pégame.

Delilah tuerce la boca.

—¡Qué asco! No.

Tomo la palma de su mano para golpearme con ella.

Jasper me detiene a tiempo, bajándome la mano hasta la pierna.

—Si te culpáramos, tendríamos que culpar a Blaze por no comprobar que la reja estuviera cerrada sabiendo que nunca la habías usado. Y yo tendría que culparme a mí mismo por llevar el brazalete que se enganchó en tu anillo.

—Suena como si te culparas por tu propia existencia, Charlie —añade Xavier—, y eso no lo vamos a aceptar.

Solo puedo parpadear, conmocionado, mirando a todos, a las personas que siguen siendo mis amistades. Poco a poco, mi expresión se convierte en una sonrisa. Quizás el TEAMO de verdad siempre resolverá las cosas en conjunto.

Pero todavía tengo algunas cuestiones que resolver por mí mismo.

CAPÍTULO 43

CARTAS A UN JOVEN POETA

VIERNES 15 DE NOVIEMBRE

En la oficina, la señorita Lyney juega con los brazos regordetes de un gnomo sobre su escritorio, tarareando la canción de *Los Cazafantasmas.*

Toco la puerta.

Ella parpadea, saliendo de su ensimismamiento. Hoy, su sudadera con el emblema de la academia va acompañada de una gorra de béisbol de Valentine, pants rojos y un collar con un colgante en forma de corazón atravesado por una flecha. Compró toda la tienda de regalos.

—¿No fue maravillosa la fiesta, Charlie?

—Sí.

—Esta academia es maravillosa. Todos ustedes, chicos, son maravillosos. Tan maravillosos.

Sin duda alguna, el maestro Stern le había puesto un anillo a ese gnomo.

Cuando llegué a Valentine, eso me habría hecho sentir pena ajena. Nunca hubiera entendido que la señorita Lyney pudiera permitirse mostrarse vulnerable en el amor porque tiene confianza en sí misma. Ahora solo siento envidia.

—Tengo que llamar a mi mamá.

Con un tarareo distraído, marca el número de mamá y me pasa el teléfono. Me dirijo a la oficina de atrás. Mientras suena el teléfono, miro el reloj. Faltan veinte minutos para reunirme con Jasper en el lago. A menos de que no aparezca.

Me invade una gran preocupación ante la alta probabilidad de que eso ocurra.

—¿Hola?

—Hola, mamá.

—¡Charlie, por fin! Espera, déjame terminar de ordenar estos libros.

Se escuchan unos golpes sordos al otro lado de la línea.

—Vi el correo electrónico con los puestos finales. ¿Preguntaste si hay créditos extra? El puesto seis está muy cerca. Podemos arreglar esto.

—No, está bien. La academia eliminará los puestos. Me quedaré.

—¿En serio? —grita mamá tan fuerte que tengo que alejar el teléfono de mi oído— ¡Es una noticia increíble! Esto aliviará mucho tu estrés por allá, ¿no? Pero recuerda que siempre serás bienvenido en casa si las cosas cambian.

—Mamá, ¿puedo hablar contigo?

—¿Qué pasa?

—¿Crees que no puedo con esto?

—¿Qué quieres decir?

Aprieto el dobladillo de mi abrigo.

—No paras de insistirme que vuelva a casa, como si esperaras que renunciara a Valentine.

—Oh, cariño, no. No es eso lo que pienso.

—Pero estás preocupada, ¿no? ¿De que la administración se entere?

—Claro que me preocupa.

—Bueno, anoche hablé con la directora y se lo conté —digo.

Al otro lado de la línea se hace el silencio.

—¿Qué te dijo? —La voz de mamá resulta indescifrable por teléfono. Nunca he deseado tanto ver su rostro como en este momento.

—Dijo que el consejo de administración estudiará la posibilidad de ajustar las directrices en mi caso —respondo—. Incluso dijo que puedo acudir a ella en cualquier momento si tengo algún problema.

—¿En serio? —Prácticamente puedo escuchar cómo se arruga la frente de mamá—. Eso es… Estoy sorprendida, Charlie. Me alegra mucho saberlo. ¿Estás bien después de eso? Debió ser aterrador.

—Para ser sincero, no la he pasado tan bien desde que llegué aquí —admito. No sé por qué lo hago, pero me parece lo correcto, como si mamá y yo fuéramos a llegar a algún lado. Y es como si se rompiera un dique, ¡qué bien se siente decirle por fin la verdad!—. Pero ahora estoy mejor. Encontré apoyo.

—Ah, bien. ¿De tus maestros?

—De algunos. Y de mis amigos.

—¡Qué bien! —Su voz suena más tranquila ahora—. Entiendo lo que quieres decir. A mí tampoco me resultó fácil adaptarme a Valentine.

—¿Qué?

—Mmm… Mantenerme entre las cinco mejores era una pesadilla para mí.

—Pero tú me traías aquí todo el tiempo cuando era más pequeño. Te encantaba.

—Bueno, Valentine sigue siendo una academia maravillosa. Es un privilegio asistir a ella. Pero los requisitos para ser becario de excelencia suponen mucha presión para alguien de tu edad. Para cualquiera. A veces, reconozco que fue lo peor que he sentido en mi vida.

Me quedo callado, sin poder creerlo. Mamá ha pasado por un divorcio y el constante casi quiebre de su librería.

—Por eso te he estado ofreciendo que vengas a casa cuando quieras —continúa—. Recuerdo que deseaba que la abuela y el abuelo hubieran hecho lo mismo por mí cuando necesitaba desesperadamente un descanso.

—¿Por qué no me lo contaste? —le pregunto.

—Bueno, tenías muchas ganas de ir. No quería preocuparte.

—Gracias —murmuro con una leve sonrisa—. Pero ¿no te preocupas siempre por mí? ¿Cómo es eso justo?

Mamá se ríe.

—Tampoco quería que esto te desanimara con tantas cosas en la cabeza. Quería apoyarte como me lo pediste. Y tú eres muy capaz. Pero debí haberlo hecho. Me alegro de que estés mejor.

Está escuchando. Por fin.

La tensión dentro de mí se desvanece.

—Gracias. —Miro el reloj. Faltan diez minutos para que llegue Jasper—. Tengo que irme. Tengo muchas ganas de verte durante las vacaciones.

—Que te diviertas —dice mamá—. Ah, y Charlie, una cosa más: aunque tengo recuerdos un poco turbulentos de Valentine, también tengo muchos otros muy bonitos. Este año, crea muchos para mí.

Miro mi reloj al llegar al kiosco de escritura Dixon. Son las doce y cinco. Debería estar allí, pero unas enredaderas me impiden ver el interior.

El nerviosismo me invade el pecho y me impide moverme. Jasper y yo estamos a punto de pasar toda la tarde solos.

Y yo estoy realmente a punto de intentar escribirle una carta de amor.

Eso es lo que he decidido que haré. Me parece justo, sobre todo después de que él ha escrito tantas sobre mí. Pero tendré que ser sincero sobre todo lo que he reprimido durante estos años. Incluso con Jasper a mi lado, sigo sin estar seguro de saber cómo hacerlo.

Mi corazón late con fuerza cuando finalmente me acerco. Veo el arco frente a mí. Luego, los bancos. Después, a Jasper, garabateando en su diario. Los calentadores son tan potentes que su gabardina está hecha bolas en los tablones de madera. Lleva una camisa holgada, sin el pin del número uno en el cuello, y solo mi bufanda lo protege del frío, a pesar de que está rodeado de nieve.

Ha venido.

Me invade una sensación de alivio mientras toco un pilar de madera como si fuera una puerta.

—¿Puedo pasar?

Jasper levanta la cabeza y su cabello rubio le roza las mejillas. Su mirada recorre los arbustos y la Ribera del lago como la de un estudiante de primer año perdido.

—¿Qué hora es?

—¿No lo sabes por la posición del sol? —Le señalo el cielo.

Él apunta en la misma dirección con la pluma, y su brazalete tintinea contra su muñeca.

—El caprichoso cielo ha decidido nublarse hoy. Así que no, no puedo ver el sol.

—Alrededor de mediodía.

—¿Ya?

Entro en el kiosco y empiezo a dar vueltas avergonzado alrededor de su banco. Sentarse demasiado cerca sería demasiado agresivo. Demasiado lejos sería demasiado extraño. Opto por sentarme a unos treinta centímetros, dejo mi mochila en el suelo y saco mi cuaderno.

La pluma de Jasper se movía cuando llegué, pero ahora el cuaderno que tiene en el regazo está en blanco. Debe haber pasado la página. Me mira.

—¿Dijiste que querías escribir?

Para eso hemos venido aquí.

—Supongo.

—De acuerdo —dice. Toma la pluma y escribe la fecha en la esquina superior izquierda del papel, en silencio. Aún no me pregunta por qué le pedí pasar este rato juntos, pero por la forma en que sujeta la pluma, como si fuera un salvavidas, solo puedo imaginar la cantidad de preguntas que se agolpan en su mente.

Miro fijamente mi cuaderno. Para escribir esta carta de amor, tendré que encontrar las palabras yo mismo. No habrá una respuesta que pueda esculpir como en la poesía *blackout.*

Pero esta puede ser la última oportunidad que Jasper me dé.

Pongo el lápiz sobre el papel, inhalo, exhalo y escribo. Por primera vez, intento liberar cada gramo de honestidad que Jasper me enseñó, cada emoción que el maestro Stern afirmaba que llevaría mi trabajo al siguiente nivel. No pienso dos veces ninguna palabra, a pesar de que mi cerebro me advierte que me estoy mostrando demasiado vulnerable, demasiado débil, demasiado ilógico. Escribo todo lo que odio del romance. O, tal vez, lo que solía odiar.

Las campanas de la iglesia repican al unísono.

Levanto la mirada. ¿Ya?

—¿Esa fue la última campanada de la hora del almuerzo? —le pregunto.

—Supongo que deberíamos irnos —dice Jasper, colocando con indiferencia el listón rojo que le sirve de marcapáginas en su diario, como si lo que acabara de decir no tuviera importancia. Pero sus palabras denotan una gran decepción. Esperaba que yo hiciera algo. Y no lo consiguió.

Le he vuelto a romper el corazón.

Vuelvo a leer las palabras en mi hoja. ¿Cómo podría recitar esta carta de amor a un poeta famoso como Jasper Grimes?

Jasper está de pie, con su bandolera colgada al hombro.

Agarro el puño de su saco.

—Espera un segundo.

—¿Qué pasa? Estás pálido.

Arranco la carta y aliso los bordes rasgados. Me tiemblan tanto las manos que apenas puedo leer lo que he escrito.

—¿Charlie? —dice Jasper.

—¡Las rosas son rojas!

Él retrocede, agarrándose el pecho.

—S-sí, lo son.

Demasiado alto. Escondo la cara detrás del papel. Esto es mortificante.

—¿Puedo intentarlo de nuevo?

—Claro —murmura.

—Las rosas son rojas. Las violetas son azules. Me decepciona haberte conocido.

—¿Perdón?

—Porque las violetas se han vuelto del color de tus ojos y tu comida favorita, recordándome a quien me sigue haciendo encontrar el destino. Ahora, las mentiras que me he susurrado a mí mismo se ven ahogadas por la verdad —respiro con dificultad—: creo que me estoy enamorando de ti.

Las olas rompen. El calentador crepita junto a nosotros.

Aprieto los párpados con fuerza. Qué *cringe*. Cuánto *cringe*.

Norma tácita n.º 19: Mamá se equivocaba. No hay recuerdos bonitos en Valentine. Solo hay recuerdos mortificantes, terribles, recuerdos que hacen querer morir.

Algo me golpea. Es Jasper, sentado de nuevo en el banco, apoyado contra mi hombro. Entierra la cara en el hueco de mi cuello.

—Una vez más.

—¿Eh?

—Una vez más. Recítalo otra vez.

—¿Qué? No puede ser… —Intento escabullirme. Por supuesto que está intentando avergonzarme. El verdadero poeta—. Jasper…

—Charlie. —Nunca había oído su voz tan suave, pero también hay algo incontenible que hierve en el fondo, lo que hace que mi pecho estalle de formas que no sabía que existían—. Al menos la última parte.

—Yo… —Aprieto la carta con más fuerza—. Está bien. Dije que creo que me estoy enamorando de ti.

Jasper se aparta, con su hoyuelo marcado en la mejilla. La luz del sol reflejada en sus ojos azules brilla tan intensamente como el lago helado.

—Gracias. Es un poema brillante.

Norma tácita n.º 19 (corregida): Quizás mamá tenía razón.

—Es un poco cruel —murmuro, volviendo a ajustarme los lentes para distraerme de las mariposas que revolotean en mi estómago—. Y no es realmente un poema. Solo es una carta.

—Eso es lo que la vuelve brillante. Es una obra auténtica tuya. Ya era hora.

—Oye, era imposible escribir cartas de amor de otras personas con autenticidad. No conocía a ninguna de ellas, a diferencia de ti. —Cruzo los brazos.

Jasper esboza una sonrisa.

—Por supuesto. Te pido disculpas.

—Aunque esto sigue dando miedo.

—¿Qué te da miedo?

—Recitar esta carta. Pensé que una vez que lo hiciera, dejaría de tener miedo. Y así fue. Más o menos. Porque confío en ti. Con todo. Pero ahora se siente diferente. Se siente… —titubeo— ¿bien, casi? ¿Emocionante? ¿Tiene sentido?

Jasper me jala de la muñeca para acercarme un poco más a él y me besa.

Al instante, me fundo en él, dejando que mis brazos se enreden en sus hombros, y siento cómo sonríe contra mí mientras su mano encuentra mi rodilla y sube suavemente por mi muslo. Sus labios tienen un ligero toque amargo, probablemente por el café negro que bebió esta mañana, mezclado con las notas florales de su champú y su fragancia. Mi cabeza se desborda pensando en lo mucho que he deseado esto de nuevo, estando solo a una cama de distancia y durante tanto tiempo.

Finalmente, dejo que él me bese primero.

Sus labios se deslizan por mi mejilla hasta llegar a mi oreja, y siento cómo un escalofrío recorre mi espina dorsal.

—El amor nunca deja de dar miedo. La cuestión es si disfrutas de ese miedo.

—Lo hago. Sé que ahora lo disfruto.

—Yo también.

—¿De verdad? —Me inclino hacia atrás y acaricio su rostro sonrosado con las palmas de las manos—. ¿De verdad?

—De verdad —responde Jasper.

Me invade una alegría tan intensa, tan desbordante, que lo único que se me ocurre es besarle las mejillas hasta que mis labios se agotan. Me asalta un último pensamiento y mi cuerpo se calienta tanto que debo de estar a mil grados.

—Nuestra habitación.

Él sonríe.

—Qué conveniente, ¿no?

Un millón de grados.

—Yo… Bueno. Sé que técnicamente acabas de volver, pero anoche creo que sin querer le dije a tu tía que se asegurara de que te quedaras con ella. Así que no sé si puedas regresar.

—¿Qué hiciste qué? —Jasper se da una palmada en la frente

y colapsa, desplomándose en el banco—. Charlie von Hevringprinz, me vuelves loco.

—¡Fue por una buena razón! Le conté todo lo que había estado ocultando.

—¿Ah, sí?

—Sí. Está buscando actualizar el reglamento para ayudarme.

La mirada de Jasper se suaviza.

—Me alegro por ti, Charlie. De verdad. Tengo la sensación de que te espera un nuevo y maravilloso viaje.

Me río, pero aún así entorno los ojos.

—No más poesía por hoy. Ya he tenido suficiente.

Jasper también se ríe, y su hoyuelo ladeado vuelve a aparecer. Se incorpora, me aprieta la mano y me besa de nuevo.

—Entonces, ya no somos *roomies*.

—No. —Me acerco más y apoyo la cabeza en el hombro de Jasper—. Somos algo mucho mejor.

AGRADECIMIENTOS

Un agradecimiento especial a los vendedores de libros, críticos, *influencers* y bibliotecarios que hacen que haya libros sobre adolescentes transgénero en las estanterías.

Estoy a sesenta metros de distancia de su casa y me acerco rápidamente para arrodillarme.

Gracias especiales para el equipo que trabajo en este libro en Estados Unidos: a la agente literaria Natalie Lakosil y a todo el equipo de Looking Glass Literary & Media; a la agente fílmica, Lucy Stille; al equipo editorial conformado por Nicolás Ore-Giron y Connie Hsu; a Alyssa Keyne y todo el equipo que trabajó en la producción del audiolibro; a Allison Verost, quien está a cargo de la dirección editorial; a L. Whitt y Abby Granata por diseñar la portada; a Adelle Kincel por la ilustración de portada y a Virgina Allyn, por ilustrar el mapa en interiores: a Mia Moran, editora de producción; a Jennifer Healey, editora administrativa, y a Hayley O'Brion, editora administrativa adjunta. Gracias también a Teresa Ferraiolo, quien estuvo a cargo de la campaña de marketing; a Morgan B. Kane y Molly Ellis, quienes se encargaron de la publicidad; a Shawn Foster, Isaac Loewen y todo el equipo de ventas; a Mary Van Akin y todo el equipo de Escuelas y bibliotecas;

nuevamente gracias a Teresa Ferraiolo, Carlee Maurier y a todo el equipo de Redes sociales; a Makena Cioni; y a mi principal fuente de apoyo emocional: Emily Charlotte y M.K. Lobb.

En el equipo de Reino Unido, quiero agradecer a Heather Baror-Shapiro, agente de los derechos internacionales del libro; a todo el equipo editorial: Georgina Mitchell, Tig Wallace, Kate Agar y Jenna Mackintosh; a Joana Reis por diseñar la portada y a Bex Glendining por la ilustración; a Rhys Callaghan, controller de producción; a Nils Jones por la campaña de marketing; a Lucy Clayton, por la publicidad; y gracias también a Hannah Methuen, Katherine Fox, Jennifer Hudson, Jemimah James, Emma Francini y todo el equipo de ventas.